Ricarda Siegmund
Frühling in Prag
Krimi 2

Ricarda Siegmund

Frühling in Prag

Krimi 2

Verlag D.H.Siegmund · Hamburg

Verlag D.H.Siegmund, Hamburg
Umschlaggestaltung: Elisabeth Siegmund, Berlin
ISBN 3-934267-05-X

Printed on an Océ VarioStream 8750
Cover printed on an Océ CS 650

1996-1998

1

Bleierne Eintönigkeit mit grauem Novemberhimmel, vor Nässe triefenden und tropfenden Bäumen, die bereits an den Stämmen grünen Moosbelag ansetzten. Das Geräusch des stürmischen Windes in den Zweigen der hohen Pappeln und das monotone Rauschen der Autobahn vermischten sich zu einem einzigen Geräusch der Gleichförmigkeit oder der Formlosigkeit. Man musste aufpassen, dass das Gemüt davon nicht zuviel Notiz nahm und nicht in einen Zustand kam, in dem ihm alle Begeisterung und Freude an den kleinen Heiterkeiten des Alltags verloren ging.

Manfred stöhnte in solchen Wochen und Tagen immer etwas vor sich hin, besonders morgens. Tidi konnte am Morgen noch nicht einmal stöhnen, denn ihre Gefühle und Reflexionen über das, was sie fühlen könnte, wenn sie wach wäre, begannen erst nach dem Frühstück.

Mit der ersten Tasse Kaffee, es konnte auch Muckefuck sein, begann ihr Gehirn, an das anscheinend ihre Gefühle angekoppelt waren, wieder zu funktionieren. Da sie schon immer auch ein Stubenhocker gewesen war, verband sie mit schlechtem Wetter auch die Freiheit, sich mal hinsetzen zu dürfen und sich „geistigen“ Dingen zu widmen. Irgendwo in einer Ecke ihres Inneren gab es da immer noch ein Schuldgefühl, weil dieses unbestimmte Etwas anscheinend glaubte, sie wäre nur für die praktische Arbeit auf die Welt gekommen.

„Zu dämlich“, dachte Tidi dann. „Wieso eigentlich?“

Dressur durch Praxis, war ihre Diagnose. Schließlich hatte sie viele Kinder großgezogen und einen großen Haushalt gehabt. Sie war nicht so naiv, die Schuld für solche Gefühle der männlichen Selbstherrlichkeit in die Schuhe zu schieben. Schließlich sind auch Männer einmal von Frauen erzogen worden, war ihre Meinung. Außerdem würde sie damit eingestehen, dass sie sich von männlichen angeblichen Meinungen beeinflussen ließe, und das widersprach ihrer Auffassung, dass sie allein für das verantwortlich war, was sie tat oder ließ.

Sicher, durch Verantwortlichkeiten war ihre Entfaltungsmöglichkeit vielleicht eingeschränkt, aber das ging den Männern ebenso. Sie mussten ihr Leben lang in einem Büro mit vier weißen Wänden hocken, welche sie auch oft anstarrten und darüber nachdachten, was sie alles machen könnten, wenn sie nicht ihre Frau und ihre Kinder ernähren müssten.

„Männer haben es schwer, sie tun mir leid", sagte dann Tidi zu Manfred manchmal. „Aber Frauen haben es auch oft schwer."

Und dann ging sie genüsslich in ihrer Vorstellung fast bis zu Adam und Eva zurück und entwickelte ihm beim Abendbrot ihre Evolutionstheorien:

„Also, ich stelle mir vor, dass in der Urzeit, in der es noch wenig Menschen gab, die Frau mächtig war und als Gottheit verehrt wurde. Ursprünglich waren Männer und Frauen körperlich und seelisch gleich stark, und der Mann hatte noch nicht die Möglichkeit, eine Frau einfach zu verhauen, wenn sie ihm nicht passte.

Dann ist es der Frau zu Kopf gestiegen, dass sie verehrt und als fruchtbare Erhalterin des Menschengeschlechts angebetet wurde, und sie wurde eingebildet und träge. Sie stellte den Mann an, für sie und ihre Jungen die Nahrung herbeizuschaffen, sie zu kleiden und ihr ein Haus zu bauen. Dadurch wurde sie schwächer und bequemer und verlor schließlich die Fähigkeit, ohne den Mann zu überleben. Er erwarb sich unzählige Fähigkeiten in der Welt und entwickelte seine Intelligenz und seinen Lern- und Forschungswillen und sie hockte da, wurde kleiner und schwächer und hielt an dem Gedanken fest, sie brauche nur schön und begehrenswert zu sein und hätte ein Anrecht auf Verehrung. Sie pflegte ihre Gefühle, weil sie nicht anderes zu tun hatte, und wollte immer liebevoll und zärtlich behandelt werden.

Daran hat sich die männliche Vorstellung gehalten und sein Idealbild der Frau geformt. Das Ideal der Diva haben dann Männer bis in den Exzess und in die heutige Zeit als perfektes Trugbild weiter entwickelt. Es ist bis in die weiblichen Gene vorgedrungen. Schon die kleinen Mädchen pflegen diesen Traum..."

In einer Welt, in welcher der Mann nicht von zu Hause aus das Überleben seiner Familie ermöglichen kann, wird es immer Rollenteilung geben müssen, davon war Tidi überzeugt und hatte deswegen beschlossen, es nicht so wichtig zu nehmen, wie sich das nun gestaltete. Auch Manfred musste eine Menge Drecksarbeit machen und wurde auch nicht dafür belohnt. So kann man sagen, dass der übliche „Geschlechterkampf" bei ihnen nicht so stark ausgeprägt schien. Tidi wurde nur ärgerlich, wenn sie sich nicht als Partnerin akzeptiert fühlte und glaubte, sie würde übers Ohr gehauen.

Dann konnte sie allerdings ordentlich zetern.

Es gab zum Beispiel einen Punkt, bei dem sie sich sehr gewünscht hätte, dass ihr Mann sich als ein echter Partner erwies: Ihre Geburtstagsfeiern.

Tidi hatte aus ihrer Kinderzeit noch in Erinnerung, dass ihre Verwandten große Geburtstage gefeiert hatten. Selbst sie als Nichte war oft eingeladen gewesen. Da gab es eine große, wunderbar gedeckte Tafel mit weißen Damasttischtüchern. Sie sah noch heute die Kristallgläser funkeln und die Silberbestecke neben dem wunderschönen Geschirr blitzen.

Dann gab es zum Auftakt eine göttlich duftende Bouillon mit Eierstich. Danach stand der Onkel auf, wenn es der Geburtstag der Tante war oder etwa Silberne Hochzeit und klingelte mit der Gabel an sein Glas. Er setzte zu einer erhebenden Lobrede auf seine liebe Frau an, die ihm ihr Leben lang so treu gedient habe, eine liebevolle Mutter für die Kinder, eine treue und aufopferungsvolle Gattin. Durch die Gnade des großen, allmächtigen Gottes, der uns ermöglicht hat, hier nun in bester Gesundheit mit euch zu feiern...

„Marie-Louise, ich danke dir von ganzem Herzen für all deine Liebe!“ So etwa. Sie stand gerührt auf, mit Tränen in den Augen und er umarmte sie vor allen Leuten.

Das hatte Tidi immer unglaublich beeindruckt. Wie wunderbar. Alle wussten nun: Es hatte sich für Marie-Louise gelohnt, ihrem Mann eine liebevolle Gattin zu sein und sich für die Familie aufzuopfern. Alle sahen nun: Gott hat ihn mit einer lieben Frau gesegnet...

All diese Erinnerungen hatten in Tidis Vorstellung nun ihren festen Platz. Sie wusste: Insgeheim wollte sie auch einmal so belohnt werden.

Der Haken war nur, dass sie eine so wunderbare Suppe und so ein tolles Essen für so viele Leute wohl nicht allein hinkriegen würde. Was würde das kosten! Und ob Manfred dann aufstehen würde, um sie zu preisen, schien ihr auch sehr fraglich. Sicherlich würde er sofort abhanden gekommen sein und mit irgendwelchen Männern und Frauen in einer Ecke stehen und lachen und plaudern, während sie herumrannte und auf das Essen aufpaßte.

Und wenn sie dann sagte: „Manfred, es fehlt noch ein Stuhl, könntest du mal...“, würde sie sicher losrennen und ihn selbst holen, weil Manfred nicht so schnell schaltete. Er liebte die Rolle des Befehls-Empfängers durchaus nicht, im Gegenteil. Er brauchte einige Zeit, um sich dann einbilden zu können, er hätte diese Aufgabe selbst erkannt und sich langsam zu einem eigenen Entschluss durchgerungen. Das dauerte ihr im Allgemeinen viel zu lange.

Tidi dachte jetzt daran, während sie sich beim Haare-Kämmen in den Spiegel schaute und ihr so richtig erloschen aussehendes Gesicht betrachtete.

„Die Augen könnten wirklich etwas mehr glänzen“, dachte sie unzufrieden. Dann sang sie aber wieder, weil sie sich selbst gern verspottete: „Deine Schönheit wird vergehn, wie die Blumen im Garten stehn...“

Ein richtiges Novemberlied, der Teufel soll die Schönheit holen. Aber schließlich ist ja nicht ewig Winter.

Jetzt musste sie erst einmal Manfreds sechzigsten Geburtstag über die Runden bringen. Sie wollten unten in der Diele des großen Jiwa-Hauses ein Fest geben. Tidi und Manfred gehörten der Jiwa-Bruderschaft an und wohnten in dem großen ehemaligen Bauernhaus am Deich auf einer Elbinsel in Hamburg, das ihre Mitglieder in vielen Jahren der Arbeit für ihre Zwecke eingerichtet hatten. Sie beide hatten auch viel von ihrer Zeit, ihrer Kraft und ihrem Geld beigetragen und es hatte sich gelohnt.

Aber sie konnten zum Geburtstag nicht alle Mitglieder ihrer Gruppe einladen, denn zu so einer Feier gehörten auch die Familie, Verwandte und Freunde. Die Familie und die Verwandten waren zahlreich, und so beschränkten sie sich auf die, mit denen sie ständig persönlichen Kontakt pflegten.

Da kamen schon eine ganze Menge Leute zusammen. Tidi entwarf viele Stunden lang einen genauen Plan für das Büfett und fing eine Woche vorher an, alles einzukaufen und vorzubereiten. Sie wusste, zum Schluss konnte sie froh sein, wenn sie einen so realistischen Zeitplan aufgestellt hatte, dass ihre Wimperntusche rechtzeitig getrocknet war und auch ein paar Ersatzstrümpfe bereit lagen, falls die ersten beim schnellen Anziehen Laufmaschen bekamen.

Meistens kamen kurz vorher auch immer noch Leute, die herumsaßen und einen vollquatschten, während sie noch alles mögliche erledigen musste. Das fing mit dem Heftpflaster und den Kopfschmerztabletten an und hörte mit Krankheitsgeschichten auf.

Manfred hatte dann meistens das Weite gesucht, um nicht in der Betriebsamkeit „zerrieben“ zu werden oder Mist zu bauen. Dann fing er sich nämlich leicht einen ein. Er meinte dann: „Einer muss sich ja um die Gäste kümmern“. Das tat er sehr schön, Tidi sah es ja ein. Aber sie bekam dann Entzugserscheinungen. Entzug vom geruhsamen, freundlichen Kontakt mit den Lieben, die sie so gern um sich haben wollte. Das „Gesprääách...“.

Also doch ein Dienstleistungsorgan. „Wenigstens an meinem eigenen Geburtstag möchte ich, dass ein anderer die Arbeit macht und ich im schönen Kleid fleckenlos dasitze und mich feiern lasse", dachte Tidi frustriert. „Ich verzichte auch auf die Lobhudelei – nur ein bisschen Spaß und Gespräch." Sie seufzte dann immer tief auf.

Darum, und weil ihr Geburtstag so ungünstig lag, wurde er nie so in das richtig glänzende Licht gerückt...

Jetzt kam also erstmal Manfreds Sechzigster, und der war etwas Besonderes, weil er sich im nächsten Jahr von seinem Berufsleben verabschiedete und sich überschwenglich auf seine neue Freiheit freute.

Es wurde ein schöner Abend, wenn es auch Tidi nicht gefiel, dass sich die Grüppchen, die sich sowieso immer sahen, in die Ecken zurückzogen und unter sich blieben. Sie hätte so gern eine einzige fröhliche Melange... Aber man kann nicht alles haben.

Ihr ältester Sohn Volkhard inszenierte ein schönes gemeinsames Spiel mit allen unter dem Motto: „Es waren einmal zwei Ameisen, die wollten nach Australien reisen...."

Das war einer von Tidis Lieblingsversen, war das von Ringelnatz? Sie hatte es vergessen: „Es waren einmal zwei Ameisen, die wollten nach Australien reisen. In Altona auf der Chaussee, da taten ihnen die Beine weh. Und da verzichteten sie weise auf den letzten Teil der Reise."

Das hatte sie auch einmal liebevoll illustriert, es passte so gut zu ihnen, obgleich sie sehr reisefreudig waren – aber nicht unbedingt sportlich engagiert. Reisen und dabei genießen und gemütlich bleiben, war ihre Devise.

Der Knüller des Abends, jedenfalls für Manfred und sie war dann das Geschenk der Kinder – eine Reise nach Prag! Und schon alles fertig gebucht, Donnerwetter!

Da brauchte Manfred nicht mehr ins Reisebüro, was ihm Überwindung gekostet hätte. Neckermann – unglaublich! Nie hätte ihr Pfadfinder sich herabgelassen, bei Neckermann eine Reise zu buchen! Und sogar fünf lange Tage!

Tidi nahm sich immer vor, alle möglichen Sehenswürdigkeiten in den Büchern vorher zu studieren und ihre Geschichtskenntnisse aufzufrischen oder Neues vorher zu wissen, aber das verblieb meistens. Sie lieh sich die nötigen Bücher aus und schlug nach der Reise alles nach, und verschaffte damit allem Erlebten einen angemessenen Platz in ihrer inneren Geschichtslandschaft. Da sie sich durch viel Lesen von Geschichtlichem einen Rahmen geschaffen hatte, klappte das auch sehr gut. Sie konnte alles hinterher in einen befriedigenden Zusammenhang bringen, so dass sie viel Material für Auseinandersetzung und inneres Verarbeiten hatte. Sie konnte dann wochenlang von allem „zehren", wie sie sich ausdrückte.

Manfred hatte es nicht so mit Geschichte, er las wenig. Aber das störte Tidi nicht, so schleppte er sie wenigstens nicht immer zu Orten, die sie nicht interessierten. Viel wichtiger war ihr, dass er sie nicht in vergammelte Lokale schleifte und nicht ständig sparen wollte, wenn sie mal bon leben wollten. Sie durfte in angemessenem Rahmen stöbern, entdecken und gut essen gehen und war nicht einem rastlosen Energie- und Wissensstrom unterworfen. Sie hatte das nämlich von anderen Frauen gehört, die bildungshungrige Männer hatten, die nicht tot zu kriegen waren. Da wurden die Frauen an einem Tag in drei Museen geschleift und fuhren endlos zu irgendwelchem Gräbern und Monumenten. Nicht auszudenken…!

So hatten sie immer bisher einen herrlichen Urlaub gehabt. Faulenzen, essen, ansehen, entdecken. In der Landschaft herumfahren.

Außerdem hatte Tidi eine Eigenschaft, die etwas verwunderlich war: Sie verhielt sich nicht zielstrebig, vielleicht kam es daher, dass die Leute mit ihr Plaudereien anfingen, wenn sie nur irgendwo stehen blieb.

Männer, Frauen und auch Kinder sprachen mit ihr, sozusagen beim Stehenbleiben vor dem Geschäft oder auf der Straße, im Museum oder wo auch immer. Dadurch erfuhr sie manchmal etwas von den Sorgen und Freuden der Leute. Hier inmitten einer fremden Bevölkerung war es Manfred, der zurückhaltender war. Aber auch er hatte etwas an sich, was lustig war: Wo auch immer sie waren, ob in Frankreich, Spanien, Italien oder in großen Städten – er wurde genauso wie Tidi nach dem Weg gefragt. Man hielt ihn für einen Einheimischen. Vielleicht trug seine Baskenmütze und seine Pfeife dazu bei. Dieses Outfit trifft man schließlich in ganz Europa... Er sah immer so aus, als müsste er alles wissen. „Was für ein Irrtum", dachte Tidi dann und lachte etwas gehässig.

2

Es war April, die Schneeglöckchen waren längst verblüht und in ihrem Garten waren die Osterglocken mit dem Blühen an der Reihe. Sie hatten in jeder Jahreszeit Blumen im Garten und die Reihenfolge kannte Tidi längst auswendig.

Ostern war in diesem Jahr spät, so dass zu vermuten war, dass Prag noch nicht von Touristen überrollt wurde und sie genug Platz vor den Bildern in den Museen haben würden.

In ihrer Neckermann-Überraschungstüte war auch ein Opernbesuch vorgesehen. Da aber Volkhard vergessen hatte, sich nach dem Titel der Oper zu erkundigen, ergab es sich, dass Manfred und Tidi die vorgesehene Oper schon einmal gesehen hatten.

Sie kamen zu selten in ein Opernhaus, um sich etwas doppelt zu gönnen, darum fragten sie vorsichtig bei ihrem Sohn an, der sofort reklamierte und sie bekamen neue Opernkarten für einen anderen Tag.

Es wurde nun aber vergessen, die alten Karten wieder zurück zu fordern. Da sagten Manfred und Tidi nun lieber gar nichts. Neckermann macht's möglich, dachten sie und hielten still. So kam es, dass sie in fünf Tagen zweimal in die Oper gehen konnten, ohne drauf zahlen zu müssen. Einfach toll!

Und dazu noch eine Premiere!

Jetzt waren sie also frohgemut auf dem Wege. Mit dem Auto. Schon bis zum Fichtelgebirge war es ja eine kleine Weltreise. Wenn sie morgens zeitig losfuhren, schafften sie es an einem Tage meistens bis hinter Würzburg, nicht weiter. Sie machten alle zwei bis drei Stunden eine

Rast, am Mittag ausgiebig mit warmem Essen und einem kleinen Nickerchen im Auto. Der lange Anfahrtsweg auf der endlosen Autobahn war zwar langweilig, aber wenn sie einmal versucht hatten, irgendeine Strecke auf der Landstraße abzukürzen oder Staus zu umgehen, hatten sie Stunden verloren.

Die Landschaft abseits der großen Verkehrswege genossen sie dann am späten Nachmittag, wenn sie ein Hotel suchten. In einer Kleinstadt oder in einem größeren Dorf.

Diesmal wollten sie bis vor Bayreuth durchhalten, weil sie nicht wußten, wie sich die Reise durch die Tschechoslowakei gestalten würde. Außerdem wollten sie am späten Nachmittag in ihrem Hotel in Prag sein. Es war ein Montag, der erste im April 1997.

Sie verließen die Autobahn zwischen Bamberg und Bayreuth etwa um halb fünf und machten sich auf die Suche nach einem schönen, nicht zu teuer aussehenden Hotel. Obgleich die Landschaft so schön war, schien das gar nicht so einfach. Sobald das Hotel zu spießig oder zu schick aussah, rief Tidi: „Oh nein! Tu mir das nicht an!"

Manfred wurde dann leicht nervös und ungeduldig. Da er Tidi im Urlaub nicht an das Steuer ließ, weil sie die Rolle des Fährtensuchers wahrzunehmen hatte, war er schon müde und seine Augen brannten. Außerdem hatte er schon wieder Hunger. Stullen halfen da nicht.

Also endloses Gekurve auf kleinen, gewundenen Sträßchen, bis endlich die Wahl das richtige Haus traf. Ideal! Wie für uns! Manfred wurde vorgeschickt, um sich zu erkundigen. Tidi blieb immer im Auto sitzen wie die heimliche Geliebte und rauchte ein Zigarettchen.

Mit dem Zimmerschlüssel in der Hand kam er dann zurück und das Gepäck wurde aus dem Auto gehievt. Es kam trotz aller Überlegungen immer wieder vor, dass Tidi nicht daran gedacht hatte, die richtige Kleidung für den nächsten Tag aus den Koffern in die Reisetasche zu stecken. Schließlich wollten sie ja nicht das ganze Auto ausräumen.

So war es oft unvermeidlich, dass Tidi nicht ihren Auftritt im Hotel genießen konnte, weil sie diverse Plastiktüten mitschleppte. Naja, meistens ging es sowieso zu irgendeiner Hintertür rein, auf falschen Persern nicht immer wohlriechende Flure entlang, bis sie endlich an ihren Betten anlangten.

Aber ansonsten, was die Gemütlichkeit und Freundlichkeit der Leute betraf, hatten sie fast immer viel Glück gehabt.

Nach einer Stunde Schläfchen ging's zum Essen. Oh, wie wohlig ist's am Abend...!

Zum Schluß einen kleinen Espresso und dann ein Abendspaziergang. Es gab nichts Schöneres. Wie verlassen die Städtchen am Abend waren! Und wie wenig gemütliche Kneipen es in manchen Gegenden gab. Wie streng und trostlos manches erschien, wenn man es mit Italien verglich.

In fränkischen Gegenden, ob nun im Westen oder im Osten, hatte Tidi immer den Verdacht, dass sich die Leute in ihren puritanischen Häusern langweilen müssten und nichts anderes zu tun hätten, als dem Nachbarn auf die Finger zu schauen. Aber da die Straßen so verlassen waren, konnte sie keine echten Franken kennenlernen. Oft freute sie sich, dass sie in Hamburg zu Hause war. Eine weltoffene Stadt, ihre Wahlheimat.

Vor acht Uhr standen sie nicht auf. Es war fast zehn Uhr, als sie schließlich wieder auf der Autobahn waren und sie Richtung Arzberg-Schirnding, der Grenze, verließen.

Als sie in der Tschechoslowakei waren, veränderte sich die Atmosphäre zusehends. Tidi hatte ein starkes Gefühl für das Atmosphärische. Hier konnte man sich gar nicht vorstellen, dass die kahlen Bäume sich bald begrünen würden. Dass es etwas Liebliches geben könnte wie blühende Wiesen und singende Kinder.

„Obgleich die Kinder bei uns auch nicht mehr so viel singen wie früher", dachte Tidi.

Sie fuhren eine Stunde lang auf einer verlassenen Straße. Kaum Verkehr.

„Sind wir hier falsch?" dachte Tidi. Aber sie hatte ihre Landkarte auf den Knien fest im Auge. Wenn die Sonne schien, setzte sie ihre Sonnenbrille auf und verpaßte manchmal eine Abfahrt, weil sie ihre Lesebrille nicht so schnell wieder auf die Nase kriegte.

„Selbst die Sonne kann hier nicht viel ausrichten", überlegte Tidi. „Sie entblößt nur noch gnadenloser die Verkommenheit und die Trostlosigkeit der Dörfer. – Wo sind hier bloß die Menschen und die Supermärkte?", fragte sie Manfred. „Und wie verdienen sich die Leute hier ihr Geld? Hocken sie immer nur in ihren Häusern? Und was machen sie da drin?"

Wenig Vieh zu sehen, keine Industrie. Keine großen Geschäfte. Keine schönen Wälder.

Als sie im bayrischen Wald Urlaub machten, hörte sie von Gästen, dass sie wegen der billigen Preise zum Mittagessen über die Grenze fuhren und sich dort satt aßen. Einer erzählte, er wäre von Leuten, die sich als Polizisten verkleidet hätten, von der Straße abdirigiert worden, um ihre Pässe zu überprüfen. Dann wären sie, die sich als Räuber entpuppten, in ihr Auto gestiegen und damit weggefahren.

Tidi betete bei solchen Gedanken, dass ihnen so etwas nie passieren würde. Sie würden ganz kopflos werden. Nicht auszudenken.

Jedenfalls waren die Menschen ihnen hier nicht freundlich gesinnt. Obgleich man nicht so schnell urteilen sollte, überlegte sie.

Sie fuhren durch das ehemalige Karlsbad. Obgleich die Bäderpracht recht vergangen erschien, gab es doch schon Frühlingsblumen, die auf den Beeten der Rondelle auf den Plätzen blühten. Aber von den Menschen bekam sie im Vorbeifahren dennoch keinen richtigen Eindruck. Wie gut, dass sie sich noch kurz vor der Grenze mit Proviant versorgt hatten. Sie wäre doch etwas ängstlich, hier in einem Lokal zu essen. Außerdem sah man keines.

Am Nachmittag waren sie bereits in Prag. Sie kamen über eine lange große Einfallstraße gleich in die Weststadt und die Altstadt, die ihnen nun wirklich verheißungsvoll entgegenleuchtete. Hier waren sie Deutsche und Fremde gewohnt, hier könnte man sich überall zurechtfinden.

Ihr Hotel lag unterhalb des Hradschin in der vor zwei Jahrhunderten vornehmen Altstadt direkt an der Moldau, der sogenannten Kleinseite. Ein schlichter winkelförmiger großer Bau aus der Barockzeit, mit einem unscheinbaren Eingang in einer winzigen Gasse mit Kopfsteinpflaster, in der keine Autos fahren durften. Manfred und Tidi hatten, nachdem sie mehrmals im Karree herumgefahren waren, mit Mühe einen Parkplatz auf einem kleinen Plätzchen ergattert, die es überall zwischen den prächtigen alten Häusern gab, und sich zu Fuß auf die Suche gemacht. Überall Sperrschilder beziehungsweise Einbahnstraßen.

Sie fragten sich durch, und fast alle konnten deutsch, jedenfalls verstehen, wenn auch nicht sprechen. Das Volk auf den Straßen war international. Touristengruppen, Amerikaner, Deutsche, Engländer. Jedes zweite Haus eine Botschaft mit Flagge. Eine gemütliche alte Straßenbahn ratterte über die Brücken und durch die großen Straßen an der Moldau. Die goldene Kuppel des Theaters leuchtete über den Fluss.

Der vielbesungene Strom! Doch, hier spürte man noch viel von einer vergangenen reichen und kultivierten Epoche. Die Geister der alten Staatsmänner und Intriganten strichen noch durch die winkligen Gassen. Ganz in der Nähe des Hotels war die wunderbare Karlsbrücke mit den Türmen.

Manfred und Tidi waren glücklich. Am Foyer waren sie schon wieder ganz Herr der Lage, und der junge Mann am Empfang war äußerst liebenswürdig.

„Wie ist das hier?" Tidi sah sich um und schnupperte. Ein bisschen wandernde Scholaren, sprich Jugendherberge, ein bisschen Sozialismus, ein wenig „was ihr könnt, können wir auch", eine Prise DDR-Bourgoisie, ein etwas theatralisches internationales Flair.

Tidi sah kurz in den Speisesaal, während Manfred die Papiere ordnete und der Mann am Empfang zu schreiben hatte.

Eine Sportmannschaft. Baseball? So etwas. Amerikaner, das sah sie an der Kleidung.

„Ich habe zwei Zimmer für Sie, Sie können wählen", sagte der junge

Mann am Empfang und lächelte Tidi liebenswürdig an. Er überlegte etwas.

„Ich gebe ihnen das größere mit Blick auf den Fluß. Mit Vorzimmer. Bitte sehr. Und stellen Sie Ihren Wagen auf unseren Parkplatz an der Ecke der Straße."

Er gestikulierte und wurde etwas aufgeregt. „Bitte alle Sachen aus dem Auto nehmen. Keinen Fotoapparat, keine Wertsachen und Papiere, keine Taschen im Auto liegen lassen. Der Parkplatz ist Tag und Nacht bewacht, aber Sie wissen ja. Wir sind alle nur Menschen. Viel Ärger."

Dann beschrieb er, auf welchen winkeligen Wegen sie diesen Parkplatz erreichen können. Man fing schon vorher an zu schwitzen. Aber in solchen heroischen Momenten lief Manfred zu Höchstform auf.

Tidi glaubte von sich zu wissen, dass sie das auch konnte, hatte sie doch auch schon knifflige Situation allein gemeistert, mit Todesmut. Aber hier war ein männlicher Beschützer doch einfach atemberaubend unentbehrlich.

Schließlich war alles geschafft. Und es war doch tatsächlich schon Abend geworden.

Das Zimmer mit eingerichtetem Vorzimmer und alten Möbeln – der Kleiderschrank quietschte doch wahrhaftig anheimelnd beim Öffnen! – war wirklich wunderbar gemütlich. Alte Doppelfenster, die schlecht schlossen, fast aus der Barockzeit. Durch das geöffnete Fenster lehnte sich Tidi hinaus und genoss den Blick auf einen alten Park mit uralten großen Bäumen, durch deren kahles Geäst die Moldau glitzerte. In der Ferne auf der anderen Flussseite leuchtete die goldene runde Kuppel. Von der Karlsbrücke auf der linken Seite konnte man nichts sehen.

So viel aus der Barockzeit überall, das hatte schon eine große Auswirkung auf das Lebensgefühl, das Tidi hier verspürte. Und kleine Gässchen mit kleinen Plätzen, Lokalen, Kirchen und Friedhöfen liebte sie über alles. Und über allem thronte die große Burg auf dem Hügel, der Hradschin. Das alles würden sie von nahem sehen.

Erstmal zogen sie ihre Schuhe aus, warfen sich auf das Bett, und schon eine Minute später hörte Tidi Manfreds leises Schnarchen.

„Gesegnet seist du, schneller Schlaf, aber du fliehest mich", dachte Tidi, schlüpfte unter die frische weiße Decke und dämmerte zufrieden vor sich hin.

Es war schon dunkel, als sie aufstanden und sich duschten und frische Kleidung anzogen. Sie waren mopsfidel, wartete doch ein fürstliches Abendessen bei Kerzenschein auf sie. Tidi machte ihr Make-up, räucherte sich mit ihrem neuen Parfüm ein, zog ihre schon bereit gelegten schicken Sachen an und auf gings.

Zu Fuß natürlich. Der Wagen stand gut auf seinem Parkplatz. War doch das zuführende Gässchen so eng gewesen, dass Tidi vorher ängstlich ausgestiegen war, voraus gelaufen, gerufen und mit den Armen gestikuliert hatte, wenn sich der Kotflügel zu sehr der Hausmauer näherte. Auf dem Parkplatz, eine Art Terrasse mit fürstlicher, etwas vergammelter steinerner Balustrade, hatte ein uralter Campingwagen mit dem Parkwächter darin gestanden, der sich hier offensichtlich häuslich niedergelassen hatte. Die Nachtwache war bestimmt so zu verstehen, dass er aus dem wohlverdienten Schlaf aufschreckte, wenn die Räuber mal zu laut vorgingen. Hatte er nicht Stiefmütterchen oder sowas an seinem Wagenfenster?

Sie zogen also los, nicht ohne einen Stadtplan in der Handtasche. Aber Tidi leider mit hohen Absätzen. Sie versuchte es jedesmal wieder, bis sie reumütig zu ihren Wanderstiefeln zurückkehrte und zu sich sagte: „Ach was, hab dich nicht so. Sieht ja doch keiner." Aber ihre schöne Illusion der eleganten Welt, die auch einmal für sie bestimmt sein müsste, zerfranste einmal wieder.

Es war wie bei der Hotelsuche. Wenn drüber stand „Wir haben Sauerkraut und Würstchen", ging Tidi schnell vorbei und Manfred musste hinterher. Aber eigentlich wollte er das Bayrische auch nicht gern.

„Da hätte ich ja gleich Lederhosen anziehen können", meinte Tidi dann erbost.

Sie fanden nichts. Die teuren und eleganten Restaurants waren gähnend leer. Ein Kellner mit einer Serviette über dem Arm wirkte auch abschreckend. Hier war es umgekehrt. Während Tidi zögernd in die Fenster sah, war Manfred schon nicht mehr zu sehen.

Schließlich landeten sie in einem renovierten romanischen Säulenkeller, der zu erschwinglichen Preisen verständlich seine Gerichte anpries, die bekannt erschienen.

Er hatte bloß einen Nachteil: Sie waren die Einzigen, außer einer Familie mit zwei Kindern.

Tidi erinnerte sich an ihr erstes Essen auf Rügen nach der Wende (Öffnung der Ostgrenze) in einem Lokal. Sie taten so vornehm und priesen ein kaltes Abendbrot auf ihrer Speisekarte an: „Käseplatte mit Gemüsebeilage." Was dann kam, war ein ungerösteter Toast, etwas alt, mit Margarine und Schmelzkäse und einer Tomatenscheibe samt Petersilienstengel.

Nun, dies hier war etwas reichlicher, aber von dem vielen Tomatenmark bekam man Magenschmerzen.

Die Stimmung sank zwar nicht auf den Gefrierpunkt, aber die erste Euphorie hatte sich gelegt. „Wir sind eben keine Diplomaten aus der Barockzeit, sondern verwöhnte Deutsche in einem Land, das gerade erst der schlimmsten Hölle entflohen ist", sagte Tidi und alles mögliche fiel ihr ein.

Sie hatte vor einiger Zeit ein Taschenbuch von einem tschechischen bekannten Schriftsteller gelesen und sich über die Trostlosigkeit entsetzt. Sie konnte mit der verworrenen Geisteshaltung und der Handlung in dem Buch, mehr eine Beschreibung ihrer Nöte in einer schrecklichen Zeit, nicht klarkommen. Er gehörte zu dem Kreis der Widerständler und Intellektuellen um Vàclav Havel, dem jetzigen Präsidenten. Sie stellte sich vor, dass letzterer hier irgendwo in der Nähe wohnte und an seiner schweren Krankheit litt, von der die Zeitungen berichtet hatten. Er hatte ihr Mitgefühl.

Und an allem waren die Russen schuld, oder nicht? Wie konnte man so ausschließlich im Kopf dahin vegetieren wie die jungen Leute in diesem Buch! Sie stellte sich vor, wie sie aussehen müssten, wenn man die Wahrheit malen könnte. „Sie denken mit dem Geschlecht, fühlen mit dem Kopf und im Arsch ist garnichts. Also wo der Kopf ist, haben sie den Hintern, den Kopf tragen sie unterm Arm und durch den Bauch kann man durchgucken. Schlimmer als Salvador Dali oder Magritte, die ja noch ästhetisch sind", überlegte Tidi, als sie den etwas verwässerten Vanillepudding aß.

„Aber schließlich bin ich erst ein paar Stunden hier und habe nichts davon selbst erlebt. Wann haben Tschechen die Freiheit erlebt? Selten oder nie."

Sie selbst hatte diese Bedrängnis nur im Film erlebt. In einem alten Film mit Paul Newman als Physiker, der als Formeldieb nach Ostdeutschland kommt. Die Szene im Kino, als die Volkspolizei ihn sucht. Sicher immer noch alles geschönt. In Wirklichkeit wird die Angst noch viel grauenhafter sein. Ihre Familie war einmal vor der Wende durch den Ostblock nach Berlin gefahren. An der Grenze wurden ihre Pässe geprüft und sie hatten warten müssen. Selbst bei dieser Gelegenheit, wo ihnen ja eigentlich gar nichts passieren konnte, hatte Tidi schon Angst gehabt, sie könnten kommen und ihre Autopolster aufschlitzen, um nach Geheimnissen zu suchen. Sie hatte etwas gefühlt, und sie würde es nie vergessen.

„Was für eine Bestie ist der Mensch", dachte sie. Wie ein Mensch sich durch ständige tödliche Drangsalierung verändert, kann man an den Tieren beobachten. Sie entwickeln Heimtücke, Hinterhältigkeit, Unterwürfigkeit und rasende Verzweiflung. Darum bewunderte sie auch die Menschlichkeit des neuen tschechoslowakischen Präsidenten über die Maßen.

Vielleicht gibt es das doch, den Pendel der Geschichte. Was wir Anderen angetan haben, das tun sie wieder unseren Kindern. Das schien Tidi mehr ein Naturgesetz als Gottes Strafgericht. Gott hat die Macht zur Vergebung, während die Natur nur ihren unumstößlichen Gesetzen folgt, einer unbarmherzigen Logik. Das war Tidis derzeitiger Stand der Erkenntnis. Aber wenn sie diesen Gedanken weiterspann, musste er ja mal angefangen haben, dieser Kreislauf. Am Anfang wurden Unschuldige getötet...

Manfred zahlte die Rechnung und erhob sich. „Komm, meine Allerliebste, wir spazieren noch ein bisschen auf der Karlsbrücke herum."

Das taten sie dann auch, es war nur ein paar Schritte. Sie lehnten sich über das Geländer, sahen in die dahinziehenden Fluten der Moldau, in der sich die Lichter der Stadt spiegelten, aber weiter trauten sie sich noch nicht. Etwas fröstelnd machten sie sich auf den Heimweg.

„Verdammte Stöckel. Ich kann nicht mehr laufen", jammerte Tidi.

„Wir sind ja gleich da", tröstete Manfred und fasste sie unter dem Arm. Tidi sortierte ihre Beine ein bisschen, damit sie im Gleichschritt gehen konnten und erzählte ein wenig, um sich abzulenken.

Sie gingen durch den stillen dunklen Park am Ufer, waren bald in ihrem Gässchen und im Hotel und fielen wohlig in ihre Betten.

3

Am nächsten Tag, Mittwoch, nahmen sie die Straßenbahn, die sie bis vor den Hradschin und den rückwärtigen Eingang brachte. Alles war riesig. Ihre Führerin hatte brandrote lange Locken – nicht gefärbt! –, die sich über ihre Schultern auf den hellgrünen Wollmantel ergossen. Er hatte große Aufschläge und machte ihre zierliche und schlanke Erscheinung zu einem ganz exotischen Bildnis.

So ein bisschen wie auf dem Bild ‚Die Geburt der Venus' von Botticelli. Tidi war beeindruckt. Sie sprach tschechisch, englisch und dann deutsch, und führte ihr Grüppchen gewissenhaft durch die gotische Kathedrale, alle Säle, Kapellen und Gänge und Höfe. Sogar das Fenster, wo der berühmte Herr aus dem Fenster gestürzt wurde, was angeblich den dreißigjährigen Krieg ausgelöst haben sollte, konnten sie sehen. Man konnte aber nicht an das Fenster heran, es war abgesperrt.

„Vielleicht, damit sich nicht Sympathisanten wieder aus diesem Fenster stürzen", dachte Tidi belustigt. An solche Geschichten als Kriegsanlass glaubte sie nicht so recht. Vielleicht haben sie händeringend auf den Vorwand gewartet?

Ihr hatte es besonders der Heilige Sankt Georg angetan, der auf einem Pferd sitzend mit einem Speer den sich windenden Drachen tötet. Die Statue aus Bronze oder Eisen stand im Hof auf einem sehr hohen Steinsockel.

„Warum so hoch? Man kann die schönen Einzelheiten ja gar nicht erkennen", sagte Tidi zu Manfred. Der knipste. „Haben sie Angst, dass jemand das Pferd besteigt und den Drachen noch einmal tötet?"

„Ich habe Hunger, lass uns rausgehen." Manfred ging schon mal.

Der große Hof sah schon nach Maria Theresia aus, noch mehr aber der große Westeingang, durch den sie den Komplex verließen. Die Fassade, das Portal mit den steinernen Riesenmännern, die wuchtige Keulen schwangen, das schien österreichischer Barock. Die Gestalten waren martialisch und das mochte Tidi nicht. Barock war sowieso nicht ihr Fall, auch Manfred mochte die überladene, manchmal kitschig erscheinende Ornamentik nicht. Aber manche Bauten waren in ihrer Schlichtheit und Symmetrie sehr eindrucksvoll. Als gäbe es zwei verschiedene Prinzipien im Barock. Den der Strenge und den der überladenen Fleischeslust.

Auf den weiten, mit kleinen glatten Steinen gepflasterten Platz schien warm die Frühlingssonne. Ein Grüppchen junger Musikanten, bunt gekleidet, stand auf der gegenüberliegenden Seite und fidelte und flötete.

„Die fahrenden Scholaren", dachte Tidi, war aber zu geizig, um ihnen Geld zu geben.

Zwischen den Gebäuden konnte man über die ganze sonnige Stadt sehen, mit ihren vielen Kuppeln und Türmen.

Als sie schließlich durch kleine Straßen mit den seltsamsten und prächtigsten Häusern – fast alles Botschaften und Niederlassungen der verschiedensten Länder und Firmen der Welt – in die Nähe ihres Hotels gekommen waren (Tidi hatte jetzt ihre Stiefel an), plumpsten sie erleichtert in einem kleinen Café unter Bäumen in die leicht verrosteten Eisenlehnstühle und tranken erstmal einen Kaffee und aßen ein Stück Sahnetorte. Das gab es hier Gottseidank. Man war ja fast in Österreich.

Als Manfred und Tidi wieder in ihrem Hotel auf den Betten saßen und ihre Schuhe auszogen, nahm sich Tidi wieder ihre Neckermann-Wundertüte vor.

„Also heute abend ist die erste Opernvorstellung. Eine Premiere, was ganz Besonderes. ‚La Gioconda'. Nie gehört. Wie machen wir das also? 20 Uhr. Wir müssen vorher noch was essen."

Sie studierte den Stadtplan. Solche Dinge waren ihre Sache, da sie traditionell die Rolle der Kartenleserin übernommen hatte. Sie studierte Stadt- und Landkarten aus reiner Neugier und konnte sich die Himmelsrichtungen gut einprägen. Nicht immer fehlerfrei, aber schon ganz gut.

Manfred machte es sich im Liegen bequem. „Ich schlage vor, wir gehen zu Fuß. Über die Karlsbrücke zu diesem Platz, wie heißt er noch? Und suchen da ein Lokal, so gegen sechs Uhr. Um kurz nach fünf gehen wir los. Ich stell den Wecker auf kurz vor fünf."

„Halb fünf", sagte Tidi. „Für meine Schönheit brauche ich etwas länger."

Manfred stellte den Wecker.

Als sie beide kurz nach fünf Uhr loszogen, hatte Tidi eine matt silbern glänzende Bluse und einen dunklen Rock angezogen. Ein Kleid besaß sie nicht, aber das machte auch nichts. Die Halskette riss alles raus. Außerdem war sie überzeugt, dass sie immer noch gut aussah, nach den Blicken zu urteilen, die sie immer noch manchmal einsammeln konnte, wie sie mit etwas seufzender Befriedigung feststellte. Und sie hatte sich das Gesicht mit Make-up verbessert, Lidschatten aufgelegt und die Wimpern getuscht. Fassadenerneuerung.

„Und ewig lockt das Weib", dachte Tidi ironisch und stellte sich dann immer Brigitte Bardot auf einem Filmplakat vor, wie sie leicht bekleidet einem Gänseblümchen die Blütenblätter ausriss. 50er Jahre?

„Aufpassen, dass ich mir nicht die Augen reibe, wenn es windig ist", prägte Tidi sich ein. Sie hatte ein Reihe von natürlichen und wenig damenhaften Angewohnheiten. Ihre Stöckel hatte sie in einem Turnbeutel versenkt, den man mit dem Mantel in der Garderobe unauffällig abgeben konnte. Handtaschen jeder Art mochte sie nicht und ließ sie auch überall liegen, wenn sie eine mitnahm. Das Portemonnaie hatte Manfred, ihr weniger Kram kam in die Mantelinnentasche. An den Füßen hatte sie über die neuen schwarzen Perlonstrümpfe Wollsocken und Stiefel gezogen. Nicht schön, aber beim Essen waren die Füße ja

Gottseidank nicht auf dem Tisch. Sie gehörte noch einer Generation an, die sich genierte, wenn sie zu verschiedenen Anlässen nicht passend gekleidet war. Aber die Zeiten hatten sich verändert, und die Jugend kam mit Jeans überall zurecht. Auf gleichaltrige Damen in Kostüm und Dauerwelle mit unbequemen Schuhen mochte sie nicht sehen, es hätte für sie überhaupt keinen Zweck, diesen Lebenstil nachzuahmen.

Sie schwang sich in ihren hellen Staubmantel, zupfte an ihrem seidenen Halstuch, das nur zu solchen Gelegenheiten benutzt wurde, staubte noch schnell Manfreds Baskenmütze ab und griff nach dem Turnbeutel. Der Regenschirm!

„Was für ein lästiges Stück", dachte sie und schob den Knirps in den Beutel zu ihren Stöckelschuhen.

„Fertig?" Manfred hatte sich nicht so viel Mühe gegeben. Er ließ sich gerade noch zu einem sauberen weißen Hemd und zu Tuchhosen überreden. Da war Tidi gnadenlos. Er war zwar auch in Cordhosen noch ein gut aussehender Mann, aber so etwas schickt sich eben nicht in der Oper. Und dann noch eine Premiere! Sie sah im Geiste schon den Regisseur, Dirigenten und seine lieben Sänger auf der Bühne sich vor dem Beifall klatschenden Publikum verbeugen. Sie war gespannt, was das wohl wurde.

Manfred und Tidi waren also losgezogen – über die Karlsbrücke mit den vielen Leuten und Kleinkram-Verkäufern, am Turm vorbei über die verkehrsreiche Straße in die dunkle enge Gasse zum berühmten Altstädter Ring, einem großen Platz in der von Touristen belebten Altstadt. Schon als sie über die Straße gingen und in die enge Gasse kamen, in einem Menschenstrom gleitend, verloren sie sich manchmal aus den Augen. Wie gut, dass sie ihren Pfiff hatten. Sie blieben nämlich leicht vor irgend einem Schaufenster oder einem geheimnisvollen Torbogen stehen und der andere bemerkte es nicht und ging weiter.

Schon das erste Torgewölbe mit einem im Winde wehenden, halb abgerissenen Plakat an der Mauer schien in unheimlichen Tiefen zu verschwinden. Zu einem Innenhof. Man durfte nicht hinein. Eine riesige hohe Gebäudemauer ohne Fenster. Katholische Gerichtsbarkeit und Gelehrsamkeit, vermutete Tidi.

Sie hatte den Führer noch nicht durchgelesen, das tat sie hinterher und freute sich dann, wenn ihr atmosphärisches Gefühl sie nicht getrogen hatte. Hier war alles noch dunkelgrau. Aber es gab schon hier und da abgestrahlten hellen Stein und sehr sorgfältig und originalgetreu bemalte und angestrichene Häuser. Erst bei diesem Anblick konnte man ahnen, wie prachtvoll Prag einmal gewesen war.

Bevor sie auf den großen, weiten Platz traten, kamen sie an der großen berühmten Uhr des Rathauses vorbei. Ein Halbkreis von fotografierenden Touristen hatte sich auf dem Durchgang gebildet, die auf die geschlagene Stunde warteten, wo die berühmten alten Figuren aus einer kleinen Tür in der Mauer heraustreten, ihren Halbkreis um die Mauer ziehen und wieder in einer Tür auf der anderen Seite der Uhr verschwinden würden.

Irgendwie einmalig… – Tidi stand davor, während Manfred knipste, und sie begriff die astrologischen Zeichen und das System nicht. „Das ist eine Wissenschaft für sich. Wann war die späte Blütezeit der Alchimisten und Astrologen? 15. und frühes 16. Jahrhundert?“ Na ja, sie würde es nachlesen.

Sie hatten nicht so viel Zeit. Sie hoffte, dass man hier zu jeder Tageszeit essen konnte, bei den vielen Leuten.

Schließlich fanden sie ein Eßlokal hundert Meter weiter, das zwar teuer aussah, und Manfred schrie gleich – aber sie gingen zum Aushang und fanden es normal.

Es war richtig schön und schmeckte sogar. Kurz nach ihnen kam eine Gruppe von tschechischen Musikanten herein, die es sich in einer Ecke einrichteten und „Jazz“ spielten.

Es gab viel zu sehen, fand Tidi. Allein schon der schüchterne Geiger und der Flötist – wie liebevoll und sorgfältig sie ihre Instrumente anfaßten. Die neue kostbare Freiheit, die Instrumente, von denen sie lebten, ihre Musik, die ihre Gesichter glücklich strahlen ließ. Das Lokal war rammelvoll, und sie konnten durch die Glaswand mit den großen Pflanzen auf den Marktplatz sehen. Die Musikanten spielten mit Begeisterung Dixieland östlicher Prägung. Für diesen Ort und zum Essen herrlich und ein Erlebnis. Aber nach einer Stunde hätte Tidi es nicht mehr hören können.

Es war noch eine ganze Ecke hin bis zur Oper.

Als sie endlich vor dem erstaunlich kleinen Gebäude und dem klassizistischen Portal mit den großen Säulen standen, strömte schon das Publikum in den Eingang. Autos und Taxis fuhren vor und entließen gut gekleidete Herrschaften.

Tidi schämte sich etwas mit ihren kräftigen Gesundheitsstiefeln, aber schließlich waren sie erst im Vorflur, der noch keinen nostalgischen Charme hatte.

An der schmutzig-weißen quadratischen Mittelsäule war ein handgeschriebener Zettel befestigt. Natürlich eilten beide neugierig darauf zu, sie waren früh, halb acht.

„Sehr geehrtes Publikum," stand da in deutscher Sprache, „die Theaterdirektion sieht sich leider genötigt, den Publikumsteil, der durch sein Verhalten Künstler als auch die Besucher, die von der Vorstellung ein schönes Erlebnis mitnehmen wollen, darauf aufmerksam zu machen, dass sie gezwungen sein wird, Einschreiten in Angriff zu nehmen, die bis hin zur Verweisung der Störer aus dem Gebäude der Staatsoper führen können."

„Donnerwetter!", rief Tidi. „Manfred! Was für die ungezogenen Deutschen!" Sie kramte in ihrer Manteltasche und holte einen winzigen Notizblock hervor und zückte ihren Kuli. „Schreib doch mal ab. Herrlich! Meine Stiefel gehören hoffentlich nicht zu den Störern."

Manfred schrieb, während Tidi sich nicht rührte und sich durch Bewegungslosigkeit in Kopf und Gliedern von den Anstrengungen des langen Fußmarsches erholte. Sie war nicht sonderlich strapazierfähig in dieser Hinsicht. Sie gingen zur Garderobe, an der schon Gedrängel herrschte. Tidi verschwand hinter einer dicken Säule und zog ihre Schuhe aus und ihre Hochhackigen an. Da fiel ihr ein, dass sie ihre Stiefel ja auch verschwinden lassen musste, also ihr Turnbeutel nicht unentdeckt bleiben konnte. Sie quetschte den leidigen Regenschirm-Knirps auch noch hinein, der schon keine Hülle mehr hatte und ihr immer wie ein vergrößerter Entenfuß vorkam.

Die Frisur war auch etwas windgestört. Sie versuchte vor dem Spiegel ihr Bestes. Dann schaute sie sich um.

Ein verspiegelter runder Flur mit verschlissenem rotem Samtteppich, von dem die Türen in das barocke Theater abgingen. Wandelnde Damen in Kleidern, die sie sicher seit Jahrzehnten für diese Gelegenheiten im Schrank aufbewahrten. Gelegentlich Dékolletés, die füllige und interessante Einblicke gewährten, aber ausnahmslos bei bejahrten Damen so Ende vierzig. Schwer zu sagen, wer englisch oder tschechisch war. Farben, die sie in Hamburg seit Jahrzehnten nicht mehr gesehen hatte. Man sah auch Jugend in Jeans, wie in Hamburg oder Berlin.

Gedämpfte Unterhaltung, keine Munterkeit. Also etwas belegt. Tidi fragte sich, wo sie diese Atmosphäre schon ähnlich erlebt hatte. In Büchern? Eine noch nicht aufpolierte Antiquität, an der noch der Geruch der Urgroßmutter haftete?

Irgendwie war sie begeistert über das Erlebnis. In einer wieder aufgetauchten, versunken gewesenen Stadt.

Sie suchten ihren Platz. Fünfte Reihe. Nicht schlecht. „Neckermann macht's möglich“, flüsterten sie sich beide gleichzeitig zu und lachten übermütig. Verschiedene Düfte wehten an ihnen vorbei. Etwas zu süß. Zwei Reihen vor ihnen saß ein interessanter Kopf, ein dunkler großer Wuschel.

„Guck mal den da vorn“, flüsterte Tidi Manfred zu. „Der Intendant, wetten? Nachher steigt er aufs Podium, verbeugt sich und wedelt großartig mit den Armen.“

Manfred las ihr aus dem Programm vor. „Also: La Giaconda von

Amilcare Ponchielli, eine im Westen selten bis nie aufgeführte italienische Oper romantischen Stils, Tragödie.

La Giaconda zieht mit ihrer blinden Mutter als Straßensängerin durch die Straßen Venedigs. Von Barnaba, dem Spitzel, wird sie heftig umworben. Doch ihr Herz gehört Enzio, dem genuesischen Adligen, der aus der Stadt verwiesen wurde. Der eifersüchtige Barnaba denunziert die blinde Mutter als Hexe und sie wird beinahe ein Opfer der fanatischen Menge. Und so weiter und so weiter – Enzio liebt eine andere, er taucht da auch noch auf – diese andere Frau rettet aber die blinde Mutter, so muss die hasserfüllte und eifersüchtige La Giaconda verzeihen und verzichten. La Giaconda erdolcht sich schließlich vor den Augen des bösen Barnaba. Ende. Wie traurig."

Es wurde dunkel und die Ouvertüre begann.

„Wunderschön, doch, tolle Musik, romantisch und dramatisch, und die Geschichte passt so sehr zu Prag und allem hier", dachte Tidi ganz erhoben und der Vorhang ging auf.

In der Mitte des Platzes, sozusagen als Dreh- und Angelpunkt, stand ein etwa menschengroßer behauener Stein mit einem Tierkopf, der mit seinem drohend geöffneten Maul vorne herausragt. Das Maul ist ein Spalt wie ein Briefkasten, in den die Bevölkerung ihre Denunziationen hineinwirft, die ihre Opfer der Folter und dem Tode überantworten. Darum kreist die Handlung in den meisten Szenen.

Alles wurde italienisch gesungen, aber die Handlung war auch so nachvollziehbar. Über der Bühne gab es Hilfe für die Bevölkerung: Auf einem elektronischen Spruchband, das blau flimmerte, lief der tschechische Text begleitend zum Gesang quer über die ganze Bühne und verschwand auf der linken Seite im Nirgendwo.

Tidi erinnerte sich an eine der wenigen traditionellen Ballettopern, die sie gesehen hatte: Giselle, in einer ganz romantischen und herkömmlichen Inszenierung, aber wie schön war das! Sie fand, solche Sachen brauchten keine Modernisierung. Da gehörte alles passend zusammen.

Also die Nazis haben nicht alle Höllen erfunden, aber sie haben das Böse sozusagen industriell ins Unermeßliche vervielfältigt. Tidi setzte sich oft mit diesen Dingen auseinander, da sie viel Geschichtliches las. Wenn man schon nicht die Ursache des Bösen erkennen konnte, so wenigstens ihre Gegenwart. Das ist überlebenswichtig, fand sie.

Nachdem sie sich in der Pause und während der wirklich guten Inszenierung mit einer herrlichen La Giaconda-Stimme das ganze Ambiente zu eigen gemacht hatten, – wirklich ein zauberhaftes Barocktheater, ein bisschen wie in Celle, nur größer – , kam das Ende und der Applaus. Ein Premieren-Applaus. Tatsächlich stieg der Wuschelkopf, mehr Struwwelpeter als Beethoven, auf die Bühne, fasste sich mit allen seinen Lieben an der Hand, breitete auch schon mal die Arme aus und verbeugte sich glücklich.

So etwas bereitete Tidi ein übermäßiges Vergnügen, worüber sie laut lachen konnte.

4

Am nächsten Tag, Donnerstag, – sie hatten im mit dunklem Nadelfilz gefliesten Speisesaal zusammen mit den verschiedensten Menschen gefrühstückt – wollten sie die berühmte Bibliothek im Prämonstratenserkloster Strahov ansehen. Die Bilder davon hatten es den beiden angetan.

Diesmal fuhren sie mit dem Auto und verfuhren sich natürlich erst etwas, weil zwei Straßennamen fast identisch aussahen. Aber schließlich standen sie vor der großen offenen Tür, die in den hohen Kuppelsaal führte. Man durfte nicht hinein. Aber allein dieser Einblick war schon gigantisch. Eine Bibliothek aus der Höhe des Mittelalters. Natürlich waren die kostbaren Vertäfelungen und riesigen Globen, die herumstanden, nicht aus dem 12. Jahrhundert, aber die Welt des Wissens, die hier zusammengetragen wurde im Lauf der Jahrhunderte und so eine überwältigende Einheit mit der Architektur und der Ausstattung ausstrahlte, ließ ahnen und fühlen, was für eine Kultur in dieser Stadt einmal gewesen war.

Tidi gefiel die Atmosphäre hier. Sie hatte wenig von diesen Mönchen gehört. Es schien kein düsterer Orden. Die Mönche waren gelehrt und hatten unzählige Bücher handgeschrieben und illuminiert, die mit weißen Buchrücken in den Borden der langen Gänge bis zur Decke numeriert aneinandergereiht standen. Die Mönche hatten ein schlicht weiße Tracht, das konnte sie nach ihrem ausführlichen Rundgang durch Gänge und Lesesaal an der Rezeption studieren. Auf einem kleinen Fernsehbildschirm konnte man sich informieren, was dieser Orden in der heutigen Zeit an nützlichen Dingen tat.

„Vielleicht sind sie zu gelehrt, um erzkatholisch zu sein. Und sie waren den Mächtigen unentbehrlich, sonst hätten sie nicht diesen Reichtum erwerben können“, folgerte sie. Natürlich nahm sie sich wieder vor, auch das einmal nachzulesen, aber die Zeit eilt dahin. „Unter einem bestimmten Aspekt ist wissen besser als nur glauben“, dachte Tidi laut nach und wandte sich an Manfred. „Bloß ist der Mensch ein so vielschichtiges Wesen, und selbst im aufgeklärtesten Menschen lauert die Bestie.“

Mit diesen weisen Worten stellte sich wieder der Hunger ein und mahnte sie zum Aufbruch.

Die Sonne schien warm und nachdem sie sich ein bisschen an den Ständen mit Aquarellzeichnungen und anderen recht kultivierten Souvenirs die Zeit vertrieben hatten, trieb es sie die holperigen Steinstufen zur Stadt hinunter auf der Suche nach einem geeigneten Eßlokal. Ein Botschaftsgebäude neben dem anderen, als würde sich die ganze Welt auf engstem Raum ein Stelldichein geben. Ein Tor zum Osten?

Sie hatten in ihrer Neckermann-Tüte noch einige Gutscheine. Unter anderem den Besuch in einem Lokal mit dem vielversprechenden Namen „Vierzehn Engel“, was sicher nicht vierzehn Gänge beinhalten sollten. Mal sehn. Das sollte heute abend steigen.

Da sie gut zu Mittag gegessen hatten, waren sie nicht völlig ermattet, als sie gegen neun Uhr abends festlich gestimmt ihre vierzehn Engel in der touristischen Innenstadt fanden.

Es schien beeindruckend, obgleich sofort der leise, noch vage Verdacht eines „Wirtshaus im Spessart“ in ihnen entstand. Sie traten durch den Windfang und ein bückelnder Kellner mit weißen Handschuhen empfing sie und leitete sie vornehm an ihren Platz. Manfred zeigte ihm unauffällig seine beiden Gutscheine.

„Nach dem Essen“, gab ihm der Kellner diskret zu verstehen.

„Donnerwetter, ein brennender Kamin! Wouh!“ murmelte Tidi mit verstellt tiefer Stimme. Die Decke war gewölbt, es war ein uraltes Gemäuer mit dramatischen Wandgemälden, sich aufbäumende Pferden und Kämpfern darauf.

Sie saßen nebeneinander an einem Tisch, neben sich ein deckenhohes Bord mit riesigen verstaubten Weingläsern.

An den Nachbartischen saßen wortlos einige Paare.

„Warum redet hier keiner?", fragte Tidi besorgt.

Manfred war damit beschäftigt, Wein auf der Karte auszusuchen, obgleich er die Namen sowieso nicht kannte. Schließlich bestellte er irgendwas, und sie fingen an zu bechern. Ihr Heiterkeitsspiegel stieg beachtlich schnell in die Höhe – es hatte ja auch vorher schon ein Schnäpschen des Hauses gegeben, inclusive? – und nicht lange, da lachten sie über alles Tränen, was nur an albernen Sätzen wie von selbst aus ihrem Munde kam. Sie waren wirklich mopsfidel, als der Kellner mit seinen weißen Handschuhen kam und mit übermäßiger Vornehmheit ihnen eine silberne Platte mit allerhand Vorspeisen hinhielt. Sie durften wählen.

Aber so betrunken war Tidi denn doch nicht. Thunfisch aus der Dose, hartgekochte Eierscheiben, labberige Paprikastreifen und sowas alles.

Da halfen auch die Handschuhe nichts.

Sie hatten Ente bestellt. Es kam aufgewärmtes Entenfleisch, weicher aufgewärmter Rotkohl und glasige Kartoffeln. Wenigstens machte der Wein lustig, sauer oder nicht. Sie ließen sich in ihrer Albernheit nicht beeinflussen. Nachtisch: Ein Eis in einem dicken Sektglas, damit es ‚viel' aussah, mit Papierregenschirm und Wunderkerze. Sie wurden noch übermütiger.

Am Nachbartisch gab es Streit mit dem Kellner. Der erboste Ehemann hielt die Quittung in die Höhe und entrüstete sich mit verhaltener Lautstärke auf englisch.

Am anderen Tisch in einer Stunde nicht ein einziger Mucks.

Tidi schwante was. Sie besprachen es beide. „Also wir haben uns gut amüsiert", meinte Manfred. „Egal, was jetzt kommt, wir machen keinen Zoff und vergessen das Ganze möglichst schnell. Diese Erfahrung ist hier inklusive, was meinst du?"

„Mein Herzallerliebster, du bist der Größte. Nur kein S-treß", lallte Tidi und prustete wieder los.

Manfred gab seine Gutscheine ab. Bisher hatte er ja noch gedacht, dieser Gutschein gelte für die ganze Mahlzeit, wie drauf stand: „3-Gänge-Menu mit einer Flasche Wein". Pustekuchen. Nicht für den Thunfisch und die hartgekochten Eier, das hors-d'oeuvre. Nicht für die zweite Flasche, und da hauen die vierzehn Engel in die Suppe!

„Ihr Menu ist leider im Gutschein nicht enthalten", sagte der Kellner diskret. Das heißt auf deutsch, es ist viel teurer, und wurde nicht vorher offenbart.

Tidi hätte so gern gesehen, wie die Köchin aussah. In ihrer Vorstellung war sie die Hexe aus Hänsel und Gretel.

Manfred blätterte cool hin wie Graf Cox.

Sie eilten von dannen, nicht ohne dem weißen Handschuh noch eine höfliche Verbeugung gegönnt zu haben und traten auf die nächtliche Gasse.

„Oh, ich liebe und verehre dich, mein großer Held", lachte Tidi und henkelte sich bei ihm ein. „Wir werden unser Geld sowieso auf die eine oder andere Weise loswerden. Unsere Jungs hätten sich sicher gleich bei Neckermann beschwert, was ein gutes Werk wäre. Aber wir sind Duckmäuser und denken lieber an den himmlischen Frieden, nicht?"

„Genau."

Nach ausgiebigem Bummeln in den kleinen Läden mit den herrlichen Puppen und Marionetten und unzähligen Kostbarkeiten der Volkskultur – was haben die Tschechen doch für ein liebes und kindliches Herz! – trudelten sie gegen Mitternacht wieder in ihrem Hotel ein und freuten sich auf den nächsten Tag.

5

Für heute, Freitag, fischten sie eine Stadtrundfahrt aus ihrer Tüte. Abends sollte es wieder in die Oper gehen, die ihnen schon ganz vertraut erschien. Diesmal wollten sie aber mit dem Auto dorthin fahren, genug gerannt. „La Traviata“ stand auf der Eintrittskarte. Schon etwas vertraut.

Sie fanden sich um etwa zehn Uhr auf dem Altstädter Ring ein. Noch anderthalb Stunden bis zur Abfahrt des kleinen Busses an der Haltestelle hinter dem Platz, den sie schnell fanden.

Tidi stand nachdenklich vor dem großen Denkmal von Johann Hus, dem religiös-politischen Reformator und Märtyrer der Tschechen aus dem späten Mittelalter. Irgendetwas bereitete ihr Unbehagen, aber sie wusste nicht, was. Manches war ähnlich wie bei Luther – sie beide waren lutherisch – aber nicht alles. Die Hussitenkriege – sie wußte so gut wie gar nichts davon.

„Ich werde es nachlesen“, dachte sie mal wieder. „Ein Gelehrter, ein Patriot und ein Krieger.“ Aber mit diesem Gefühl in ihr kam sie nicht klar. Weil sie eine Deutsche war? Freiheitskämpfer verstand sie eigentlich ganz gut. Na ja. Vielleicht lag es daran, dass sie selbst glaubte, dass sich die dauerhafte Dominanz einer einzigen Volkskultur in keiner Landschaft jemals verwirklichen ließe. Dazu verändert sich die Welt zu schnell.

„Vielleicht ist es die Art, wie Menschen mit Macht umgehen, und was für Greuel sie damit verursachen. Wie würde ich mich verhalten, würde ich kämpfen oder den Mund halten?“, fragte sie sich. Demonstrationen auf der Straße hasste sie, aber sie war ganz und gar für die Demokratie.

„Ich möchte noch hier in der Straße Noten kaufen“, sagte Manfred und sie gingen in eine Straße mit einer Bank und einer Buchhandlung. Sehr preiswerte Noten und Sachen, die es in Hamburg nicht gab. Sie kauften einen ganzen Stapel für Klavier oder Gitarre und Bratsche.

Als sie wieder nach draußen traten, musste Tidi an Franz Kafka denken. Auch in einer Straße weiter zum Süden hin, wo große alte Bauten waren mit kleinen, etwas verhuschten Geschäften unter Collonaden, kam ihr immer Kafka in den Sinn.

Kafka hatte sowohl in ihrer Kinderzeit als auch im Lehrplan ihrer Kinder als Pflichtlektüre gestanden, und das hatte sie gequält. Es war wohl nötig, dass sie sich damit auseinandersetzten, aber da war auch so viel Siegmund Freud dabei. Er geisterte hier herum, schien ihr. In den kleinen Antiquariaten, in den muffeligen Ecken, in den kleinen Gassen. Sie hörte im Geiste alte, dämmerige Dielen knarren und sah die Ratten herumhuschen.

Es waren schon einige Leute an der Haltestelle. Der kleine Bus kam und sie setzten sich manierlich auf zwei Plätzchen. Ein Herr neben dem Fahrer begrüßte sie in tschechisch, englisch und deutsch.

Sie fuhren an alten und bereits aufwendig renovierten Bauten vorbei und hörten aufmerksam zu. Im Judenviertel stiegen sie aus und bekamen eine Viertelstunde Zeit. Eine kleine, historisch bedeutsame Kapelle, ein heimlicher Treffpunkt in alter Zeit, eine Synagoge von heute, eine Straße, in der keine Juden mehr lebten. Alle, alle ermordet. Ein kleiner alter Friedhof mit schiefen Grabsteinen.

„Warum richten sie die nicht wieder?“, fragte sich Tidi.

Es ging weiter – die Geschichte einer reichen und gefeierten Konkubine, ein ehemals pompöses Casino und Café – und dann ging es in die richtige Stadt gen Osten. Nichts mit Tourismus und Prunk. Vergammelter Sozialismus, Mietskasernen, Elend. Wenig Menschen auf den Straßen.

Tidi gruselte sich. „Hier möchte ich nicht mit dem Auto stehenbleiben müssen oder gar aussteigen“, sagte sie. Ein ähnliches

Räubergefühl hatte sie auch einmal in einer Großstadt des Baskenlandes erlebt. Nur dass dort die Türöffnungen noch schwärzer waren.

Und diese Art Stadt ging auf ihrem Stadtplan noch endlos weiter nach Osten.

„Bei uns im Hotel ist es ja richtig kuschelig“, meinte sie zu Manfred.

Da waren sie wieder in ihrem Opernhaus. Diesmal schien mehr Abonnements-Publikum da zu sein. Sie hatten wieder ihre Plätze in den ersten Reihen des Parketts.

Die Traviata oder Kameliendame war ja eigentlich keine unsympathische Erscheinung, im Gegenteil. Und ihr lieber Vater, na ja, er dachte, er tut das Richtige, wenn er ihr Leben zerstört, um seine Gesellschaftsfähigkeit zu retten. Aber dieses Laszive der ganzen Geschichte war, wenn man es öfter hörte, nicht so ganz, mhm. Blass lila war die vorherrschende Farbe. Vielleicht ein Zeitgemälde. Irma la Douce ist da etwas vitaler. Die Schwindsucht gehörte Tidis Meinung nach so in den ersten Teil des 19. Jahrhundert. Aber Verdis Musik!

Manfred fühlte sich bei solchen Geschichten immer leicht bis erheblich unbehaglich, was Tidi wieder zum Lachen brachte. So schrie er denn laut in den Applaus hinein: „Es riecht nach Baldrian!“

Wobei nicht ganz klar wurde, ob er die Damen in der Reihe vor ihnen (der Parfümduft), die Oper oder die feucht-gerührten Augen des Publikums meinte.

Sie fanden noch ein Lokal, wo sie gemütlich ein Glas Wein trinken konnten und ein Süppchen essen.

Morgen wollten sie noch zum Abschied spazieren gehen und eine Schiffsfahrt auf der Moldau unternehmen.

6

Ein sonniger, warmer Frühlingstag war angebrochen. Auf einigen Beeten auf Plätzen oder im Park verblühten schon Narzissen und Osterglocken. Die Tulpen hatten sich noch nicht geöffnet.

Die Umgebung war Manfred und Tidi schon so vertraut geworden, dass sie sich ganz zu Hause fühlten. Sie wurden sogar schon nach dem Weg gefragt von einer netten Amerikanerin und hatten hier und da einen kleinen Plausch.

In der Nähe ihres Hotels gab es eine moderne schicke Pizzeria mit einem großen Steinofen, an dem der Pizzabäcker herrliche Sachen buk. Man konnte ihm bei der Zubereitung zusehen. Besser als in Hamburg.

Sie hatten sich Wallensteins Niederlassung aus der Entfernung angesehen. Von einem erhöhten Platze aus konnten sie in den noch unbelebten Innengarten sehen, die Größe der Anlage bewundern und sich so ihre Gedanken machen. Hinein konnte man nicht wegen Bauarbeiten, aber sie hatten auch nicht genug Zeit.

Beide hatten sie vor einiger Zeit mit Begeisterung den Wallenstein-Film im Fernsehen gesehen. Daraufhin hatte Tidi den Schiller auch noch gelesen und sich den dicken Wälzer von Golo Mann aus dem Nachlass ihres Vaters ‚unter die Nägel gerissen'. Eine umwerfende Geschichte, fand sie, obgleich sie in dem Lebenswerk in der Mitte stecken geblieben war. Dramatisch, spannend, ein Mann, der Europa veränderte.

Ein Herrscher, Humanist, Krieger und ein Heide, wenn sie sich nicht irrte. Der Maßlosigkeit verbunden. Also doch kein Humanist. Na ja, egal, sie war ja nicht so gebildet, dass sie das beurteilen konnte. Seine

Herrschsucht hatte ihn umgebracht. Faszinierend. Ein Böhme. Böhmen war auch deutsch.

Nun standen sie im späten Nachmittagslicht an der Anlegestelle zum ‚Vergnügungsdampfer' und warteten.

Sie ergatterten einen Tisch auf dem Oberdeck und Manfred bestellte gleich eine Flasche Wein.

„Wir müssen den Abschied von Prag feiern", sagte er überzeugt und nachdrücklich.

„Schade, es scheint mir, es wären Wochen vergangen, dabei sind wir erst den vierten Tag hier." Tidi trauerte etwas.

Das Schiff kehrte um und zog gegen die Strömung wieder Richtung Anlegestelle.

Manfred und Tidi hatten den Wein längst ausgetrunken (hauptsächlich Manfred) und hingen nun neben anderen Passagieren über dem Geländer und sahen in die vorbeiziehende Strömung.

Etwas Weißes kam ihnen in einiger Entfernung entgegengetrieben. Sie hörten, wie am Bug des Schiffes einige Leute riefen.

„Das scheint ein Mensch zu sein", sagte Manfred. Sie waren auf dem hinteren Teil des Schiffes und sahen einen Körper mit grellen roten Haaren, die sich wie Algen im Wasser wanden, und einem weißen Kleid auf der Strömung vorbeiziehen.

Das Schiff hatte volle Fahrt und die Bugwellen, die sich verbreiterten, bewegten den Körper hin und her.

Das Wesen, offensichtlich eine Frau, hatte Schwimmärmel an den Armen. Und es leuchtete kurz golden auf. Einen kleinen Moment lang sah man, wie sich der Körper durch die Wellen zur Seite drehte und den Rücken zeigte. Etwas Silbernes blinkte.

Wie ein Garderobenhaken mit einem schwarzen Knopf. Vielleicht eine Schaufensterpuppe mit Haken? Nein, der Haken hatte nicht den richtigen Winkel.

„Manfred, siehst du, da? Da steckt etwas im Rücken!"

„Wo", fragte Manfred.

„Schon vorbei", Tidi schaltete schon. „Das war eine Frau mit einem Messer im Rücken!", rief sie.

Die Leute waren aufgeregt.

„Ich habe es auch blinken sehn", sagte ein Herr, „aber es war zu kurz. Das Schiff fährt zu schnell."

Der Lautsprecher schaltete sich mit einem Klick ein.

„Meine Damen und Herren", schallte die Stimme undeutlich über das Schiff und wiederholte sich in drei Sprachen. „In einigen Minuten legen wir wieder an. Wir hoffen, Sie hatten eine angenehme Zeit und haben Freude an der Fahrt auf unserer schönen Moldau gehabt. Kommen Sie bald wieder. Wir wünschen Ihnen einen angenehmen Abend."

Manfred und Tidi nahmen ihre Jacken von der Stuhllehne, sammelten Tabakpfeife und die Zigaretten mit Feuerzeug ein und guckten noch unter den Tisch, ob sie auch nichts liegengelassen hätten.

Alles stand schon startbereit. Das Schiff stoppte, es gab einen Ruck. Die Menschen setzten sich in Bewegung.

Die Abendsonne stand schon recht tief und es war kühler geworden, aber die goldene runde Kuppel des Theaters und der Fluß glitzerten noch im Licht der tiefen Sonnenstrahlen.

Natürlich machten sich Manfred und Tidi einige Gedanken über diese Flußleiche, aber es bestand ja kein Zweifel, dass bereits jetzt irgend eine Flußpatrouille oder ein anderes Polizeiboot die Frau aus dem Wasser gefischt hatten.

Tidi erinnerte sich an die sechziger Jahre, als die Paris-Romantik blühte und die legendäre „Inconnue de la Seine" so richtig sentimental in Mode war. Ein richtiger Kult.

Das gehörte zu der berühmten „Einsamkeit von Paris". Und doch so schön, Paris, mon amour. Sowas konnte Tidi sich so richtig auf der Zunge zergehen lassen. Mit Gefühl, schließlich war sie ja auch nur ein Weib, ha ha.

Manfred hatte sich zu der Zeit, als sie sich noch nicht kannten, mit

Wald und Wüste und Jugendgruppen-Fahrten beschäftigt. Wahrscheinlich auch nicht nur…

Ob es in Prag nun auch so eine Wasserleichen-Romantik gab, dazu noch in den neunziger Jahren, konnte sie wirklich nicht wissen.

„Was fangen wir denn heute mit dem letzten Abend an?“, fragte Manfred und sie standen so herum.

„Jetzt gehen wir in die Pizzeria und gewöhnen uns wieder an die Moderne“, schlug Tidi vor. Museum und Kunst hatten sie zwischendurch auch schon gehabt. Wie lange das alles her war.

Das Auto war nicht weit. Den kniffligen Kreisverkehr hatten sie inzwischen begriffen. Wie hübsch, die Straßenbahn, wie sie über die Brücke ratterte.

7

Nachdem nun Manfred und Tidi an ihrem Tisch neben dem Pizza-Ofen genug Zeit gehabt hatten, um über Gott und die Welt und alle möglichen Geschichten von zu Hause, die wie immer am Ende eines Urlaubs wieder aus der Versenkung auftauchten, zu reden und nachzudenken, brachen sie schließlich auf und betraten die stille kleine Gasse mit ihrem Kopfsteinpflaster.

Wenige Menschen kamen vorbei. Ihre Schritte hallten laut auf den runden Steinen im Dunkel zwischen den Hauswänden. Zum Hotel waren es nur einige Minuten.

„Ich würde ja gern noch einmal auf die Karlsbrücke“, sagte Tidi. „Aber ich glaube, noch lieber will ich ins Bett. Wann stehen wir auf?“

„Spätestens um halb zehn Frühstück“, sagte Manfred. „Wir wollen morgen bis Dresden kommen und müssen da noch ein Hotel suchen.“

Im Bett lag Tidi noch länger als eine Stunde wach. So war es meistens, jedenfalls immer, wenn sie etwas Neues erlebt hatte oder sich anschickte, etwas Neues zu erleben. Heute traf nun beides zu. Aber schließlich dankte sie Gott, dass sie in so einem schönen Bett liegen konnte und nicht tot im kalten Wasser schwamm. Wie lästig, wenn sich Manfred genauso viel Gedanken machen würde wie sie. So war es besser. Da konnte sie sich an seiner Ruhe ein wenig festhalten.

Sie wärmte sich noch ein wenig an ihrem schlafenden Ehemann und glitt langsam hinüber in das Land des Nichts.

Am nächsten Morgen – Tidi musste immer, wenn sie aufbrechen wollten, vor Manfred unter die Dusche –, packte sie zügig Koffer und

Taschen, möglichst so, dass sie nicht immer noch kramen mussten, wenn sie abends irgendwo ankamen. Dann war er ungeduldig, und sie musste aufpassen, dass er nicht einfach rief : „Ich gehe schon mal!“.

Beide fanden eigentlich, dass es die gute Sitte verlangte, dass sie in trauter Zweisamkeit wieder im Volk erschienen.

Sie grüßten den Portier hinter seinem Tresen und bogen in den Speisesaal ab. Die Baseballmannschaft war nicht mehr da. Dafür eine amerikanische Großfamilie in grellen und witzigen T-Shirts. Und ein typisch englischer zeitunglesender Gentleman älteren Semesters. Und Frauen in selbstgestrickten gelben und rosa Pullovern, die Tidi an die DDR erinnerten.

Es gab große Boiler-ähnliche Behälter für Orangensaft, Milch, Tee und Kaffee. Der Orangensaft schmeckte künstlich und verdünnt, und der Kaffee war todsicher mit Malzkaffee vermischt. Aber sie beklagten sich nicht. So war das hier eben. Sie waren verwöhnt.

Sie begannen zu frühstücken, noch nicht sehr gesprächig.

Sie hatten wieder Glück mit dem Wetter, die Sonne schien. Ihre Stimmung hob sich langsam und die ersten Späßchen wagten sich bei der zweiten Tasse Kaffee hervor.

„So, und jetzt lass uns los ziehen!“ Manfred erhob sich. „Wir räumen das Zimmer und dann zahle ich.“

Eine viertel Stunde später bugsierten sie ihre beiden Koffer und allerhand kleine Taschen aus dem Aufzug und Manfred begab sich zum Empfang, während Tidi bei dem aufgehäuften Gepäck in einer Ecke wartete.

Am Empfang standen mehrere Leute, unter ihnen eine kleine mollige Frau in einem etwas zu eng sitzenden dunkelblauen Kostüm mit einem langen, dünnen, etwas unbeholfen wirkenden jungen Mann. Sie sprachen mit Manfred.

„Die Frau ist so Ende dreißig und hat eine Amtsmiene“, stellte Tidi fest. „Aber der junge Mann guckt ganz freundlich aus der Wäsche. Was die wohl von ihm wollen.“

Manfred winkte zu Tidi herüber. Die Armbewegung bedeutete, dass sie kommen sollte.

Tidi ging hinüber, nicht ohne einen schrägen Blick auf das Gepäck zu werfen.

„Die Kriminalpolizei", sagte Manfred. „Sie wollen uns etwas fragen."

Die drei gingen zum nächsten Tisch. Tidi schnappte sich geistesgegenwärtig einen Koffer und die Taschen und bugsierte sie in den Saal neben den Tisch. Dann lief sie nochmal zurück und holte den Rest.

Es war ihr peinlich und sie fing an zu schwitzen.

„Immer schwitze ich im Gesicht", dachte sie ärgerlich und hob den Mantel auf, der vom Koffer gerutscht war.

„Na endlich!" Sie setzte sich hin und verschnaufte etwas aufgeregt.

Die Dame sprach auf tschechisch und der junge Mann übersetzte.

„Entschuldigen Sie, dass wir Sie belästigen, wir erhoffen uns von Ihnen etwas Hilfe. – Wir haben ja Glück gehabt, dass wir Sie noch erwischt haben –", fügte der junge Mann hinzu und lachte. Wenn er lachte, sah er wirklich herzerwärmend aus. Die Dame blieb ernst.

„Durch einem Kellner der Prager Personen-Schifffahrt haben wir Ihre Adresse ermitteln können."

Tidi überlegte angestrengt. Hatten sie sich irgend jemandem vorgestellt?

„Sie haben glücklicherweise Ihre Getränke mit Kreditkarte bezahlt. Stimmt es, wie uns ein Kellner mitgeteilt hat, dass Sie Ihrem Mann zugerufen haben, dass sie an der Person, die im Fluss trieb, etwas Auffälliges bemerkt haben?"

Sie wandten sich an Tidi.

„Ja, das stimmt", antwortete Tidi, „Es war eine Frau mit roten gefärbten Haaren und einem weißen Kleid. Und Schwimmärmeln."

„Ja, das ist richtig. Haben Sie auch gesehen, was in ihrem Rücken steckte?"

„Ja, durch die Bugwellen drehte sie sich ganz kurz. Soweit ich mich erinnern kann, etwas Silbernes mit einem schwarzen Ende."

„Als die Frau aus dem Wasser gezogen wurde, war kein Messer mehr im Rücken. Es kann durch ein Hindernis, zum Beispiel an der Flussschwelle, abhanden gekommen sein.“

Tidi erinnerte sich. Es gab hinter der ersten Brücke eine etwa einen halben Meter hohe künstliche Schwelle, durch die kein Schiff fahren konnte. Dort hatten sie einen Bogen zum rechten Ufer hin gemacht und waren dann auf der linken Uferseite an einer Mauer entlang weiter gefahren.

„Können Sie so ein Messer mit Tauchern finden?“, fragte Tidi neugierig und hätte gern noch mehr gewusst. Aber man durfte wohl nicht zu schnell vertraulich werden.

„Das ist schwierig, aber nicht unmöglich. Wenn wir wissen, wo es sein könnte und wonach wir suchen“, sagte die Dame, nun etwas entspannter. Der junge Mann übersetzte.

„Wir möchten Ihnen wirklich keine Mühe machen. Aber es ist sehr schwierig, die Identität dieser Frau herauszufinden. Sie hatte keine Papiere und kann nichts mehr sagen“, meinte der junge Mann.

„Sicher ein Assistent, der sich bewähren muss“, überlegte Tidi.

Wenn sie witterte, dass ihre Meinung gefragt war, dachte sie gern auch etwas länger nach.

„Sie hatte Schwimmärmel an, vielleicht ist sie aus einem Boot gestürzt?“, schlug sie vor.

„Leider haben wir noch keinen Anhaltspunkt. Eine Vermisstenmeldung liegt noch nicht vor“, sagte die Dame.

Einen Moment Stille. Manfred fiel nichts Erhellendes ein.

„Vielleicht hat sie ja Kinder oder ein kleines Kind, und wohnt allein in einem Mietshaus,“ phantasierte Tidi weiter, denn ihr kam die Stadtrundfahrt mit den elenden Wohnblöcken in den Sinn.

„Das könnte sein, aber wie gesagt hat sich noch niemand gemeldet.“

„Macht man das heute noch immer so mit dem Gebiss?“, fragte Tidi todesmutig und sah Manfred etwas keck an, der unwillig die Stirn runzelte. Er fand sie manchmal vorlaut, glaubte sie zu wissen.

Der junge Mann lachte. „Sie liest Kriminalromane“, glaubte Manfred erklären zu müssen.

„Doch, das wird auch gemacht, aber Prag hat hunderte von Zahnärzten und sie könnte auch eine der vielen Touristen sein“, erklärte die Dame. „Soviel ich bis jetzt weiß, hat sie auch sehr gesunde Zähne“.

Sie saßen noch einige Sekunden so herum, dann standen die beiden auf und bedankten sich.

„Sie erlauben bitte, dass wir Sie vielleicht noch einmal anrufen, wenn Unklarheiten entstehen. Wir haben Ihre Adresse. Wann sind Sie zu Hause?“

Manfred kramte zur Sicherheit noch seine Visitenkarte mit der Faxnummer drauf aus seinem Portemonnaie und versicherte ihnen, dass sie in zwei bis drei Tagen zu Hause zu erreichen seien.

Sie machten noch ein paar freundliche Bemerkungen, wünschten eine gute Heimreise und gingen.

Manfred war doch etwas ins Schwitzen geraten.

„Man findet ja nicht jeden Tag eine Leiche. Würde mich auch interessieren, wie sie das aufklären. Ich würde da sofort mit allem durcheinander kommen. Lass uns hier abhauen.“

Sie griffen beide nach ihren Koffern und Taschen und die Tür des Hotels schloss sich hinter ihnen.

Es ging zügig zur Stadt hinaus gen Norden. Die Landschaft war etwas schöner als auf der Hinfahrt. Kurz vor der Grenze bei Teplitz wollten sie ein Restaurant suchen.

Es war Mittag geworden, als Tidi rief: „Sieh mal, da am Straßenrand!“

Links von der Straße stand ein uraltes verfallenes großes Haus, dessen Fenster und Türen notdürftig mit Brettern vernagelt waren. In der Umgebung standen auf der rechten und linken Seite überaus grell und ordinär gekleidete Bordsteinschwalben und gestikulierten zu den Autos hin mit sehr eindeutigen vulgären Signalen.

„Die sehen doch, dass Du nicht allein bist!“, rief Tidi entrüstet. „Igitt, wie widerlich. Am hellen Mittag! Noch einen billigen F… kurz vor der Grenze. Na sowas! Lass uns bloß schnell raus hier.“

Manfred lachte und gab Gas. Als sie endlich ein kleines Imbissstübchen fanden, fühlten sie sich wie in Tante Emmas Schrebergarten in einer Flüchtlings-Kleingartensiedlung.

„Und nun hinein in den DDR-Mief“, rief er vergnügt. „Riecht etwas anders, aber auch immer noch bedrohlich.“

„Mief der ehemaligen DDR“, verbesserte Tidi. „Mein Gott, was ist Hamburg doch für eine schöne freie Stadt. Ich sollte von meinem Sinn fürs Atmosphärische mal Urlaub machen.“

„Mach ein kleines Nickerchen, ich fahre dich schon“, sagte Manfred fürsorglich. Tidi schob sich ihre Jacke hinter den Kopf, stellte die Lehne zurück, nahm ihr Brille ab und machte ein kleines Nickerchen.

8

Es war Montag, der zweite im April. Manfred war wieder im Büro, der Alltag hatte wieder begonnen.
Jeden Morgen stand er mit der Vorfreude auf, dass er bald aus dieser Tretmühle entlassen sein würde und ungeahnte Freiheiten auf ihn warteten. Seine Firma löste sich auf, und er hoffte auf eine Abfindung. Natürlich hoffte er auch, dass er keine neue Stellung würde finden können und sich ungestört seiner eigenen Arbeit widmen könnte. Auch Tidi freute sich schon. Es würde herrlich werden! Jeder Tag ein Feiertag und dennoch immer genug zu tun. Und dann und wann eine kleine Reise.

Jetzt hatte sie erstmal genug mit Koffer-Auspacken zu tun. Überall lag Wäsche in kleinen sortierten Häufchen herum und der Trockner summte.

Draußen regnete es natürlich. Hamburg…!

Am späten Nachmittag würde sie mit der Arbeit aufhören und sich in ihren Lehnsessel setzen. Dort wartete auf ihrem Tischchen schon ein Stapel Bücher aus der Bücherei. Und den Stadtführer wollte sie nochmal durchlesen, damit sie sich die Namen und die Geschichte der Orte einprägen konnte, die sie gesehen hatten. Wie herrlich waren diese Tage gewesen!

Vor ihren inneren Augen leuchtete das Strahov-Kloster weiß im Sonnenlicht, tausende Bücher standen seit Jahrhunderten regungslos in ihren Regalen und strahlten nur mit ihren Rücken Erhabenheit aus. Ein weißer Mönch mit einer weißen Soutane, einem weißen Käppi und einem weißen Umhang schritt gemessen über den Hof (Den hatte sie leider nicht gesehen). Ein Glöckchen bimmelte im kleinen Turm. Die

Stadt lag vor ihnen im dunstigen Sonnenlicht, die Moldau zog dahin. Auf der Karlsbrücke standen die steinernen Figuren und rührten sich nicht, seit Jahrhunderten. Darunter standen die Verkäufer und boten ihre Karten und ihren Firlefanz an.

Dunkle Torbögen gähnten ihnen entgegen, ein Räuber mit weißen Handschuhen machte eine Verbeugung und alte und junge Musiker spielten freudestrahlend Dixieland. Ein dünner, gekrümmter Kafka zog durch dunkle Gänge und erschlug alle weltlichen und geistlichen Inquisitoren, die ihm in die Quere kamen, mit einem Buch. Recht so! Sie verwandelten sich in große Küchenschaben, die in schmutzige Ritzen huschten. – Ziehende Scholaren mit roten Westen spielten auf der Querflöte und geigten. Ein kleiner bunter Harlekin zappelte lustig grinsend an seinen Schnüren… Manfred hatte eine schwere kleine Zinnfigur gekauft. Einen sehr kostbar aussehenden geharnischten Ritter, sorgfältig bemalt.

Die großen steinernen Riesen schwangen finster ihre Keulen über Maria Theresias Tor. Und Johann Hus überlegte immer noch auf seinem freien Platz, wie er seiner Reform zum Sieg verhelfen könnte. Herr Wallenstein ruhte erbittert und finster in seiner Gruft. Bald würden die Rosen in seinem abgezirkelten Garten wieder Blätter haben und Blüten treiben.

Und was machte St. Georg auf seinem hohen Podest? Er konnte nicht vom Pferd steigen, und wenn, musste er hinunterspringen und würde sich die Haxen brechen. Sollte er da bleiben, den heutigen Menschen zur Ermunterung und immer wieder den Drachen tot stechen mit seiner langen Lanze.

Die Straßenbahn fuhr langsam über die Brücke und belebte mit seiner Silhouette den Abendhimmel. Am Moldauufer schwangen die tiefhängenden Zweige der großen Bäume im Park hin und her und hatten schon kleine grüne Knospen.

Eine Sängerin sang mit einer wunderschönen Stimme, während sie im Liebestod verblich. Baldrian. Wie schön traurig…

Der Summer des Trockners schreckte Tidi aus ihren Tagträumen. Ja, die Leiche im Fluss, das war kein Liebestod, und wenn, dann nur um viele Ecken rum.

Eigentlich musste so ein Polizist ein dolles Gedächtnis für Namen und Stammbäume haben. Er musste doch ständig Beziehungskisten und wahrscheinliche Verbindungen ausgraben.

Die Wirklichkeit war ohne die schöne Hülle der Kunst und Phantasie doch noch trostloser als das abschreckendste Bildnis, dachte Tidi so vor sich hin.

Sie legte gerade die Wäsche auf der Trockenablage zusammen, als das Telefon klingelte.

„Bartels?"

Eine etwas undeutliche Stimme meldete sich. „Sind Sie von der Jiwa-Bruderschaft?" fragte Tidi, denn oft meldeten sich Durchreisende, die bei ihnen im Jiwa-Haus ihre Anbetung, ihr „Sifat" machen wollten und fragten, wie sie zu ihnen kommen könnten.

Sie schaltete etwas langsam. Der kriminale Assistent aus Prag, Herr... Wenzlav.

„Ah ja, Entschuldigen Sie bitte, ich habe manchmal eine lange Leitung."

„Es wurde getaucht, und das Messer wurde tatsächlich an der Flussschwelle gefunden. Es war zwischen zwei Steinen hängen geblieben. Silbernfarbener Griff mit einer Fassung aus Hartplastik. Wie Sie richtig beobachtet hatten. Das ist soweit klar. Wir haben auch schon eine Spur. Ein mutterloses vierjähriges Kind wurde gemeldet. Es lief auf der Straße herum und weiß nicht seine Adresse. Sie heißt Anna und spricht tschechisch.

Aber wir kriegen nichts aus ihr heraus. Wir mochten ihr das Foto noch nicht zeigen, um sie nicht zu sehr zu erschrecken. Sie faselt nämlich etwas. Sie hätte einen guten Engel gesehen in weißen Kleidern und mit weißen Flügeln, der hätte sie an die Hand genommen und gefragt, wie sie heißt und ihr gesagt, der liebe Gott würde sie beschützen. Die bösen Männer könnten ihr nichts tun. Wir finden öfter Kinder, es ist nicht gesagt, das es Zusammenhänge gibt.

Wir haben noch eine Frage, die im Zusammenhang mit den Strömungen eine Rolle spielen könnten: Auf welcher Seite des Schiffes sahen Sie die Frau? Und haben Sie auf die Uhr gesehen? Wir haben auch die Aussagen eines Kellners, aber die waren sehr beschäftigt."

„Wir waren auf dem Rückweg und fuhren gegen die Strömung. Zur Flussmitte hin sahen wir die Frau, also rechts, etwa 20 Meter entfernt, nicht in der Flußmitte. Das Schiff fuhr mehr auf der linken Stromseite, von uns aus gesehen, weil wir wenige Minuten später anlegen wollten. Die genaue Uhrzeit weiß ich nicht, aber das muss ja eigentlich der Kapitän wissen.

Mir fällt aber noch etwas zu dem Engel ein. Ich habe gelesen, der Prämonstratenser-Orden trägt ein weiße Tracht. Weiße Soutane, weiße Kopfbedeckung und Umhang und so einen großen weißen Kragen oder Schulterumhang, der ja im Winde flattern könnte. Laufen die Mönche auf den Straßen auch so rum? Ich kann das nicht wissen."

„Sie haben recht! Sie sind ein Engel! Sie haben uns sehr geholfen, wir klammern uns an jeden Strohhalm!"

„Würde es Ihnen was ausmachen, mir Nachricht zu geben, wenn Sie Erfolg haben?"

„Mach ich, gnädige Frau, mach ich. Erstmal herzlichen Dank. Auf Wiedersehn!"

Der Hörer wurde aufgelegt.

9

Max Wenzlav war froh, diese Stellung im Kommissariat der Altstadt ergattert zu haben. Er kam direkt von der Polizeihochschule und hatte einen guten Abschluß gemacht.

Nun saß er hier an einem eigenen Schreibtisch in der Kriminalbehörde in dem historischen Stadtteil, der Malá Strana genannt wurde und hatte seinen ersten Mordfall bekommen. Es war Montag, zwei Tage nach dem Fund der Frau.

Natürlich hatte er ein großes Interesse daran, diese Geschichte möglichst bald zu aller Zufriedenheit aufzuklären und vielleicht, vielleicht auch freundliche Anerkennung vom Chef zu erhalten.

Aber zunächst einmal musste er sich überhaupt einmal zurechtfinden, wen er überhaupt für seine Ermittlungen zu Hilfe ziehen konnte. Er arbeitete zusammen mit zwei, drei Kollegen in einem großen Raum und alle hatten genug eigene Sachen, hinter denen sie herliefen. Er kannte sie noch nicht genügend, um zu wissen, wen er um Rat fragen könnte, ohne was zu verderben.

Da war zunächst mal seine Kollegin Eliska Nemková, die einen anderen Dienstgrad hatte als er, ihm aber nicht direkt unterstellt war. Sie arbeitete aber zusammen mit ihm an dem Fall und sie mussten sich einigen, wer was übernahm. Sie war energischer als er, hatte anscheinend nicht besonders viel Humor und konnte ganz schön spitz sein. Er wollte nichts überstürzen.

Eigentlich fand er, dass er ein ruhiger und geduldiger Mensch war, der sich freute, wenn es mal was zu lachen gab. Er würde sie mit der Zeit schon knacken. Nur nicht zu schnell in sämtliche Fettnäpfchen treten.

Er wusste, dass er manchmal anscheinend das Falsche sagte, er verstand nur nicht, warum. Er war auch zu faul, um darüber nachzudenken.

Er hatte ein eigenes Telefon und einen Computer, aber das Faxgerät und den Kopierer musste er sich mit einigen anderen teilen. Er nahm an, dass er die meisten Gänge selbst erledigen musste, was auch einen Vorteil hatte: Er lernte dabei, wie man mit den Menschen umzugehen hatte, um ihnen etwas zu entlocken. Am besten, ohne dass sie selbst das merkten.

Er war nicht der Typ, der sich ohne Not ungesetzliche Sachen leistete, dazu war er zu besonnen und vorsichtig, aber er hoffte sehr, dass ihm bald einige kleine Geheimnisse einfallen würden, um lautlos zum Ziel zu kommen. Mussten ja nicht gleich alle wissen, wie er das anstellte.

Wie er das hier nun anstellen sollte – da hatte er noch nicht den geringsten Schimmer. Zum Nachdenken war es noch zu früh. Also ein Schrittchen nach dem anderen, und jedes handgreifliche Ergebnis würde er korrekt seiner Kollegin offenbaren.

Zunächst einmal waren da die Ergebnisse der Gerichtsmedizin und der Obduktion. Er ging zum Schreibtisch von Frau Nemková, und sie beschlossen, in einen ruhigen angrenzenden kleinen Raum zu gehen und alles sorgfältig durchzusprechen.

Also..., wie lange die Leiche im Wasser gelegen hatte, war nicht mehr genau festzustellen, jedenfalls mindestens eine halbe Stunde.

Sie war bei dem Zeitpunkt der Untersuchung schon seit 20-22 Stunden tot.

Also nichts mit Mord beim Baden. Wer badet auch schon in einem weißen Kleid mit einem goldenen Gürtel im April.

Jemand hatte sie ins Wasser geworfen, entweder vom Ufer aus oder von einem Boot aus. Die Moldau ist erst unterhalb der Karlsbrücke schiffbar, oberhalb in der Südstadt verkehren hauptsächlich die Touristen-Fähren und Boote. Da sie mit der Strömung getrieben war, musste der Ort, an dem sie ins Wasser geworfen wurde, in einem der südlichen Vororte sein.

Da nach einem Boot zu suchen, schien ihm völlig aussichtslos. Aber wie könnte man anders an die Sache herangehen?

Das kleine Mädchen war befragt worden, wie seine Mama aussieht, und es hatte gesagt: Schöne lange Locken. Und dünne Figur. Na ja, dünn war sie. Aber sie hatte knallrot gefärbte, struppige, halblange Haare. Toupiert, damit sie abstanden. Im Original könnten es eventuell schwarze Haare sein, vielleicht auch lockig, aber das wollten die Fachleute noch untersuchen. Es gab auch noch zwei andere Kinder in einem anderen Alter, die vielleicht in Frage kamen, auch das musste abgewartet werden. Klar war bisher nur, dass sie bereits geboren hatte. Aber man wusste ja nicht einmal, ob sie Tschechin war und aus Prag kam.

Sie beschlossen, es erst einmal mit den Strömungen zu versuchen. Irgend jemand müsste doch wissen und ausrechnen können, wo etwa der Punkt auf dem Fluss war, wo sie hineingeworfen wurde. Es schien ihnen unwahrscheinlich, dass man sie vom Ufer aus in den Fluss geworfen hatte, denn dann wäre sie wahrscheinlich schnell an der nächsten Biegung am Ufer hängengeblieben.

Also schien jemand, der ihr auch die Schwimmärmel angelegt hatte, ein Interesse daran zu haben, dass sie schwimmt und von der Strömung bis in die Stadt getrieben wurde.

Aber warum alles so auffällig?

Die Passagiere auf der Touristenfähre waren die Einzigen, die sie genauer gesehen hatten. Und der Kapitän, aber sie war zu schnell vorbeigeglitten.

„Wo gehe ich hin, um was über die Strömungen rauszukriegen?“, fragte Max die Kollegin Nemková.

Sie dachte eine Weile nach. „Amt für Verkehr und Schiffahrt?“, schlug sie vor. Er seufzte. Er konnte sich vorstellen, was für eine Odyssee ihm bevorstand, bis er die richtigen Leute hatte. Aber er wollte nicht die alten Hasen fragen, da würde er schon allein mit klarkommen.

„Ich werde mich um die Herkunft des Gürtels und des Messers kümmern“, sagte Frau Nemková.

„Wollen Sie in Räuberhöhlen nachforschen?", fragte Max scherzhaft. Er würde ihr ja gern anbieten, sich mit dem Vornamen zu nennen, aber er wartete noch auf eine passende Gelegenheit.

„Kommt Zeit, kommt Rat", dachte er und hörte sie beim Herausgehen sagen:

„Wo denken Sie hin. Ein Bummel durch die kleinen Touristengeschäfte. Ein angenehmer Zeitvertreib. Dort gibt es jede Menge billiger Messer und goldener Gürtel. Vielleicht finde ich ja die passenden Modelle."

„Aaaah, ja, richtig. Viel Spaß! Ich weiß noch nicht, wann ich wieder da bin. Ich lasse mein Handy natürlich an. Bis dann!" Und er verschwand.

Bei seiner Anfrage beim Verkehrsamt hatte man ihn telefonisch um einige Ecken herumgeschickt. Nun hatte er die Adresse eines älteren Professors in der Tasche, der sich sein Leben lang mit solchen Dingen beschäftigt hatte und im Süden der Stadt nahe dem westlichen Moldauufer lebte.

Es war Nachmittag, gegen drei Uhr. Die Mittagspause hatte er dem alten Herrn ja noch gönnen müssen.

Er war doch etwas aufgeregt, als er das Haus gefunden hatte, eine alte, graue, ziemlich verfallene Villa aus der Jahrhundertwende. Sie stand etwas zurückgesetzt von der Straße hinter einem verrosteten Eisenzaun mit scharfen lanzenförmigen Spitzen und einer seit langen Jahren nicht mehr geschnittenen Hainbuchenhecke. Da das Laub noch nicht getrieben hatte, konnte man hindurchsehen. Ein großes Grundstück mit völlig verwildertem Rasen, auf dem einige Büschel von verwelktem Krokus leuchteten. Einige alte Obstbäume und niedrige verwilderte Buchsbaumhecken, die zugewachsene Wege begleiteten. Einige kreisförmige Büschel mit Tulpen, die sich zum Blühen anschickten.

„Muss einmal sehr schön gewesen sein – wie so manches in unserer goldenen Stadt", dachte Max wehmütig.

Er trat durch die Pforte, die kein brauchbares Schloss mehr hatte, beim Öffnen knarrte und ziemlich schief in ihren Angeln hing, und näherte sich der Haustür. Nichts rührte sich.

Die Haustür, die fest und einmal sehr repräsentativ gewesen war, hatte auch einen Klopfer. Aber Max zögerte. Da war auch eine Klingel mit einem verblichenen Schriftzug hinter dem kleinen Glas.

„J. J. Güldenstern", stand da.

„Hier bin ich richtig", dachte Max befriedigt und drückte auf den Knopf. Im Inneren des Hauses tönte ein kleines Glockenspiel. Max sah auf die Uhr. Er war angemeldet und pünktlich. Zwei Minuten nach der Zeit.

Nach einigen Sekunden hörte er eine Männerstimme hinter der Tür.

„Komme gleich, komme gleich!" Ein leichtes Rumpeln und Schlurfen.

Die Tür öffnete sich und ein großer alter Hund steckte seinen Kopf heraus. Er freute sich offensichtlich, schüttelte immerzu den Kopf und beschnüffelte ihn.

„Vasco, lass das. Sei lieb und geh in den Garten. Ich habe jetzt keine Zeit für dich."

Ein älterer Herr, der die siebzig wohl schon überschritten hatte, erschien im Hintergrund, gab seinem Vasco einen zärtlichen Klaps auf das Hinterteil und schob ihn nach draußen.

„Herr..?"

„Wenzlav, Max Wenzlav. Guten Tag, Herr Professor. Ein Herr vom Verkehrsamt hat mich bei Ihnen angemeldet."

„Ja, ja ganz recht. Ich habe Sie erwartet. Freut mich sehr. Kommen Sie herein, Herr Wenzlav. Kein schönes Wetter heute, so nieselig, da mag man keinen Hund vor die Tür jagen. Aber mein Vasco braucht auch mal frische Luft."

„Sie haben einen schönen Hund", sagte Max Wenzlav. „Was ist das für eine Rasse?"

„Guter deutscher Adel", sagte Güldenstern. „Ein Münsterländer. Ein Jagdhund mit einem guten Charakter." Sie reichten sich die Hand.

„Güldenstern, Jonas Güldenstern, angenehm. Aber bitte legen Sie doch ab."

Jonas Güldenstern nahm ein paar von seinen alten Jacken von den Garderobenhaken und sagte: „Hier können Sie Ihre Jacke hinhängen. Ich lebe schon sehr lange allein hier, Herr Wenzlav. Da merkt man gar nicht mehr, dass überall was herumsteht. Mein gutes Stück, die Anneka ist auch schon bejahrt und macht nur das Nötigste. – Anneka ist meine alte Putzfrau", fügte er erklärend hinzu.

Max bedankte sich höflich und hängte seine Jacke an einen leeren Haken. Der Flur war etwas dämmerig – wohl nur eine Sparbirne in der alten Glaslampe an der Decke. Die Wände mit den alten Tapeten waren mit unzähligen Bildern behängt. Lauter alte Fotografien, hier und da auch ein alter Stich von Prag oder ein kleines Ölbild dazwischen. Max warf neugierig einen Blick darauf.

„Darf ich? Ist das Ihre Familie? Sie haben sicher viele Erinnerungen an alte Zeiten", sagte Max freundlich.

„Und ob, und ob, junger Mann, das habe ich wahrhaftig. – Sehen Sie hier. Das sind meine Großeltern. Ein Bild aus einem Fotostudio, wie man sie Ende des vorigen Jahrhunderts hatte. Keiner durfte lächeln. Alle bis zum Kinn zugeknöpft und alle zehn Kinder um sich herum. Damals musste man beim Fotografien noch Geduld haben. Und die kleinen Jungs hatten noch Kleider an. Mit Bubikragen. So waren die alten Zeiten. Und das hier sind meine Eltern, tot. Und hier sind meine Geschwister mit ihren Familien. Auch alle tot. Das hier ist ein Kollege meines Vaters von der Prager Universität, der mit unserer Familie befreundet war. Auch tot. Der liebe Jaroslav. Er hat uns Kindern immer was mitgebracht, wenn er kam."

Jonas Güldenstern seufzte.

„Ich bin fast der Einzige, der übrig geblieben ist, Herr Wenzlav. So ist das. Aber das ist eine lange Geschichte. Kommen Sie erstmal herein.

Hier, bitte. Aber Sie können gern ihre Schuhe ausziehen, das ist vielleicht doch gemütlicher. Ich habe hier Pantoffeln für Gäste."

Er fischte ein paar beachtlich große graue Filzpantinen unter dem Garberobenschränkchen hervor und stellte sie ihm vor die Füße. Max war belustigt, beherrschte sich aber. Er zog seine Schuhe aus und schlüpfte in die Pantinen.

„Ich leide immer unter kalten Füßen in diesem großen Haus. Wissen Sie, ich bewohne eigentlich nur zwei Räume, die anderen sind fast leer und ungeheizt. So komme ich besser über die Runden."

Jonas Güldenstern hatte einen liebenswerten, schütteren Haarschopf, der etwas wirr in die Höhe stand, ging leicht gebeugt, hatte aber klare und kluge Augen in seinem faltigen Gesicht. Er trug eine alte hellbraune Strickjacke mit ausgebeulten Taschen und darunter ein Polo-Sweatshirt in etwas verwaschener dunkelblauer Farbe.

Sie betraten den großen Raum, dessen Rückseite fast ganz aus alten Doppelfenstern bestand. Der Raum hatte eine hohe Decke mit Stuck und einem lang herunterhängenden Leuchter aus Metall mit vielen künstlichen, teilweise schief hängenden Kerzen, die nicht mehr alle leuchteten.

Wegen dem trüben Nieselwetter war das Licht angeschaltet. Der Stuck war an einigen Stellen schadhaft und die Farbe blätterte überall ab, aber er war prächtig, wenn man sich ihn restauriert vorstellen konnte. Die linke Wand war bis zur Decke und fast in seiner ganzen Länge mit Büchern bedeckt. Die übrigen Wände waren bis zur Schulterhöhe mit dunklem, alten Holz getäfelt.

Max machte einen undefinierbaren Ausruf der Bewunderung, als er das Bücherbord mit den vielen, kostbar aussehenden alten und neuen Büchern sah.

Jonas Güldenstern stand etwas hinter ihm und sagte nach einigen Sekunden der Stille: „Ja, junger Mann, ich bin ein Sammler. Mein Vater und Großvater waren es auch. Hier ist die ganze Prager Geschichte versammelt. Und alles, was es über das Meer und die Wasserströmungen,

Geologie und Mathematik so alles gibt. Manche alten Bücher sind nicht mehr zu haben und sehr wertvoll. Es ist ein Glück, dass die Sammlung das Jahrhundert überdauert hat.

Wissen Sie, ich hatte eine sehr kluge Mutter, sie war vor dem Krieg hier Pianistin. Als der Hitler Polen überfiel, und der Vater umgekommen war, hat sie kurz entschlossen das Haus guten Freunden überschrieben, die hier eingezogen sind, und ist mit ihren drei Kindern unter dem Arm nach Israel ausgewandert. Dort habe ich die Wissenschaft meines Vaters und Großvaters weiter führen können und promoviert.

Aber das ist eine lange Geschichte. Damals war ich dreizehn Jahre alt. Als wir nach langer Not schließlich ein Plätzchen im Gelobten Land gefunden haben, hat sie mir den Namen Jonas noch zusätzlich zu meinem anderen Namen Jonathan gegeben."

Jonas Güldenstern kicherte belustigt.

„Sie kennen doch sicher die Geschichte von Jonas im Bauch des großen Fisches. Meine Mutter hat die Geschichte immer wieder erzählt. Jonas wurde von dem Herrn aus dem Bauch des Fisches gerettet, nachdem er gebüßt hatte. Und meine Mutter sagte dann: ‚Und der Herr hat Jonas aus dem Bauch des Schiffes gerettet, das ihn verschlungen hatte, nachdem er gebüßt hatte und belohnte ihn mit seiner Gnade.' Ich war auf der Reise sehr krank, wissen Sie."

Es wurde bedenklich feucht in seinen Augen.

„Nun nenne ich mich nur noch Jonas, zum Dank, dass ich überlebt habe. – Herr Wenzlav, bitte setzen Sie sich."

Jonas Güldenstern räumte einige alte Kissen auf dem alten braunen Ledersofa beiseite, nahm die Seiten einer verstreuten Zeitung zusammen und bot ihm mit einer kleinen Verbeugung und einer ausladenden Geste seines rechten Armes den Platz an.

„Sie sehen, ich habe das Haus meiner Väter wieder erhalten, vielleicht nicht mit allen Möbeln, aber dafür mit fast allen alten Büchern. Das ist mein ganzer Stolz."

„Wir kommen Sie nur da oben hinauf, das ist ja richtig gefährlich", fragte Max.

„Da hinten in der Ecke steht eine Trittleiter. Und dann habe ich eine Stange mit einer Bücherzange daran. Sehen Sie." Er zeigte einen Metallstab mit einer Zange daran, die an einem Band über einem Nagel hing, der in das Holz des Bordes eingeschlagen war. An der Zange war eine lange Kordel befestigt, an der man ziehen konnte. „Und wenn ich Mühe habe, muss ich warten, bis meine Anneka kommt und mir hilft. Sie ist länger als ich", sagte der Professor und kicherte wieder belustigt.

„Wenn Sie es nicht zu eilig haben, was ich ja sehr hoffe, mache ich uns erstmal einen heißen Tee. Was ist Ihnen am liebsten?" Er zählte einige Teesorten auf. Max hatte keine Ahnung davon.

„Wissen Sie, ich beziehe meinen Tee aus Hamburg. Er wird mir geschickt. Dort gibt es herrliche Teegeschäfte mit vielen Sorten der herrlichsten Geschmacksrichtungen. Ein Jammer, dass ich nicht mehr so viel reisen kann. Zu teuer. Ein Jammer, ein Jammer."

Er ging auf die andere Seite des Zimmers, wo ein riesiger alter Samowar auf einer alten Anrichte stand, umgeben von allen möglichen Sachen. Büchern, Papierrollen, Zeitungen, benutzten Tassen, einer Teekanne und gerahmten Bildern mit Familienporträts. Ein paar kleine Bronzestatuen. Und ein verwelkter Blumenstrauß in einer großen hässlichen Vase.

„Den Samowar habe ich von einem Russen, der nicht bezahlen konnte. Er hatte auch etwas im Fluß verloren. Ein gutes Stück."

Er tätschelte es liebevoll. Das gute Stück glänzte noch teilweise in verblichenem Messing und machte sich prächtig auf der wuchtigen Kommode. Jonas Güldenstern steckte den Stecker des Samowars in die Steckdose und füllte Tee in die Kanne.

„Möchten sie vom Tee munter werden oder müde?" Bevor Max antworten konnte, fuhr er fort: „Lieber munter, nicht wahr? Bis zum Abend ist noch eine Weile hin. Sie wollen ja einen Messerstecher finden. Wo wurde die arme Frau denn gefunden? Was für eine Tragödie muss dahinter stecken. – Es dauert etwas, bis das Wasser heiß ist. Sie können mir erstmal erzählen."

Er setzte sich in seinen alten Lehnstuhl mit der Wolldecke über der Lehne und entspannte sich.

„Darf ich einmal den Blick aus dem Fenster sehen?", fragte Max und erhob sich wieder. Er stand am Fenster und sah über Häuser hinweg auf die grau schimmernde Moldau, die sich in einiger Entfernung jenseits der Bahnlinie durch das Bild zog, das sich ihm bot. Das Haus stand etwas erhöht an einem Hügelabhang, so hatte man einen weiten Blick.

Er setzte sich wieder.

„Ja, eine junge Frau wurde kurz vor der Karlsbrücke aus dem Wasser gefischt, mit einer Stichwunde im Rücken. Wir haben bisher keinerlei Anhaltspunkte. Erstmal haben wir Hoffnung, den Ort zu finden, wo sie ins Wasser geworfen wurde. Wir hoffen, dass Sie uns helfen können, die Stelle in etwa mit ihrer Wissenschaft von Wasser, Strömungen, Wind und Wetter auszurechnen.

Sie entschuldigen, wenn ich von diesen Möglichkeiten nicht die geringste Kenntnis habe. Es erregt meine größte Bewunderung, dass man so etwas überhaupt kann."

„Ja, ja, danke, mein lieber Freund. Man kann schon lange eine ganze Menge, von dem der normale Mensch von heute nichts ahnt. Schon vor hundert Jahren und viel länger konnte man erstaunlich viel in allen Wissenschaften. Aber es ist ganz unmöglich, alle Dinge in den Zweigen der Wissenschaft zu kennen oder davon zu wissen. Das muss man mehrere Menschenalter lang studieren und ausprobieren. Wissen Sie, es gibt eine Menge Naturgesetze, die sich miteinander verbinden. Und wenn man sein Leben lang ein Geheimnis verfolgt und seine Logik ausprobiert, dann kann man auch dahinter kommen, wie es funktioniert. Aber ohne Formeln und Mathematik geht gar nichts."

Jonas Güldenstern stand auf und holte nach einigem Kramen eine Papierrolle hinter der Kommodentür hervor. Er rollte sie auf und legte sie auf den Tisch, nicht ohne vorher noch die Ecken mit einigen alten Tassen beschwert zu haben.

„Sehen Sie hier. Das ist eine ganz genaue Karte des Moldau-Laufes vor und hinter Prag bis zur Mündung in die Elbe. Hier sind die Untiefen und Strudelbildungen ganz genau eingezeichnet. Habe ich selbst mit daran gearbeitet. Das ändert sich ständig. Darum können alte Karten heute nicht mehr verwendet werden.

Das meiste mache ich nur noch aus alter Liebhaberei und verdiene ein wenig nebenher.

Ich gehe zum Beispiel jeden Tag mit meinem Hund an den Fluß und prüfe die Wasser- und Lufttemperatur, messe die Strömungsgeschwindigkeit mit einem kleinen Gerät, das ich weiter entwickelt habe, bestimme den Wind. Für manches andere gibt es das Hydrographische Institut. Meine Messungen trage ich in eine Liste ein und kann deshalb manche Veränderungen der Flussbeschaffenheit bemerken.

Die Geschwindigkeit, mit der ein Gegenstand den Fluss herunter treibt, hängt natürlich auch von seiner Größe und Beschaffenheit ab, und vom Wind und anderen unwägbaren Dingen. Aber wenn man jetzt die Sache simulieren würde und eine lebensgroße Puppe den Fluß hinunter schicken würde, könnte das Ergebnis ein ganz anderes sein, weil das Wetter, der Wind und die Strömungen und Temperaturen sich in wenigen Tagen verändern können. Man sollte dennoch einen Versuch machen, das Geschehene zu simulieren.

Die Erkenntnissen könnten mit meinen Berechnungen aufgrund der Tagesdaten ergänzt und verbessert werden, verstehen Sie? Es gibt zum Beispiel Stellen, die ausgeschlossen werden können, weil jeder Gegenstand, der dort hineingeworfen wird, es nicht weiter als bis zur nächsten leichten Biegung schafft und dort an Land spült. Mit einiger Sorgfalt – wenn Sie zum Beispiel sicher sind, dass der Körper eine halbe Stunde im Wasser war – können wir gemeinsam herausfinden, wo etwa das Boot gewesen ist, als der Körper über Bord geworfen wurde. Denn davon muss ja wohl ausgegangen werden.

Sie dürfen nicht vergessen, dass der oder die Bootsfahrer aber auch ein ganzes Stück gerudert sein könnten, bevor sie sich entschlossen. Das ist gut möglich. Es ist wirklich schwierig, Spuren zu finden.

Wann glauben Sie, ist das Boot auf dem Fluß gewesen?"

„Zwischen vier und viertel nach fünf Uhr nachmittags am Sonnabend der vergangenen Woche. Wir gehen davon aus, das es in Prag war."

Professor Güldenstern pfiff durch die Zähne. Gleichzeitig gab der Samowar einen leichten Pfeifton von sich.

„Also erstmal einen kleinen Tee zum Aufmuntern."

Er stand auf und machte sich an der Anrichte zu schaffen, löffelte Teeblätter in die Kanne und legte ein paar alte Kekse auf einen Teller.

In der Zwischenzeit betrachte Max die riesigen alten Zeichnungen des Flußlaufes auf den schmal gerahmten Bildern über der Kommode. !8. Jahrhundert? Sah jedenfalls sehr altertümlich aus.

Dann zischte es leise und blubberte ein bisschen, als sein Gastgeber das Wasser aus dem Samowar in die Teekanne laufen ließ. Nach einigem Geklapper und der Suche nach unbenutzten Tassen kam er mit einem kleinen Tablett wieder zurück und servierte sorgfältig seinen Keks und schenkte Tee ein.

„Vorsicht, er ist noch sehr heiß."

Er pustete in die Tasse und schlürfte probehalber ein wenig. „Jaaa, wo waren wir. Ach ja." Er lehnte sich mit seiner Tasse in seinem Lehnstuhl zurück.

„Also am hellichten Tage, wo viele Menschen unterwegs sind. Schien ja wohl ein Interesse zu bestehen, dass die Frau schnell gefunden wird. Und dann noch die Schwimmärmel. Also ein mitleidiger Mörder. Oder seine Freunde. Meinem Gefühl nach machen so etwas Freunde, die nichts damit zu tun haben wollen, aber der Frau ein anständiges Begräbnis wünschen. Traurig, traurig. Aber so etwas hat es immer gegeben. Eine Großstadt, da gibt es so viele ausweglose Schicksale."

Er seufzte etwas.

„Herr Güldenstern!“, sagte Max. „Wäre es möglich, wenn Sie mir eine solche Karte zum Kopieren überlassen oder mir eine Kopie schicken? Natürlich geben wir Ihnen noch alle genauen Daten durch, die wir wissen und warten auf ihre Berechnungen. Wir bleiben in Kontakt.

Dennoch würde ich gern so eine Karte haben, wer weiß, wofür sie noch gut sein kann.“

„Geben Sie mir Ihre Fax-Nummer, Herr Wenzlav“, sagte der Professor. „Ich schicke ihnen die Kopie durch. Am besten zwei-dreimal, in Ordnung? Ich werde meine Bemerkungen mit Ihrer Erlaubnis drauf krakeln.“

Max erhob sich, nachdem er sich schließlich doch noch einen Keks gegönnt hatte.

„Herr Güldenstern, ich danke Ihnen herzlich. Ich hoffe sehr, dass uns Ihre Arbeit weiterhilft. Die Rechnung schicken Sie bitte an unser Büro.“

Auch Jonas Güldenstern erhob sich, etwas zögerlicher und sagte, indem er ihn zur Garderobe begleitete:

„Ich werde etwas über die Sache nachdenken. Wissen Sie, ich beschäftige mich auch etwas mit Theologie und Philosophie. Nicht nur in der materiellen Natur herrschen zwingende Gesetze.“

Er nahm nachdenklich die Filzpantinen, die Max abgelegt hatte, schob sie wieder unter das Garderobenschränkchen und sagte, während sich Max die Schuhe zuschnürte:

„Sie müssen verstehen, dass die Energie bestimmten unabänderlichen Regeln folgt. Da ist zum Beispiel die Schwerkraft.“

Max schwang sich in seine Jacke und ging zur Tür. Als er sie öffnete, saß der große Hund Vasca davor. Als er sah, dass der Gast heraus kam, sprang er auf, bellte und schüttelte sich, dass das Wasser aus seinem Fell spritzte und die Hose von Max über und über mit Wassertropfen bedeckte. Er schüttelte begeistert seinen Kopf und wedelte freudig mit dem langen Schwanz.

„Du meine Güte, es regnet ja!“, rief der Professor. „Komm rein, mein armer Bursche, ich trockne dich gleich ab.“

Er nahm ihn am Halsband und schob ihn in den Flur.

„Sehen sie zum Beispiel den Regen, Herr Inspektor. Er fällt einfach nach unten, ohne Gewalt anzuwenden, nur weil die Wolken sich aus den verschiedensten Gründen entspannen und ihre Last abgeben. Die Materie mit ihrer Energie fällt nach unten, weil die Schwerkraft und ein Druck von noch weiter oben es so wollen. So fängt es an. Die Massen Wasser fallen auf einen Widerstand, spritzen ein wenig nach oben und versickern dann in der Erde, weil die Erde aufnahmebereit ist. Dann sucht sich das Wasser unter der Erde seinen Weg und fließt irgendwo wieder zusammen. Kommt nun nichts weiter hinterher, bleibt es so und wird von der Pflanzenwelt verarbeitet oder bildet unterirdische Seen. Aber es kommen neue Massen hinterher und bedrängen die alte Substanz, die ein Plätzchen gefunden hat. Es entsteht Druck und die Suche nach einem Ausweg beginnt. Wenn der Druck eine bestimmte natürlich festgesetzte Grenze überschreitet, entsteht Leiden und eine Zusammenpressung. Ist der Druck bis zu einem bestimmten Grad angestiegen, den man genau im Verhältnis zu der Art der Materie berechnen kann, erfolgt ein Ausbruch.

Das ist dann eine Bewegung von unten nach oben. Von selbst fließt niemals Wasser bergauf. Bei dem Feuer der Vulkane nennen wir es Eruption, bei Wasser ist es eine Quelle, ein Geiser oder ähnliches. Wir haben uns angewöhnt, diese Phänomene, wenn sie in der Gesellschaft auftreten, moralisch zu bewerten. So etwa: Alles Gute kommt von oben, oder alle Gewalt, die von unten kommt, ist böse. Das bedrängte Untere kann nicht entspannt nach oben fließen, nach oben kann es sich nur unter Gewalteinwirkung oder Druck bewegen. So lernen wir es in Physik und Chemie. Wenn sich etwas gewaltsam entlädt, müssen wir immer nach den Ursachen forschen, wenn wir gerecht sein wollen. Ich nehme an, dass Sie dieses Prinzip auch in ihrer Arbeit gebrauchen können. Eine Eruption spritzt gefährliche Teile in ihre Umgebung. Seien Sie vorsichtig, lieber Herr Wenzlav."

Sie reichten sich die Hand zum Abschied.

„Da fällt mir noch etwas ein, Herr Professor. In den nächsten Tagen werden wir die Frau beerdigen. Ich werde sehen, was sich tun lässt. Mein Kollegin Frau Nemková wird sicher gern die Sache in die Hand nehmen. Es werden nur drei Leute da sein: Der Pfarrer, Frau Nemková und ich. Wenn Sie Lust haben, wäre es doch schön, wenn Sie kommen könnten, falls Sie genug Zeit haben. Wir würden uns freuen, Sie hinterher zu einem kleinen Essen in ein Restaurant einzuladen. Zu Ehren der armen jungen Frau."

„Das ist ein wunderbarer Gedanke. Aber gern. Wenn ich Vasco da Gama mitbringen kann?"

Max schaltete nicht sofort.

„Ihren Hund? – Ja, aber natürlich. Er wird sicher sehr manierlich sein. Ein bedeutungsvoller Name."

„Er hat seinem Namen alle Ehre gemacht. Er ist schon alt. Ein genialer Jäger und Aufspürer, ein vollendeter Weltreisender. Ich nehme meinen Hund immer mit, wenn es geht."

„Also abgemacht. Wunderbar. Ich sage Ihnen noch den Termin durch. Vielleicht haben wir ja ein paar neue Ideen, wer weiß."

„Denken Sie an die Freunde, Herr Wenzlav. Niemand, und sei er noch so arm, lebt ganz allein. Sie wissen wahrscheinlich von dieser Beerdigung, weil sie sicher mitbekommen haben, wo die Frau gefunden wurde. Vergessen Sie das nicht!"

Sie schüttelten sich herzlich die Hand, wünschten sich noch einen guten Tag und gingen auseinander.

10

Max ging noch einmal ins Büro, um Neuigkeiten zu erfahren. Frau Nemková war bereits wieder da und hielt ihm triumphierend einen goldenen breiten Gürtel aus plastikbezogenem Stoff unter die Nase und nahm auch einen billig aussehendes Fahrtenmesser in einer gestanzten Lederhülle vom Schreibtisch.

„Sehen Sie hier, Herr Wenzlav. Ist das nichts? Im ersten besten Touristen-Andenken-Laden gefunden. Gibt es in mehreren Geschäften, wie ich feststellen konnte. Aber leider hilft uns das genau deshalb auch nicht viel weiter. Außer der Feststellung, dass die Dame oder der Täter auch ein Tourist gewesen sein könnte."

Max erzählte ausführlich von seinem Besuch beim Professor.

„Wir dürfen nicht vergessen, dass die Zeit, jedenfalls die vermutliche Zeit, welche die Tote an der Inselspitze im Wasser gelegen hat, bis die Polizei sie herausfischte, abgezogen werden muss", erwiderte Frau Nemková. „Von dem Anruf des Kapitäns bis zur Fundmeldung 15 Minuten. 17.25 und 17.40. Rufen Sie lieber noch mal den Beamten und den Kapitän an und fragen Sie, ob sie sofort oder erst nach einigen Minuten uns benachrichtigt haben, beziehungsweise die Fundzeit notiert. Das ist wichtig und kann uns eine Menge Fehler ersparen. Und fragen Sie das Ehepaar aus Hamburg noch einmal. Vielleicht haben sie ja zum Ufer geschaut und können den Entdeckungsort genau bestimmen. Kurz vor der Jiráskov-Brücke."

„Aber die Leiche ist nach dem Befund ziemlich lange im Wasser gewesen. In wenigen Minuten kann sie eine ganz schön lange Strecke zurücklegen."

„Natürlich. Na, mal sehen. Wir müssen erst mehr zusammen haben", sagte Frau Nemková freundlich und in versöhnlichem Ton. „Ich mache jetzt jedenfalls erstmal Feierabend. Und Sie?"

„Ich warte noch ein bisschen. Vielleicht schickt er das Fax ja heute noch rüber." Und er rief ihr nach, als sie schon das Zimmer verlassen wollte:

„Die Fahndung ist schon raus! International. Aber das Foto scheint nicht sehr aufschlussreich zu sein".

„Abwarten", rief Frau Nemková zurück. „Bis morgen, Herr Wenzlav! Angenehmen Abend wünsche ich!" Und damit schloss sich die Tür.

Max setzte sich wieder an seinen Schreibtisch und dachte nach. Er rief in Hamburg bei diesem Ehepaar an.

Dann nahm er einen Zettel und notierte sich die Fakten. Was hatten sie bisher?

Eine dünne junge Frau ohne besondere Merkmale, mit guten Zähnen und roten, gefärbten Haaren. Toupiert.

Hippie? Gibt's die noch? Toupieren die?

„Keine Ahnung", dachte er.

Ein weißes Kleid. Wer zieht im doch recht kühlen April ein weißes dünnes Baumwollkleid an? Mit Rüschen. Alt und altmodisch, etwas durchsichtig. Vielleicht aus der Mottenkiste der Großmutter. Musselin nannte man den Stoff, glaubte er sich aus seiner Kinderzeit zu erinnern. Sie hatten ja auch mal mit Mädchen gespielt.

Ein goldener Gürtel, dazugekauft, um dem ganzen etwas Chic zu geben.

Was war noch in dem Bericht interessant und aufschlussreich?

Mageninhalt. Ach ja. Pizza. Von einer bekannten Firma. Aus der Tiefkühltruhe. Aß fast jeder gelegentlich, besonders Jugendliche. Coca-Cola. Ließ eventuell auf wenig Häuslichkeit schließen. Jedenfalls kam sie wahrscheinlich aus keinem der städtischen Hotels.

Schuhe? Turnschuhe ohne Firmennamen. Alt und mit einem Loch

am großen Zeh. Also nicht dazu passend. Lässt so etwas auf Armut schließen? Max war sich nicht sicher. Auch wohlhabende Jugendliche latschten wie die Penner herum.

Fingernägel. Kurz geschnitten, gepflegt, Daumen und Zeigefinger der rechten Hand hatten lange, kräftige Nägel. Warum dass? Er grübelte. Da musste man noch mal fragen. Wer könnte so etwas wissen? Ihm fiel wieder nichts ein. Aber das war eine Unregelmäßigkeit.

„Was mache ich morgen früh?“, fragte sich Max. „Ich muss ja schließlich mal Nägel mit Köpfen machen.“

Das Faxgerät im Nebenzimmer fing an zu rattern.

„Mein lieber Herr Güldenstern!“, dachte Max und sprang auf. Tatsächlich, drei verschiedene Versionen des Prager Flussabschnittes.

„Wenigstens etwas funktioniert“, dachte Max befriedigt und ging zum Kopierer.

Auf jeder Kopie vom Professor war eine andere mögliche Version eingetragen. Mit Boot, vom Ufer aus, mit Verzögerung an einem möglichen vorhandenen Hindernis.

„Nur Möglichkeiten!!!!“ stand unter jeder Markierung, die mit einem Marker ausgeführt war.

Danach griff er noch einmal zum Telefon und erhielt auch die Bestätigung der genauen Uhrzeiten, sowohl vom Kapitän des Schiffes, als auch von dem Beamten der Flußpatrouillen.

Er nahm eine Version der Kopien, die ihm am meisten behagte, nämlich die, bei der sie schön lange und ungestört auf dem Rücken, poetisch traurig wie eine Ophelia, in der Mitte des Flusses auf dem Rücken langsam der Innenstadt entgegengeglitten war. – Ihre roten Haare bewegten sich leise wie Algen im ruhigen Fluss, das weiße Kleid bauschte sich gelegentlich, aber sie schwamm ruhig und regungslos ihrem Fundort zu, wie ein Zeichen. Wie ein Gedicht. Sicher gab es so eine Gedicht oder so ein Bild schon, romantisch gemalt. – Max träumte etwas.

Dann gab er sich einen Ruck und legte seine erwählte Kopie unter die Glasplatte. Er schrieb unter das Doppel:

„Sehr geehrte Herr und Frau Bartels,

Bitte markieren Sie auf der Zeichnung den Punkt mit einem Kreuz, wo Sie die Frau gesehen haben. Wir wären dankbar, wenn Sie sich erinnern könnten, was für Gebäude oder andere Zeichen sie am gegenüberliegenden Ufer in dem Moment gesehen haben.

Oder andere Auffälligkeiten. Ihr ergebener Max Wenzlav."

„Das ‚ergeben' ist vielleicht ein bisschen dicke", dachte Max belustigt, „aber ältere Damen kann man damit vielleicht zu Anstrengungen ermuntern."

Er nahm das Telefon und wählte die Hamburger Nummer.

Herr Bartels war am Telefon. Er kündigte ihm das Fax an, legte auf, packte seine Sachen in den Schreibtisch, nahm seine Jacke und verließ das Büro, nachdem er das Fax durchgegeben hatte.

Noch ein bisschen was essen gehen, eine Pizza? Wie schade, dass er keine Freundin hatte.

„Was nicht ist, kann noch werden", dachte er. „Morgen kommt bestimmt der Chef und fragt nach Ergebnissen."

Und er legte sich schon einmal im Geiste ein paar hoffnungsvolle Auskünfte zurecht.

11

Montagabend. Tidi hatte fast alle Wäsche wieder im Schrank, dank der genialen Erfindung des Tockners, der ihr die meiste Bügelarbeit ersparte. Manfred aß in der Stadt zu Mittag, so deckte sie abends für ihn nur ein kleines Abendbrot mit Aufschnitt und kleinen frischen Sachen und sich selbst kochte sie ein schlichtes Abendessen, bei dem meistens die Pellkartoffeln nicht fehlten. Das war gesund und ging schnell.

Zu ausgiebigem Kochen kam sie nur am Wochenende. Wenn sie bei gutem Wetter einen Ausflug in den Wald machten, nicht mal dann.

Aber Manfred war zufrieden. Wenn er sich auch immer selbst seine vielen Gläser mit Sambal, Chili und sonstigen schrecklichen Sachen aus dem Kühlschrank holte und über das Essen schüttete, bevor er es probiert hatte.

Nach lange währendem Protest hatte sie sich schließlich damit abgefunden und beachtete es nicht mehr. Sie selbst konnte das scharfe Zeug nicht ab. Was sollte man sich da mit dem Würzen noch viel Mühe machen!

„Jedem Tierchen sein Plaisirchen“, war eines ihre Hilfs-Sprüche.

Sie saßen gerade vergnüglich plaudernd am Esstisch, als das Telefon klingelte. Meistens war es für Manfred. Und meistens gerade, wenn sie den Tee eingeschenkt hatte. Also ging Manfred zum Apparat.

Sie hörte ihn im Flur laut reden.

„Das Gespräch kommt von auswärts“, dachte Tidi. „Immer wenn jemand von weit her anruft, schreit er so laut, als könnte der andere ihn wegen der Entfernung nicht richtig verstehen.“

Manfred kam herein und setzte sich wieder in seinen Patriarchen-Sessel, der nur für seine Person bestimmt war.

„Herr Wenzlav aus Prag. Er will ein Fax schicken."

„Tatsächlich? Was so ein kleiner Moment doch für Fragen aufwerfen kann, das ist ja erstaunlich. Stell Dir vor, sie glauben nachher noch, jemand hätte uns auf das Schiff geschickt, um die Reise der Leiche zu beobachten."

„Und dann kommt jemand und verhaftet dich."

„Wieso mich? Du hast sie ja auch gesehen."

„Nö, hab ich nicht. Du hast gerufen: ‚Manfred, guck mal, da!'. Ich war ja betrunken. Tschechischer Rotwein hat es in sich, weißt du."

„Männer! Na hör mal! Du bist mir ja einer! Immer die Frauen vorschicken, fürs Grobe! Du kommst mit ins Gefängnis, auf jeden Fall. Das wäre ja noch schöner!"

Das Telefon klingelte wieder. Sie hatten so einen komischen Computer gebraucht gekauft, der im gleichen Ton läutete wie ein Anruf, sodass sie meistens nicht abwarteten, sondern den Hörer abnahmen. Stellte sich heraus, dass es ein Fax ist, drückten sie auf einen Knopf und der Apparat ratterte nach einer kurzen Pause los.

So war es.

Eine schöne sorgfältige Zeichnung erschien, mit allen möglichen verständlichen und unverständlichen Zeichen, Pfeilen, Zahlen und Markierungen.

Tidi eilte neugierig herbei und sah auf das Blatt in Manfreds Hand.

„Wahnsinn, Wahn-Sinn! Das möchte ich alles verstehen können. Und wir sollen nur ein Kreuz machen."

Tidi bekreuzigte sich halb im Spaß.

„Alle sind dort katholisch, ex-kommunistisch oder atheistisch-intellektuell, oder? Fünf Tage in einem fremden Land und schon den Fluss in der Hand."

Sie hopste etwas herum.

„Also, jetzt wollen wir mal sehen", sagte Manfred und sie gingen zum Tisch.

„Laß mich erstmal abräumen, damit kein Fettfleck drauf kommt."

„Der Zettel ist nur für uns, Tidi."

„Von wegen. Wir müssen ein Kreuz drauf machen, unseren Senf dazu geben und es zurückfaxen."

„Stimmt auch wieder. Immer schön sauber bleiben. Also räumen wir vorher ab."

„Wir müssen erst essen. Beinah vergessen über der Aufregung!"

Also aßen sie in Ruhe und berieten.

„Also dass eine Leiche länger als einige Minuten auf dem Rücken schwimmt und nicht aufgesammelt wird, erscheint mir seltsam. Ich weiß ja nicht, wieviel Bootsverkehr auf der Moldau am Wochenende herrscht, jedenfalls ist mir keiner aufgefallen. Vielleicht hat die Moldau oberhalb von Prag ja auch viele Untiefen. Aber flache Boote gibt es doch überall. Bei uns wäre am Wochenende alles proppenvoll."

Tidi machte eine nachdenkliche Pause.

„Naja, das ist nicht unser Bier, lieber nicht zu viel einmischen", sagte Manfred.

„Es könnte auch ganz anders gewesen sein", sagte Tidi mit vollem Mund, indem die ihre Gedanken weiter spann.

„Na?"

„Ein Taucher wickelt sie in eine schwarze Plane, die an den Rändern genietete Löcher hat. Dabei bleiben ein paar rote Haare hängen. Er taucht mit ihr ab, ganz in der Nähe vom Fundort, und als er das Schiff kommen siehst – flups! Da schiebt er die Leiche, mit der Hand am Messergriff, nach oben und lässt sie dekorativ und opernverdächtig in Richtung des entgegenkommenden Dampfers treiben. Macht sich doch gut, findest du nicht? Kein Risiko, dass die Leiche im Schilf noch tagelang herumliegt. Er kann praktisch beobachten, wie sein Objekt gefunden wird und darf aufatmen. Die Plane nimmt er unterirdisch wieder mit und legt sie wieder in sein Clubhaus, oder wo er sie hergenommen hat. Kommt keiner drauf."

„Nur du."

„Genau. Die Idee finde ich gut. Muss ich drunterschreiben."

„Tu, was du nicht lassen kannst. So, ich bin schon wieder satt. Leider. Lieber nicht zu viel essen."

„Ich stelle immer viel zu viel auf den Tisch."

„Man kann ja schließlich nicht vorher wissen, ob man Wurst oder Käse essen will."

„Mein Blumenkohl war mal wieder viel zu weich. Al dente ist beim Gemüse die große Mode. Viel gesünder."

Sie standen auf, räumten ab und Manfred goß sich den Rest des Tees in einen großen Becher. Am Computer würde er weitertrinken.

„Gib mir mal den Zettel. Also hier. Gegenüber vor der Brücke habe ich eine eiserne Leiter am Ufer ins Wasser steigen sehn." Tidi studierte die Zeichnung. Manfred sah ihr über die Schulter.

„Nicht steigen. Abwärts führen."

„O.k., abwärts führen. Ich habe noch gedacht: Ob die hier baden dürfen oder können, oder ob dort Mini-U-Boote anlegen. Das war kurz vorher."

„Was du immer alles siehst!"

Tidi kramte nach einem Kugelschreiber. Sie zeigte auf den Punkt vor der Brücke.

„Wir hatten gerade die kleine Insel im Fluß passiert. Da! Ich mache dort ein Kreuz, richtig?"

Manfred bejahte.

„Ich schreibe noch meine Klugscheißerei drunter und gebe dir dann den Zettel zum Durchfaxen!", rief Tidi hinter Manfred her, der mit seinem Becher in sein Büro ging, das immer die Tür zum Flur offen stehen hatte.

Damit er am Geschehen oder Nicht-Geschehen teilhaben konnte.

Tidi schrieb also ihren Geistesblitz nieder und obgleich sie stolz auf ihren Einfall war, fühlte sie sich doch etwas ängstlich.

Was, wenn ihre Vermutung stimmte? Nicht auszudenken! Würden sie dann verdächtigt?

Sie brachte Manfred den Zettel ins Büro.

„Mach es lieber gleich, morgen früh wird es zu knapp", meinte sie. „Ich gehe zur Tagesschau, ja?"

Manfred nickte etwas zerstreut, über seine Arbeit gebeugt, und sie verschwand in ihrem gemütlichen Lehnsessel im Wohnzimmer. Ruhe! Ein spannender Krimi! Oder ein bisschen lesen? Schuhe ausziehen und die Füße auf den Hocker legen. Ein Zigarettchen. Herrlich.

12

Es war Dienstag morgen. Undefinierbares Wetter, aber nicht sehr kalt. Bald würde der Ostertourismus über Prag hinwegrollen. Aber noch ging es.

Max eilte pünktlich um acht Uhr durch den Korridor in ihr Gemeinschaftbüro. Frau Nemková war noch nicht da. Er hängte die Jacke an den Haken, grüßte die bereits anwesenden Kollegen und ging ins Nebenzimmer, wo das Faxgerät stand.

Es war noch keiner dran gewesen. Inmitten einer langen, herunterhängenden Fahne von Papier fand er das Fax aus Hamburg.

Er studierte es und verzog etwas den Mund. Wieder was Neues. Er wurde noch ganz tüdelig, wenn ihm nicht langsam was Konkretes begegnete.

Als er den Korridor betrat, sah er gerade seinen Chef in ihrem Zimmer verschwinden. Er knüllte das Fax hastig zusammen und steckte es in seine Hosentasche.

Wie der Blitz sauste er in sein Zimmer.

„Guten Morgen, Herr Komensky!", rief er frisch und strahlend, so richtig superaktiv und gut drauf.

„Guten Morgen, mein lieber Herr Wenzlav, gut geruht? Ich wollte mich mal nach dem Stand der Dinge erkundigen! Was macht unsere Flußleiche? Schon identifiziert? Haben Sie auch genug Leute, die Ihnen zur Hand gehen? Ich vertraue Ihrer jugendlichen Aktivität und ihrem Einfallsreichtum. Also erzählen Sie mal."

„Äh, ja, wir haben schon einige bescheidene Anhaltspunkte. Leider ist ja Frau Nemková noch nicht da. Wir haben die Suchmeldung eingeleitet, um eventuell zu erfahren, ob sie eine Ausländerin ist. Die Zeitungen haben ihr Bild gebracht. Bisher hat sich niemand gemeldet. Im Moment arbeiten wir an einer Fixierung des Punktes, an dem man sie in das Wasser geworfen haben könnte."

„Ach ja, stimmt. Die Frau war schon einige Zeit tot. Durch Messerstich in den Rücken getötet, wie ich hörte, beziehungsweise las. Sonst noch nichts? Milieu, Kneipen, Szene und so weiter?"

„Es ist schwierig, weil ihre Aufmachung nicht so richtig eindeutig war. Die Zugehörigkeit zu einer bestimmten Gesellschaftsschicht war nicht zu erkennen."

„Mhm."

„Aber wir haben schon einige Details zuordnen können. Das reicht aber noch nicht aus, um Beweise oder sonstige Schlüsse daraus ableiten zu können. Leider."

„Verlieren Sie nicht den Mut, lieber Herr Wenzlav. Aller Anfang ist schwer. Wir müssen Geduld haben. Wie lange ist es her?"

„Es war Sonnabend abend in der vergangenen Woche."

„Heute ist Dienstag. Da kann sich der Mörder längst aus dem Staube gemacht haben."

„Allerdings, das kann er", sagte Max höflich und ergeben.

„Nun ja, machen Sie so weiter, lieber Wenzlav. Ideen, Ideen! Aber um Gottes Willen keine Ungesetzlichkeiten. Und nie allein! Niemals das Handy ausschalten! Denken Sie an die Grundregeln der Polizeiarbeit!"

„Tu ich, Chef."

„Also, ich gebe Ihnen noch eine Woche. Sollten Sie bis dann nicht weitergekommen sein, bekommt ein erfahrener Polizist den Fall. Jetzt vor Ostern wird so einiges auf uns zurollen, wie üblich. Hoffe, dass sich jemand findet. Also dranbleiben und auch mal Überstunden machen, wenn es nötig ist. Wünsche noch einen schönen Tag, meine Herren!"

Und damit entschwand er ihrem Blickfeld. Max atmete auf und holte sein zerknülltes Fax aus der Hosentasche und strich es glatt.

Dann griff er zum Telefonhörer.

„Herr Professor, darf ich noch einmal kurz vorbeikommen? Ich würde sehr gern noch kurz mit Ihnen meine Vermutungen besprechen. Es ist doch hilfreich, eine andere Stimme dazu hören zu können."

„Aber gern, aber gern. Um 18 Uhr? Ja? Ich erwarte Sie."

„Danke sehr", sagte Max und dachte entmutigt: „Was mache ich nur den ganzen Tag? Kneipen durchschnüffeln? Wie unsinnig".

Frau Nemková kam herein. Max begrüßte sie erleichtert und erzählte von dem Besuch des Chefs.

Nachdem er seinen Kollegen einen angenehmen Abend gewünscht hatte, eilte er zum Auto und fuhr im Feierabendverkehr Richtung Süden an der Moldau entlang. Er war etwas ungeduldig, weil sich der Verkehr nur stockend bewegte und kam auch zehn Minuten zu spät.

Er entschuldigte sich, nachdem ihm Jonas Güldenstern die Tür geöffnet hatte.

„Macht nichts, macht nichts, lieber Herr Wenzlav. Ich bin ja allein. Keine Ehefrau wartet ungeduldig mit dem Abendbrot."

Vasco da Gama wedelte freudig mit dem Schwanz und bellte dreimal zum Zeichen des Wiedererkennens. Max fühlte sich schon ganz zu Hause.

„Lassen Sie ihre Schuhe an, lieber Freund. Es wird sicher nicht allzulange dauern. Sie sind es, der die Sache aufklären muss. Ich leiste nur meinen bescheidenen Beitrag."

Max trat in das Wohnzimmer und setzte sich unaufgefordert auf seinen alten Platz.

Er holte seine Kopien aus der Jackentasche und legte sie auf den Tisch und faltete sie auseinander.

Er wählte zuerst seine Lieblingsversion. Der Punkt, wo die Leiche vermutlich ins Wasser gebracht wurde, war auf dieser Karte fast außerhalb der Stadt. Die große Ausfallstraße nach Süden zog sich in einiger Entfernung vom Ufer am Fluß entlang, dazwischen waren Bäume, Gebüsch, sumpfige Ecken und vereinzelt noch Häuser.

„Nach dieser Version müsste die Leiche von einem Boot aus in der Mitte des Flusses auf den Weg gebracht worden sein. An dieser Stelle ist die Strömungsgeschwindigkeit etwa 17 Stundenkilometer. Sie haben das für mich als Laien verständlich dort notiert, vielen Dank. So schnell wie ein Fahrradfahrer. Das weiß ich noch von früher. Da hatte ich einen Kilometerzähler am Lenkrad."

Der Professor lachte.

„Die Jugend, die Jugend! Wissen Sie, ich habe mit Vasco gewettet. Er hat für diese Version gewettet und ich habe ihm den Knochen von meiner Lammkeule versprochen, die es heute mittag gegeben hat, wenn er gewinnt! Für mich habe ich gewettet, dass ich recht behalten werde, denn es gibt noch eine ganz andere Möglichkeit, die ich Ihnen nicht gesagt habe.

Sie glauben also, dass es an einem Sonnabend nachmittag möglich ist, eine Leiche in einem weißen Kleid und mit roten Haaren unbemerkt auf ein Boot zu schaffen und sie längere Zeit auf dem Fluß wie eine Ophelia treiben zu lassen, und niemand bemerkt es und ruft die Polizei an. Selbst vom Ufer aus blitzt nicht nur das Weiß, sondern auch das Gold und das Rot. Unmöglich, so etwas zu übersehen.

Also, mein lieber, lieber junger Freund –!" Güldenstern hob seine Stimmlage und fuhr in einem Ton der Rezitation und im Sing-Sang fort:

„In der Seele eines Menschen gibt es viele geheimnisvolle Strömungen und Strudel, die wir leicht unterschätzen!", rief er und hob seinen Arm und wackelte mit seiner Hand und seinem erhobenen Zeigefinger herum.

„In der Vorstellungskraft eines jungen Mannes schwimmt eine wunderschöne, leblose Frau in einem weißen, durchsichtigen Kleide, mit einem Blumenkranz im lockigen Haar, auf dem Antlitz den Ausdruck der Unschuld auf dem Strome der Unterwelt dahin und will von ihm erlöst werden. Er eilt hinzu, rettet sie aus den Klauen des bösen Unholds und erweckt sie wieder zum Leben durch seine heldenhafte Liebe.

Das Zeitalter der Romantik, mein lieber Freund! Das Zeitalter der

Sehnsucht und der unerfüllten Liebe. In der Kunst sentimental oder erhaben dargestellt auf guten und schlechten Gemälden, in der Poesie, schmachtend oder tragisch, wie Sie wollen und in der Oper mit düsterer Dramatik.

Sie haben sicher auch ihren Hamlet gelesen mit seinem unsinnigen, mißhandelten Spruch: ‚Sein oder Nichtsein, das ist hier die Frage!'„

Er rief es begeistert emphatisch in den Raum und lachte, dass ihm der Bauch wackelte.

„Ich habe nie ganz verstanden, ob dieser Spruch ihm selbst, dem Geist seines Vaters oder seinem neuen Stiefvater galt. Oder womöglich auch der Ophelia. Na ja, ich bin auf diesem Gebiet kein Kenner. Ich habe es mehr mit den unterirdischen Strömungen. Darum habe ich mich auch ein bisschen mit dem Herrn Jung befasst, der sicher auch nicht immer recht hat.

Also, mein lieber Herr Wenzlav, wir wollen wieder ernst werden. Seien Sie mir nicht böse", sagte er wieder im normalen Tonfall und kicherte vor sich hin.

„Sehen Sie, wir leben nicht mehr im Zeitalter der Romantik. Wenn wir heute romantisch werden wollen, so müssen wir ein Candle-light-Dinner auf einem Touristendampfer bemühen oder als altgewordene Pfadfinder in die einsamen Berge ziehen und einen Tanz ums Lagerfeuer veranstalten. Dann erleben wir ein paar Stunden Romantik und das war's dann. Danach müssen wir die Essenreste zusammenräumen, meistens ohne einen ergebenen Dienstboten und sehen, wo wir einen Mülleimer finden.

Der Müll, mein lieber Wenzlav, der Müll. Wir wollen es uns möglichst leicht machen. Nur der moralisch überentwickelte Mensch sortiert seinen Müll in drei oder vier Klassen und entsorgt es überlegt in verschieden organisierte Behälter. Aber immer noch am liebsten kosten- und risikofrei. Der primitive Mensch entsorgt lästigen Müll vor seiner Haustür oder beim Nachbarn oder versenkt ihn im Fluss. Wo es keiner sieht, wenn es aufsehenerregender Müll ist, der ihn verraten könnte.

Dann kommt das Vortäuschen, das Kopieren. Wir leben im Zeitalter des Klonens, der Vervielfältigung, des Kopierens, Wenzlav. Wenn wir ablenken wollen, appellieren wir an das übermächtige Bedürfnis nach Verklärung und Romantik. Heutzutage eine Lüge, eine Augenwischerei. Wahrscheinlich auch damals schon, was ich stark vermute!" Er erhob wieder kurz seine Stimme und bemühte seinen gelenkigen Zeigefinger.

„Was können wir daraus schließen?" Er wartete einen Moment und sah Max eindringlich an, und als Max ihn nur erwartungsvoll anblickte und nichts sagte, fuhr er fort:

„Wenn wir kurzfristig handeln müssen und dennoch etwas vortäuschen wollen, bemüht unser Überlebenstrieb eine Lösung, die sich an all den Klischees orientiert, die uns im Zusammenhang mit unserem Problem jemals beeindruckt haben oder an die sich unser Unterbewusstsein erinnert. Das braucht gar nicht bis zu dem Verstand zu kommen, der in dem Moment meistens ganz ausgeschaltet ist. Wir handeln wie in Trance.

Wir fürchten nicht die Polizei oder eine Strafe, sondern wir sind nur bemüht, unsere mühsam im Schweiße unseres Angesichts aufgebaute Existenz zu erhalten und alles Zerstörende wieder daraus zu entfernen. Ein Instinkt, Wenzlav, ein Instinkt! Und ich nehme stark an, ja, ich weiß es sogar, dass unser Inneres es uns nicht erlaubt, die Wahrheit in ihrer Unrechtmäßigkeit zu akzeptieren."

Schweigen. Max überlegte ein wenig, dann sagte er:

„Ich habe noch eine andere Version, die ich von einem deutschen Ehepaar habe. Eher ein Vorschlag. Ich hatte ihn nicht ernst genommen.

Ich habe einem Ehepaar Bartels ihre Zeichnung nach Hamburg gefaxt, damit sie den Punkt ankreuzen können, wo sie die Frau mit einem Messer im Rücken zuerst entdeckt haben. Es war vor der Anlegestelle des Touristendampfers, von der Innenstadt aus gesehen. Frau Bartels hat nun den Punkt angekreuzt und noch einige Sätze dazu geschrieben.

Sie meinte, es könnte wegen dem Wochenendverkehr wahrscheinlicher sein, dass ein Taucher die Leiche unter dem Wasser bis zur Brücke geschleppt hat und sie dort, kurz vor der Fundstelle, unter den Brückenbögen an die Oberfläche gebracht hat, wo es keiner vom Ufer aus beobachten konnte. Er müsste mit den Fahrzeiten des Dampfers und den Strömungsverhältnissen dort vertraut gewesen sein. Dann hätte er sie auf den Rücken gelegt und das Kleid drapiert, damit es gut aussah. Sobald er den Dampfer kommen sah, nachdem er gewendet hat, sollte er die Leiche dann losgeschickt haben, damit sie gesehen wird und ist dann wieder abgetaucht.

Was halten sie davon? Klingt ja ein bisschen sehr exotisch."

„Da haben wir's ja!", rief Jonas Güldenstern und schlug mit der flachen Hand auf den Tisch. „Exotisch? Sie haben noch nie getaucht, Herr Wenzlav, das ist es. Sie sind mit den Unterwasser-Aktivitäten nicht vertraut!

Sie müssen wissen, dass wir in Prag und sicher auch in allen großen Städten Europas, durch die ein Fluss oder in denen sich ein Gewässer befindet, berufsmäßige Taucher haben, die den Boden in regelmäßigen Abständen nach gefährlichen oder wasserverschmutzenden Dingen absuchen. Tote Katzen im Sack zum Beispiel, der mit Steinen beschwert ist. Sie verbreiten Bakterien. Es wurden auch schon mit Steinen beschwerte Leichen im Sack gefunden. Das ist in Großstädten nichts überaus Besonderes. Fahrräder, die in eine Schiffsschraube geraten könnten, und was der Dinge mehr sind. Das ist ein richtiger Beruf, der in ihrer Branche zu finden ist, wie Sie wissen. Es ist Ihnen nur noch nicht ganz präsent.

Gehen Sie dieser Sache nach, lieber Herr Wenzlav, und gehen Sie nicht zu öffentlich vor. Sie könnten eine Menge Spuren verwischen. Es ist nicht gesagt, dass der Taucher auch der Mörder ist. Denken sie an meine Bemerkung vom Entsorgen des unliebsamen und lästigen Mülls. Wenn man aus dem Wasser ständig Müll herausholt, kennt man dieses Element als Entsorgungsmöglichkeit. Warum nicht als Vehikel nehmen? Vielleicht bot sich das sogar ganz unmittelbar an? Wer weiß?"

Max saß noch immer ruhig da und hörte zu.

„Sie überzeugen mich, Herr Professor. Mein oder unser nächster Schritt wird sein, einen Punkt oder einen Beweis zu finden, dass dort ein Taucher gewesen ist, der die Leiche so lange unter Wasser gehalten hat, bis sich der geeignete Moment bot, sie auf die Oberfläche zu bringen.

Außerdem fällt mir noch ein Punkt ein. Sollte die Leiche die ganze Nacht im Freien gelegen haben, könnte das die Berechnungen der Todeszeit stark beeinflusst haben."

„Sehen Sie, daran habe ich auch nicht gedacht. Aber ich würde an Ihrer Stelle, wenn ich mir diesen Rat erlauben darf, doch meine vorgeschlagenen Versionen einzeln überprüfen. Zum Beispiel Fußabdrücke und Reifenspuren am Ufer oder Boote im Schilf oder was auch immer. Rote Haare können verräterisch sein und sind leicht zu finden."

„Herr Güldenstern, ich muss Ihnen ganz herzlich danken! Wie Sie bemerkt haben, bin ich jung und ein Anfänger. Aber bis jetzt finde ich meinen Job noch spannend und überaus lehrreich. Es hat mir Freude gemacht, mit Ihnen zu arbeiten."

Er erhob sich und reichte ihm die Hand.

„Ich hoffe, ich habe Sie nicht gekränkt, lieber Freund. Täte mir sehr leid. Ich bin immer noch ein begeisterter Forscher der Zusammenhänge in der Welt", sagte Güldenstern, offensichtlich gerührt und schüttelte ihm die Hand. „Den Knochen soll Vasca dennoch bekommen, vielleicht kriegt er ja noch was zu tun."

Er wandte sich um und tätschelte dem vor sich hin schnorchelnden Vasca, der am Sessel lag, den Kopf.

„Nicht wahr, mein alter Knabe? Du bist der Beste!"

Sie gingen zur Tür und Max winkte noch einmal zurück, als er zur Pforte ging. Plötzlich drehte er sich um, als Güldenstern gerade die Tür schließen wollte und rief: „Herr Professor, Herr Professor!" Er rannte zurück.

„Die Beerdigung ist erst in der nächsten Woche, nach Palmarum. Die Leiche wird erst in einigen Tagen freigegeben und der Priester hat in der Woche vor Ostern so viel zu tun, dass die Beerdigung nur am frühen Morgen stattfinden kann. Wahrscheinlich am Montag um acht Uhr in der Frühe. Ich gebe Ihnen den genauen Termin durch."

„Ist recht so, ist recht so. Nur keine Eile. Könnte der Sache schaden. Vielleicht meldet sich ja sogar noch ein Familienmitglied. Also wir sehen uns bald wieder. Auf Wiedersehn!"

Und die Tür schloss sich.

13

Der Mittwoch schien ein heiterer Frühlingstag zu werden. Die Meisen zirpten vergnügt ihr zizidä-zizidä in den schon grün angehauchten Bäumen. Auf den Beeten der Stadtparks und den Plätzen leuchteten die gerade aufgeblühten Tulpen. Die Narzissen waren schon verblüht.

Die Straßenbahn ratterte lustig durch die Straße und über die Brücke. Das Dach des großen Theaters glitzerte in der Sonne. Frauen wagten sich zum ersten Mal mit bunten Tops auf die Straße. Auf der Karlsbrücke versammelten sich eine Menge Andenkenverkäufer.

Auch Max war von der Frühlingswonne angesteckt worden und war extra früh aufgestanden, um zu Fuß zum Büro zu gehen. Eine halbe Stunde. Was war das schon.

Er versuchte, in sich zu ordnen, was er heute in dem Fall alles zu tun gedachte. So ganz gelang es ihm nicht. Er hoffte, das frische, strahlende Sonnenlicht würde auch in diesen Fall etwas Licht bringen. Ihm zuliebe. Das Schicksal und sein Gespür würden ihm einen Erfolg bescheren, es könnte gar nicht anders sein.

Er fasste einen spontanen Entschluß, stellte sich vor die Ampel am Fußgängerüberweg und überquerte die Straße Richtung Moldauufer. Er hatte vor, von der Palacky-Brücke aus so nah wie möglich am Ufer entlang zu gehen. Irgendwie war er überzeugt, wenn, dann käme nur die linke Uferseite in Frage. Auf der anderen Seite war die vielbefahrene Straße mit der Begrenzungsmauer zu nahe am Ufer. Hier könnte es zwischen Bäumen und Büschen noch kleine Häuschen oder Clubräume oder ähnliches geben, wonach er suchte. Ein Hinweisschild etwa. Wie würde das aussehen? Nautic-Club? Tauchschule?

Wäre ja wenigstens ein Anhaltspunkt. Natürlich würde er im Büro nach Adressen suchen. Aber probieren ist manchmal ergiebiger als studieren.

Er folgte jedem kleinen Durchgang zum Ufer, aber an der Stelle, wo sich die besagte Eisentreppe befinden sollte, war nur ein kleines Clubhäuschen, das Gebiet drum herum war eingezäunt. Nichts Ungesetzliches am frühen Morgen! Von der Wasserseite her wäre es besser, klar. Er wusste auch nicht einmal genau, ob es ein Clubhäuschen war, denn es hatte kein Schild. Er ging wieder zurück auf die Straße.

Ein alter Herr mit einem Dackel an der Leine kam ihm entgegen.

„Entschuldigen Sie, wissen Sie, ob es hier in der Nähe einen Tauchclub gibt?"

„Nö, tut mir leid, weiß ich nicht. Ich kenn nur diese Straße. Schönes Wetter heute, nicht wahr? Wollen Sie zu so früher Jahreszeit schon tauchen?"

„Danke sehr, und schönen Tag noch!" Max gab nicht auf. Eine ältere Dame mit einem freilaufenden Pudel kam ihm entgegen.

„Entschuldigen Sie, wissen Sie, ob es hier am Ufer einen Tauchclub gibt, vielleicht eine kleine Hütte?"

Die Frau blieb stehen und dachte nach. Dann zeigte sie hinter ihn.

„Da, an der Ecke, war bis vor einigen Tagen ein kleines altes Schild. Undeutlich zu lesen. Zur Taucher-Schule. Ja, ich bin mir sicher."

Sie gingen zusammen zu der Ecke.

„Sehen Sie, hier am Zaunpfahl. Jetzt ist es weg."

„Vielen Dank. Schönen Tag noch!"

„Schön, dass es wieder warm wird, nicht wahr?"

Max bog wieder in den kleinen Sandweg ein und sah sich das flache Hüttchen an und versuchte, in die Fenster zu sehen. Ein Holzhäuschen mit kleinen Gardinen, einer einfachen Tür, verschlossen. Den Zaun zum Ufer hin hätte man an einigen Stellen gut übersteigen können. Er ließ es lieber.

Er studierte noch einmal die Eingangstür. Hier links. Vier kleine

Löcher. Dort war ein Schild gewesen. Na, den Mann würden sie schnell finden. Vorladung, wäre ja gelacht. Eine Erlaubnis zur Hausdurchsuchung, und zwar heute noch, dachte Max.

Auch wenn sie den Mann heute nicht mehr zu sehen kriegten. Lieber die Hausdurchsuchung, wenn noch keiner was darüber gesagt hatte. Er würde gleich zum Richter gehen und ihm alles erklären.

Er nahm sein Handy und rief im Büro an. Die Kopien hatte er bei sich, wie gut, weil er am Vorabend beim Professor gewesen war.

Frau Nemková war noch nicht im Büro. Er wählte ihr Handy. Sie meldete sich zu Haus, wollte gerade weggehen.

„Wo sind Sie?“, fragte sie. „Ich komme mit. Doppelt hält besser.“

„An der Westseite der Palacky-Brücke. Gehen Sie ein bisschen nach Norden, da sitze ich auf der Bank oder was auch immer da herumsteht.“

„Ein halbe Stunde wird es wohl dauern.“

„Die Frühlingslüfte sind erwacht, sie säuseln…“, begann Max zu rezitieren. Frau Nemková lachte.

„Die lauen“, sagte Eliska Nemková gütig.

„Wer ist das schon wieder?“, fragte Max.

„Die lauen Lüfte“, wiederholte Eliska.

„Ach so. Meine Schulzeit ist schon fast vergessen. Übrigens bin ich von meiner Schwester ins Konzert eingeladen worden. Das heißt, ich darf bezahlen und sie zum Essen einladen.“

„Wie schön für Sie. Mal wieder Kunst und Kultur. Oder ist es ein Pop-Konzert?“

„Ne, Mozart. Aber ich freue mich. Meine Schwester ist eine lustige Nudel. Wir verstehen uns prima.“

„Wie schön für Sie“, wiederholte die Nemková. „Also bis gleich! Wir werden dem Richter was einsäuseln!“ rief sie. „Setzen Sie sich in die Sonne!“

Max fand sogar eine richtige Bank an einem Spielplatz hinter der nächsten Brücke und beobachtete den vorbeiziehenden Verkehr.

„Hoffentlich sieht mich mein Chef hier nicht“, dachte er. „Soviel

Zeit bei den Ermittlungen ist ja kaum zu erklären. Noch eine Woche. Wird knapp, fürchte ich. – Hoffentlich findet sie mich. Muss ein bisschen rennen."

Als die Beiden dann am späten Vormittag mit ihrem Passierschein in der Hand in das Büro kamen, waren sie aber doch erleichtert.

Frau Nemková war am Vortage im Stift des Strachov-Klosters gewesen, hatte aber keine Neuigkeiten erfahren. Keine Begegnung mit einem herumirrenden Mädchen. Das kleine Mädchen hatte einfach auf einer Bank an einem Spielplatz gesessen und gesagt, sie hätte hier gespielt, weil ihre Mama nicht zu Hause sei. Wo sie wohnte, wusste sie nicht. Aber diesen Mönch wird sie gesehen und mit ihm gesprochen haben, auch wenn es keiner zugibt. Die nehmen sich in acht, wahrscheinlich zu recht.

Eine Wohnung die Treppe hinauf, hatte sie gesagt. In der Straße sind nicht viele Autos, das hatten sie auch noch heraus bekommen. Jetzt war sie im Heim.

Ihnen fiel nichts ein, was sie im Moment in der Richtung noch tun könnten. Suchdienst.

Sie aßen erstmal zu Mittag und warteten auf die Auskünfte wegen der Adresse des Tauchlehrers. Niemand zu Hause. Sie schickten einen Beamten hin. Keiner da, kam durch das Telefon. Die Schule öffnet Mitte Mai.

„Vielleicht hat er im Winter woanders Arbeit." Sie überlegten.

„Karibik?" schlug Max vor. „Viel zu tun da. Das Mittelmeer ist noch zu kalt, oder? Australien ist ein bisschen weit weg. Keine Ahnung. Warten, warten, warten!"

„Wir könnten aber mal herauskriegen, für wen der Mann in der Vergangenheit gearbeitet hat. Muss ja nicht immer in Prag gewesen sein. Also wenn er irgendwo einen Lebenslauf abgegeben hat, wären wir ein Stück weiter. Wir versuchen es zuerst bei der Stadtreinigung. Wasserschutzpolizei. Was noch?"

„Probier da erstmal. Ich bestelle einen Schlosser. Ich habe nämlich keinen Dietrich, vorsichtshalber. So werde ich gar nicht erst in Versuchung geführt."

„Sehr löblich. Ich mache sowas auch nicht. Also bis dann."

Sie trennten sich. Max bestellte den Schlosser. Er wollte um drei Uhr vor Ort sein. Bis dahin war noch etwas Zeit. Schon wieder nichts zu tun. Schreiben? Was? Er sollte sich ja zunächst nur auf seinen ersten selbständigen Fall konzentrieren. Dass ihm da nur keiner reinpisste!

Er ging zur Hintertür und setzte sich auf die Steinstufen zum Hinterhof, ließ sich die Sonne ins Gesicht scheinen und rauchte eine Entspannungs-Zigarette. Mülleimer, eine Menge Fahrräder. Autos konnten hier nicht rein. Ein paar armselige Büsche.

Worauf sollte er achten? Die Spurensicherung konnte er erst benachrichtigen, wenn er irgend einen Hinweis auf eine Straftat entdeckte. Also erstmal herumschnüffeln. Er machte sich lieber keine großen Hoffnungen. Er betete nur inständig, dass das große Peng!! innerhalb der nächsten Tage kam. So manches verlief hier auch im Sande, das wusste er. Wenn es irgendwas mit den Botschaften hier zu tun hatte, sowieso. Haben alle ihre verdammte Immunität und was weiß ich noch. Schlauberger und Geheimniskrämer. Vertraten alle die verschwiegenen Interessen ihrer Länder. Da kam so einer wie er leicht ins Flattern. „Bloß das nicht", dachte er, schloß seine Augen und hob seine Nase Richtung Himmelsblau.

„Blau, blau, blau ist der Enzian..." Heino fing in ihm an zu singen. Das dröhnte aus den Automaten in den bayrischen Lokalen. Und immer mit Sonnenbrille.

„Soll ich zu Fuß gehen, dann bin ich nicht hier...", dachte er unschlüssig, und der Kinderspielplatz fiel ihm ein. Das kleine Mädchen. Er sprang auf und ging schnellen Schrittes in sein Büro.

Er kramte in der Mappe. Hier. Jiraskuv-Spielplatz, da wurde das Mädchen gefunden. Da war er ja gewesen. Da könnte er mal herumgehen. Nur so. Noch eine Stunde. Er sagte Frau Nemkova Bescheid und sauste los Richtung Straßenbahn.

Auf dem Spielplatz suchte er überall unschlüssig herum. Leer zusammengequetschte Pappbecher mit Strohhalm im Gebüsch. Alles mögliche. Sogar eine Spritze. Die Mütter auf den Bänken beobachteten ihn mißtrauisch. Er hatte aber keine Lust, seinen Polizeilappen zu zeigen und lächelte nur kokett zurück. Beinah hätte er die Zeit vergessen. Zum Clubhäuschen musste er rennen, so dass er ganz aus der Puste war, als er ankam.

„Na, ein bisschen joggen nach dem Mittagessen? Immer fit bleiben, sag ich auch immer zu meiner Frau, wenn sie den Tisch abräumt." Der Schlosser, der bereits vor der Tür wartete, grinste fröhlich.

„Man soll die Polizei niemals warten lassen. Auch eine meiner tiefsten Überzeugungen. Guten Tag, ich heiße Janak. Ich soll für Sie hier einbrechen."

„Das wäre sehr freundlich von Ihnen. Bitte lassen Sie nach Möglichkeit das Schloss heil."

„Aber sicher. Was hat er denn ausgefressen?"

„Weiß ich leider auch noch nicht. Ich warte noch auf meine Kollegin."

„Wissen Se was? Ich mach Ihnen auf und zieh Leine. Zeit ist Geld, sag ich immer. Sie ziehen nachher einfach die Tür zu. Hab schon gesehen. Einfaches Sicherheitsschloss mit Türgriff ohne Klinke. Da kann keiner rein, wenn Sie einschnappen lassen. Wird ja nich viel drin sein, und wenn, müssen Sie eben sicherheitsverwahren."

Er begann mit seinem Spezialdings und mit einem Klick war die Tür offen.

„Ich schick die Rechnung an Ihr Büro, Herr… Hat mich gefreut, ihre Bekanntschaft zu machen. Adieu!" Er war schon auf dem Weg zum Auto und brauste davon.

Max hielt den Fuß zwischen der Tür und sah nervös in Richtung Straße. Da kam die Nemková angerannt und winkte schon von weitem. Auch zu Fuß?

„Ich habe keinen Parkplatz gefunden. Ich brauche das Auto nämlich hinterher. Dies ewige Theater mit den Parkplätzen...." Sie schimpfte vor sich hin.

„Kommen Sie rein." Es roch abgestanden und ein bisschen schimmelig. Sie fingen an, sich umzusehen. Alte Bilder mit Vereinskameraden im Taucheranzug. Eine verstaubte Plastikrose in einer Flasche. Eine Kaffeemaschine mit einer Reihe bunt gemusterter Becher auf einer schlichten Kiefernholz-Kommode. Ein wackeliger Tisch mit einigen Stühlen. Ein Schrank. Nichts drin als Krims-Krams aus der Branche. Sie überlegten unschlüssig.

„Frauenkleidung? Eine Damenjacke? Schuhe! Sie war aber nicht barfuß gewesen."

Sie suchten weiter. Nichts weibliches zu sehen.

Max sah in die kleine Toilette. Dann ging er in den angrenzenden Raum. Er führte in einen kleinen angebauten Holzschuppen, niedrig. Da war eine Wäscheleine gespannt, über den einige Taucheranzüge aus Neopren hingen. An der Wand waren Sauerstoffflaschen aufgereiht. Schwimmflossen. Unter der Leine lagen schwarze, ziemlich dünne Planen ausgebreitet. Der Betonboden darunter war krümelig und uneben.

„Suchen Sie nach einem roten Haar. Vielleicht auch zwei!"

Frau Nemková steckte den Kopf zu Tür herein und lachte.

„Cherchez la femme! Bei rot senkt der Stier den Kopf und dann...." Sie imitierte einen Stier oder einen Teufel und hopste in das Zimmer.

Dann bückten sich beide, rutschten auf die Knie und suchten Stück für Stück die Plane ab.

Er wollte es nicht glauben. „Das kann doch nicht wahr sein!", rief er. „Unser erstes Beweisstück!" Er hielt triumphierend ein rotes Haar in die Höhe.

„Nemková, sagen Sie du zu mir! Ich bin der Max! Wir sind drin in dem Fall. Du meine Güte!"

Sie standen auf und schüttelten sich die Hand. Beinah hätten sie sich umarmt.

„Ich heiße Eliska, genannt Elli."

„Also Elli, was nun? Haben Sie ein Taschentuch? Ich habe keine Tüte da."

Elli kramte ihre Papiertaschentücher heraus.

„Wir holen die Spurensicherung. Und müssen den Mann auftreiben. Ich weiß auch schon einiges. Er arbeitet als Selbständiger mit Auftrag für die Stadtreinigung, die Polizei, den Suchdienst und bei der Baubehörde. Hält auch im Winter im Ausland Vorträge. Schätze in großen Städten mit durchfließenden Flüssen. Hamburg, Paris, London. Oslo ist schon wieder Meer. Rom? Berlin? Also wir schicken eine eilige Suchmeldung zunächst an die großen europäischen Hauptstädte. Heute Nachmittag. Willst Du hier warten, bis die Spurensicherung kommt oder soll ich?"

„Ich sehe mich noch ein bisschen um. Sause du man los. Ich mache den Spürhund und du erledigst die Diplomatie. In Ordnung?"

Elli war einverstanden. Sie hatte schließlich das Auto.

Nachdem Max seinen Anruf erledigt hatte, kletterte er zum rückwärtigen Fenster hinaus. Die Hintertür war verschlossen. Er besah sich das verwilderte kleine Grundstück.

Der Maschendrahtzaun war verrostet und teilweise beschädigt, das hatte er bereits heute morgen gesehen. Der kleine Platz hinter dem Schuppen, wo der Mülleimer stand, war zementiert. Man konnte keine Spuren entdecken. Eine Eisenleiter führte an dem mit großen Steinen befestigten Ufer in den Fluss. Einige Fußspuren konnte man vielleicht noch sicher stellen. Mal sehn.

Er ging wieder zur Tür, setzte sich auf die Schwelle und wartete.

14

Es war Donnerstag, der fünfte Tag nach dem ungewöhnlichen Fund in der Moldau.

Es war schon wieder so viel Neues geschehen, wenn es auch nicht sonderlich aufregend war, dass die schöne Reise mit ihren bunten Bildern bereits in Tidis Vorstellungskraft verblasste.

Wie schade. Die Bücher lagen auf ihrem kleinen Tisch neben dem Lehnstuhl und waren noch längst nicht alle ausgewertet, geschweige denn durchgelesen.

Tidi überlegte, was sie bei der Bücherei verlängern sollte und was sie zurück geben würde.

„Das musst du mal lesen“, sagte sie regelmäßig zu Manfred, wenn ihr etwas sehr Neues und Interessantes unterkam und las ihm ein Stückchen vor. Manfred schien interessiert zuzuhören, war aber doch gleich wieder bei seiner Arbeit oder dem Fernsehprogramm.

Geschichte haute ihn nicht gerade um. Aber Tidi konnte es immer mit irgend etwas in Zusammenhang bringen, was sich in ihrem Gedächtnis abgelagert hatte. Sie fand es ungeheuer spannend.

Geschichte war vorbei. Sie konnte ja nicht mehr hineingezogen werden. Das schien ein ungeheurer Vorteil, wenn man sich für Geschichte interessierte. Ihr kleines gemütliches Leben blieb unangetastet. Niemals würde sie auf einer Demo für Aktuelles kämpfen. Sie hasste Menschenaufläufe. Wenn Unruhe in der Stadt war, blieb sie schön zu Hause.

Sie arbeitete lieber im Garten oder im Haus der Jiwa-Bruderschaft, so wie sie es gewohnt war und hatte ihre Ruhe.

Menschen hatte sie hier genug. Zwei- oder dreimal in der Woche kamen die Mitglieder zu ihrer individuellen Anbetung hier zusammen und man hatte genug Gelegenheit, hinterher miteinander zu reden, Tee zu trinken und sich ein bisschen abzulenken. Das hatte seit dreißig Jahren seine Tradition und würde hoffentlich noch lange so gemütlich bleiben.

Gelegentlich kamen und gingen Gäste aus allen Teilen der Welt. Nicht mehr so viele wie in ihren jüngeren Jahren, aber immerhin. Man hörte wieder was Neues oder frischte alte Bekanntschaften auf.

Tidi hatte nie den Drang gehabt, sich in andere Lebenskreise zu drängen oder einzumischen. Missionare jeder Spielart, ob religiös oder intellektuell, waren ihr suspekt und sie hielt sie sich vom Leibe. Inzwischen wagte es auch keiner mehr, ihnen zu sagen, was sie ihrer Meinung nach anders oder besser machen könnten. Sie taten, was sie konnten, und damit basta.

„Wenn man über fünfzig ist, sollte man sich seine Feinde selbst aussuchen dürfen", hatte sie irgendwo gelesen. Nicht schlecht, der Spruch. Aber sie betrachtete niemand als ihren Feind. Aber um einige Menschen machte sie doch einen Bogen. Sie meinte, dass der Körper und der Instinkt den Ärger schon meilenweit riechen kann. Allerdings litt ihr Geruchssinn, wenn sie gekränkt wurde oder wütend wurde. Das kam auch vor. Besonders, als sie noch jünger war und mehr Energie hatte, sich kräftig aufzuregen.

Aber das bekam weder ihr noch Manfred sonderlich. Sie mussten beide auf ihr Herz und sie auf ihren Magen aufpassen. Und Manfred war bestimmt auch vom vielen Ärgern von seiner Galle befreit worden. Naja, nicht allzu schlimm.

Also Friede war angezeigt, aber nicht zu viel davon, sonst wurde das Leben zu langweilig. Man konnte ja nicht immer nur in seiner eigenen Suppe rühren, also ratschte Tidi auch gern, wenn sie die richtigen Leute dafür fand. Hinterher beruhigte sie sich wieder vor dem Fernseher oder mit einem unterhaltsamen Krimi. Ein schönes Leben, fand sie.

Es gab keine ernsthaften Probleme. Wenn sie nicht zu viel ausgingen, kamen sie gut zurecht. Dann und wann eine kleine oder große Reise mit oder ohne Zelt und wenigstens ein paar Nächte in einem schicken Hotel, und beide waren zufrieden.

Jetzt im April hatte Tidi sehr viel im Garten zu tun. Er war riesengroß, wenn auch die meisten Flächen von Manfred mit seinem großen Rasenmäher-Trecker bearbeitet wurden. Es blieb genug übrig. Das Unkraut wuchs um diese Zeit schneller als die Stauden.

So konnte man Tidi um diese Jahreszeit bei gutem Wetter meistens im Garten finden, wenn sie nicht gerade ausschlief, kochte oder putzte.

Heute war sie noch draußen, als sie Manfreds Pfiff hörte. Er war auf dem Weg vom Parkplatz zur Haustür und hatte ihre Rückseite hinter einem Busch entdeckt. Tidi pfiff auch tadellos, aber sie gebrauchte ihren Finder-Pfiff nicht so oft wie er. Sie pfiff immer irgendwelche Melodien, wenn sie im Flur war, ganz automatisch, weil es da einen schönen Widerhall gab. Lieder oder Melodien aus Opern und Musicals, die ihr ohne Nachdenken sofort auf die Lippen kamen.

Ihre Mutter hatte als Kind nicht so unbehelligt pfeifen dürfen, hatte sie ihr erzählt. Dann hieß es immer: „Mädchen, die pfeifen, Hühner die krähn, soll man beizeiten den Hals umdrehn". Wie albern. Sie pfiff für ihre arme Mutter mit. Sie war bereits gestorben, nicht ohne in ihrem langen Alter noch fröhlich ihre Liedchen gepfiffen zu haben.

„Wie schön, dass ich heutzutage lebe", dachte Tidi nicht nur bei solcher Gelegenheit.

„Ihr könnt mich mal, ihr dämlichen Männerärsche", dachte sie auch dann und wann. Dabei war sie beileibe keine Emanze. Oh nein, das hatte sie nun wirklich nicht nötig. Sie hatte ihren Spaß, und wer sie nicht würdigen wollte, sollte auf seinem hohen Roß sitzen bleiben. Sie konnte hinaufgrüßen, nicht ohne ein bisschen verdeckten Spott.

Sie hatte gar nicht mehr vor, in geheiligte Männerdomänen vorzustoßen. Wer was von ihr wollte, konnte sich bei ihr melden. Und es wollte keiner mehr was von ihr. Nette Leute, sie alle. Wenn sie „nett" dachte, musste sie immer lachen. Was für ein nichtssagendes Wort. Zuckerguß auf einer giftigen Torte. Aber verbittert war sie nicht. Dazu war sie inzwischen zu „ausgebufft". War das nun ein norddeutscher Ausdruck? Sie liebte diese ganzen Spezialausdrücke. Zogen alles auf die heitere Seite des Lebens.

Sie überlegte manchmal, dass man jede Geschichte in eine Komödie oder Tragödie umarbeiten konnte. Allerdings waren die ganz großen Tragödien so beschaffen, dass nicht ein kleiner Ausweg blieb, die Geschichte auch komisch darzustellen. Und bei denen weinte sie dann, ob sie es las oder miterlebte. Auch Manfred konnte gut weinen, und das erheiterte sie so sehr, das sie wieder lachen musste.

Für sie hatte es Gottseidank immer einen Ausweg gegeben, mit Gottes gütiger Hilfe. Sie glaubte fest an die Existenz Gottes. Eines Gottes, der alle Menschen gleich liebte, wie eine Mutter oder ein Vater. Mit der Betonung auf Mutter. Für sie hatte Gott auch eine weibliche Seite, ob das den Priestern nun passte oder nicht. Darüber philosophierte sie manchmal, im Stillen oder im Monolog, wenn Manfred beim Essen ihr gegenüber saß.

Aber sonst war ihr Philosophie wurscht. Tatsachen waren unterhaltender.

„Die Wahrheit oder der Hund liegt im Detail begraben", war so ein Spruch, oder „Die normative Kraft des Faktischen". Aber dieser Witz kam nicht von ihr.–

Etwas gedankenverloren und müde rief Tidi zurück, sie wollte aufhören. Während Manfred sein Feierabend-Nickerchen machte, musste sie an das Kochen denken. Alle Knochen taten ihr weh. Im Frühjahr spielten alle Muskeln, die im Winter eingerostet waren, verrückt. Sie latschte ziemlich erschöpft zum Geräteschuppen und ordnete ihre Gartensachen.

Sie verschloss die Tür und ging ins Haus. In ihren vielen Taschen hatte sie immer jede Menge Schlüssel. Sie wollte kein Schlüsselbund, aus Sorge, dass es ihr einmal beim Bücken aus der Tasche rutschte und sie es versehentlich untergrub. Jedenfalls hatte sie schon einige Gartenscheren und Handschaufeln unter dem Laub verbuddelt.

Manfred stand am Anrufbeantworter und hörte die Anrufe ab. Einer von den Jungs. Eine Schwester aus der Bruderschaft. Und ein fremder Mann, den sie nicht kannten.

Ein Herr Hartmann bittet um Rückruf. Wahrscheinlich ein Zulieferer. Es liefen sowohl über Manfreds kleine Feierabend-Firma als auch über die Bruderschaft immer irgendwelche Aufträge an Handwerker oder Waren-Bestellungen.

„Ich lege mich aufs Ohr!“, rief Manfred und verschwand im Wohnzimmer auf seinem großen Kipp-Ledersessel.

Tidi kramte Gemüse und Fleisch aus dem Kühlschrank, samt allen Resten, die kunstvoll in das Menü, das sie ja nur selber aß, eingearbeitet wurden. Manfred bekam Brot, Aufschnitt, saure Gurken oder andere Salätchen und seinen schwarzen Tee.

Sie fing wieder an zu trällern. Die Tulpen in Amsterdam, dann die weißen Rosen aus Athen. Im April hatte sie es wohl mit den Blumen. Sie musste mal wieder im Herbst neue Tulpen stecken. Osterglocken hielten ja Jahrzehnte, aber die Tulpen verschwanden so nach und nach. Niemand interessierte sich für Garten. Ein Jammer. Sie hatte immer so ein undeutliches Gefühl, als wenn alle Jiwa-Mitglieder einen Garten für ungeheuer unwichtig und überflüssig hielten. Dabei, was ist ein Leben ohne Garten und Blumen?

Ein ungesunde Verrenkung des Gehirns. Immerzu denken sie darüber nach, was anders sein müsste. Grauenhaft. Sie sahen die Bäume noch nicht einmal, wenn ihnen ein Zweig in die Quere kam. Und sie taten ihr Laub in den Müll, statt es der Erde zurück zu geben. Unnatürlich. Und quasselten immer und ewig von Öko und Alternative. Gräßlich.

Und wenn Tidi erzählte, dass sie im Wald spazieren gingen, kam immer so ein gütiges und nachsichtiges Lächeln auf ihre Gesichter: „Die lieben Alten…!“

Und dann hatten sie plötzlich ein Furunkel am Hintern und der Arzt war ein Bösewicht. Dann suchten sie nach irgendwelchen Hexen, die ihnen mit Kräuterwickeln den Arsch verbanden. Weil die Natur so gesund sei. Von wegen.

Tidi konnte sich durchaus in deftigen Gedankengängen verlieren.

Nach dem Abendbrot verzog sich Manfred wieder in sein Büro und erledigte seine Sachen. Er war Zuschauer der Spätfilme, die gegen zehn Uhr anfingen. Tidi ließ um acht Uhr alle Arbeit fallen und verzog sich zum Fernseher oder zu ihren Büchern. Darauf freute sie sich jeden Tag. Sie mochte nicht mehr auf den Beinen sein.

Im Wohnzimmer hörte sie am Klicken der Telefonklingel, die über der Wohnzimmertür war, dass Manfred telefonierte. Sie hätte dazu am Abend keine Lust mehr.

Aber sie wollte doch immer wissen, was los war. Aus sicherer Entfernung, sozusagen. Sie hatte mühsam gelernt, ihre kleine Welt zu hüten. In regelmäßigen Abständen sah sie ihre Kinder und Enkel, hütete auch gern ein oder hatte gern Besuch, aber es gab kein Gedrängel. Sie verstanden sich und jeder ließ dem Anderen sein Leben. Das funktionierte bestens und es war niemals Streit gewesen. Sie hätten gar nicht gewusst, wie sie das anfangen sollten... Tidi döste in ihrem Lehnsessel vor sich hin. Im Fernsehen war nichts Vernünftiges. Sie naschte ihre Schokolade und betrachtete ihre nackten Füße auf dem Hocker.

Um in das Wohnzimmer zu gelangen, musste man über den Hausflur im ersten Stock gehen. Da kamen Schritte. Heinrich stieß die Tür auf, mit einem Bierglas und zwei Flaschen in der Hand.

„Feierabend!“, rief er. Es war kurz nach zehn Uhr.

„Wer hat denn angerufen? Gibt‘s was Interessantes?“, fragte Tidi neugierig.

Manfred machte es sich erstmal bequem. Sie musste ihm immer die Neuigkeiten wie Würmer aus der Nase ziehen.

„Ein Herr Hartmann wollte uns sprechen. Karl Hartmann.“

„Geschäftliches? Besuch? Na, red schon.“

„Er meint, er wäre mit mir zur Schule gegangen. Im Gymnasium in Helmstedt. In den Fünzigern."

„Und nun will er dich zum Klassentreffen einladen?"

„Ne, ich kann mich auch überhaupt nicht mehr erinnern. An keinen aus der Schule. Ist ja ein halbes Jahrhundert her."

„Und was wollte er nun? – Meine Güte", dachte Tidi. „Bis er so mal rüberkommt mit seinen Neuigkeiten."

„Also dann sagte er, er wäre Beamter beim Verfassungsschutz. Im Büro, nicht im Außendienst. Sie hätten eine Anfrage wegen einem gewissen Herrn Waszek, der in ihren Akten geführt wird. Sie brauchen nur eine kurze Auskunft."

„Nämlich?"

„Ob wir bezeugen können, dass wir am so- und sovielten in Prag auf der Moldau einen Taucher gesehen haben, der mit einem Bündel im Wasser verschwand."

„Nichts haben wir gesehen!", schrie Tidi, und sie merkte, wie ihr etwas übel wurde. „Wie gut, dass ich nicht am Telefon war. Dem hätte ich aber meine Meinung über die Rübe gehauen. Ist ja wohl eine Frechheit."

Sie überlegte einen Augenblick.

„Es kann natürlich sein, dass sie wegen dem Überrumpelungseffekt eine Vermutung einfach als Tatsache hingestellt haben. Ich kenne ja moderne Verhörmethoden nicht, aber ich kann es mir denken. Einfacher Trick. Was hast du denn gesagt?"

„Ich habe gesagt, meine Frau hätte viel Phantasie und hat einfach ihre Idee auf das Fax an die Prager Polizei geschrieben. Sozusagen aus Hilfsbereitschaft."

„Hoffentlich hast du mich nicht als eine Miss Marple oder so hingestellt. Ich habe da keinerlei Ambitionen, in was reingezogen zu werden!", schrie Tidi überlaut.

„Schrei nicht so." Manfred bohrte sich in den Ohren.

„Und weiter?"

„Nichts weiter. Ich habe ihn auf den Text auf dem Fax verwiesen, das wir Herrn Wenzlav geschickt haben. Wir hätten dem nichts hinzuzufügen. Er hat sich bedankt und aufgelegt. Wenn noch Fragen wären, schickt er ein Mail. Das wärs."

„Na hoffentlich." Tidi angelte sich die Zeitung und las ihm das Fernsehprogramm vor. „Um halb elf gibt es einen Western. Kannste ruhig ansehen, ich lese dabei. Um elf ist eine Dokumentarsendung über das Dritte Reich, die ich gern sehen will."

Manfred fing an zu zappen und Tidi griff ihr Buch, nahm das Lesezeichen heraus und deckte ihre hochgelegenen Füße mit ihrer kleinen Wolldecke zu. Zog immer überall aus allen Ritzen hier.

15

Am nächsten Tag, Freitag, hatte Tidi mit Einkaufen zu tun. Sie wollte zum Wochenende auch alle Zimmer in Ordnung haben, falls Besuch kam. Am Sonnabend hatte sie zu solchen Arbeiten keine Lust.

Sie kam gerade mit ihren Taschen und dem schweren Korb die Treppe herauf geächzt, als das Telefon klingelte.

„Bartels?"

„Martin Wolfram, Kriminalpolizei. Guten Tag, Frau Bartels, gut dass ich Sie erwische. Habe schon einige Male vergebens versucht, Sie zu erreichen. Sie erinnern sich vielleicht. Wir haben uns bei unserer gemeinsamen Freundin Rosemarie kennengelernt."

„Aber ja, Herr Wolfram. Es ist mir ein Vergnügen gewesen. Aber Sie rufen mich sicher nicht wegen einem neuen Geburtstag an."

„Auf so ein nettes Zusammentreffen müssen wir wohl noch ein bisschen warten", sagte Herr Wolfram lachend. „Sie haben aber auch sonst von mir nichts zu befürchten."

„Das tröstet mich ja. Hier hat nämlich gestern jemand vom Verfassungsschutz angerufen."

„Tasächlich? Na, wenn die was riechen, sind sie schnell auf den Beinen. – Frau Bartels, wir haben gestern mit einem Mann gesprochen, einem Tauchlehrer, der hier in Hamburg im Hotel abgestiegen war, um einen Vortrag zu halten. Er wird einer Straftat verdächtigt.

Wie wir aus Prag hörten, haben Sie und Ihr Mann eine tote Frau bei einer Rundfahrt auf der Moldau vorbeischwimmen sehn. Ihre Idee, die Sie mitgeteilt haben, hat sich als berechtigt herausgestellt. Und nun kommt das, was ich gern von Ihnen wissen würde. Der Mann bestreitet die Täterschaft. Er meint, sie wäre ihm vor die Tür gelegt worden und er hätte sie unauffällig los werden wollen, um sich nicht in fremde Angelegenheiten verwickeln zu lassen.

Ich werde ihn noch heute in Begleitung eines Beamten nach Prag zurück schicken müssen. Da ich das Gefühl habe, dass der Mann die Wahrheit sagt, suchen wir nach einem Anhaltspunkt, der ihn entlasten könnte und der uns womöglich neue Hinweise geben könnte. Fällt Ihnen zu Ihren bisherigen Beobachtungen vielleicht noch etwas ein, was Sie vergessen haben?“

Tidi dachte nach und sagte: „Warten Sie ein paar Sekunden. Ich stelle es mir vor. – –

– –. Wenn jemand ihm die Frau vor die Tür gelegt hat, wird es eine Hintertür sein, die nicht von Passanten gesehen wird. Dann war die Frau ja wohl schon eine Weile tot. Der oder die Unbekannte kann es nur nachts gemacht haben, oder?“

„Wahrscheinlich. Er kam vormittags, durchaus richtig.“

„Und derjenige, der die Tote bei ihm ablegen wollte, hat sein Bündel irgendwie über den Zaun oder eine Begrenzung gekriegt und ist hinterher gestiegen. Soweit logisch?“

„Das kann sein, ich kenne die Örtlichkeit ja nicht.“

„Na ja, wenn er ein Taucher ist, wird die betreffende Hintertür ja wahrscheinlich in der Nähe des Flusses sein. So konnte er sie unbehelligt im Fluss verschwinden lassen, oder? Wenn er sich entlasten will, muss er irgendeine Spur, und sei sie noch so winzig, am Zaun oder dem Gras oder Gebüsch dahinter finden. Fußspuren? Oder eine Faser von dem weißen Kleid. Aber ich fände es wichtig, wenn ich in seiner Haut stecken würde, dass ich es selbst zusammen mit einem Beamten suchen und finden würde.“

„Spuren kann man auch zur Ablenkung selber legen, Frau Bartels.“

„Also wäre es wohl besser, Sie geben dem Ermittlungsbeamten den Tipp und Ihren Eindruck, damit er am Zaun nach Spuren sucht und Fußabdrücke mit denen des Tauchers oder seiner Schüler vergleicht.“

„Soweit ich weiß, öffnet die Schule erst im Mai."

„Macht ja nichts, die wissen aber Bescheid, wo man sie hinbringen und neben den Mülleimer legen könnte."

„Da haben Sie auch wieder recht. Sie haben eine bemerkenswerte Vorstellungskraft, Frau Bartels, wollen Sie nicht bei uns anfangen?", scherzte Herr Wolfram.

„Mein Tag ist ausgefüllt, danke sehr. Aber ich fühle mich sehr geehrt, wenn ich mal was Schlaues sagen kann. Aber bitte lassen Sie mich aus der Sache raus, wenn es geht."

„Ich werde dicht halten und Ihren Tip als meinen eigenen verkaufen. Haben Sie vielen Dank. Grüßen Sie Ihren Mann, auf Wiedersehen!"

Gegen Abend klingelte wieder das Telefon. Diesmal war Manfred am Apparat und suchte Tidi mit dem Hörer in der Hand.

„Hier, für dich. Herr Wenzlav", raunte er.

„Ja, hier Bartels. Guten Tag, Herr Wenzlav. Na, haben sie Ihren Täter schon gefunden?"

„Leider nein. Die Sache zieht sich hin. Wir haben aber von Ihrem Herrn Wolfram einen Tipp bekommen, der wohl von Ihnen kommt, was ich aber nur vermute." Jemand im Hintergrund des Sprechers lachte. Tidi ließ sich nicht entmutigen. Sollten sie nur lachen. Wer zuletzt lacht, lacht am besten.

„Ich möchte mich auf keinen Fall in Ihre Angelegenheiten mischen, Herr Wenzlav."

„Aber keineswegs. Ich bin froh, Interesse zu finden. Wissen Sie, in einer Großstadt wie Prag oder Hamburg passieren sehr viele Mordfälle und alle sind überlastet. Wir folgen gern jeder kleinen Spur. Aber Ihr Tipp war wirklich gut, wären wir fast auch selbst drauf gekommen." Wieder lachte jemand im Hintergrund.

„Nein wirklich, Frau Bartels, ich rufe nur an, um mich zu bedanken. Wir vernehmen noch heute abend unseren Kunden und hätten uns sicher mehr auf seine Schuld oder einen Tathergang innerhalb des Clubs konzentriert. Die Spurensicherung ist schon unterwegs. Ihnen darf ich es ja wohl verraten: Sie haben an den Zaun nicht gedacht, weil wir uns auf das Haus und die Wasserseite beschränkt haben. Ihr Gedanke wird uns bei der weiteren Befragung von großem Nutzen sein. Vielen Dank. Sie hören von mir, wenn wir erfolgreich sind. Vielleicht bekommen Sie sogar noch den Prager Hosenband-Orden."

Er lachte ansteckend. Tidi musste auch lachen.

„Hosenträger wären besser, die sind nützlicher."

„Werde ich mir merken. Denken Sie weiter nach, vielleicht brauchen wir ihren Scharfsinn noch!" Herr Wenzlav wünschte einen angenehmen Abend und legte auf.

Tidi rannte mit der aufregenden Neuigkeit gleich zu Manfred und berichtete.

„Doch eine Miss Marple", wieherte Manfred.

„Du musst eine Woche lang selber Tisch decken und abräumen, wenn du das noch mal sagst", rief Tidi. „Also ich mache jetzt Abendbrot, ja?"

Und sie verschwand in der Küche.

16

Es war Montag, der erste Tag in der Karwoche. Die Hotels und Straßen hatten sich bereits am Sonnabend mit noch mehr Touristen gefüllt, das Kulturprogramm lief auf Hochtouren. Die vielen Theater, die beiden Opern, die Konzertsäle und Museen waren ausverkauft.

Es war früh um halb acht, als sich Max im dunklen Anzug – er zog ihn gern mal wieder an! – auf den Weg zu dem kleinen Friedhof machte, wo die Beerdigung der armen Unbekannten stattfinden sollte.

Wenigstens eine schöne kleine Beerdigung sollte sie noch haben. Frau Nemková hatte verprochen, Blumen mitzubringen. Und Professor Güldenstern wollte mit Vasco da Gama kommen. Es würde nicht lange dauern. Die Aufbahrung in der Kapelle hatten sie sich gespart. Sie würden gleich an die Grube treten, der Priester würde eine kleine Ansprache halten und der bescheidene Sarg würde in einer Ecke des Friedhofs, wo die „staatlichen Toten" üblicherweise begraben wurden, von ein paar Männern herabgelassen. Vielleicht würden sie ja noch einen Gesangbuchvers zustande kriegen, obgleich er selbst nicht gut singen konnte. Er hatte nachgedacht und ein kleines Holzkreuz genagelt, das er hinterher auf den Hügel stecken wollte. Er hatte keine Ahnung, ob andere dafür sorgen würden, dass das Grab irgendwie kenntlich gemacht wird. Es war ihm doch irgendwie feierlich und wehmütig zumute.

Herr Güldenstern und der Priester waren schon da, und Vasco begrüßte ihn mit freudigem Bellen und Schwanzwedeln. Sie warteten noch auf Eliska Nemková. Im Hintergrund standen einige Männer mit schwarzen Umhängen.

„So ist es richtig", dachte Max. „Wenigstens ein bisschen Feierlichkeit muss sein."

Eliska kam, in einem grauen Staubmantel mit einem schwarzen Schal und einem großen Tulpenstrauß über dem Arm. Zwischen den Tulpen waren zartgrüne Birkenzweige kunstvoll arrangiert, und eine lange Schleife hing an dem Strauß.

„Hübsch gemacht", dachte Max. Eliska war etwas außer Atem. „Die Blumenbinderin war noch nicht ganz wach. Hat zu lange gedauert", flüsterte sie Max zu.

Er war feierlich, sagte nichts und nickte nur.

Der Priester fragte: „Sind alle da? Können wir anfangen?" Sie nickten, Vasco bellte kurz und setzte sich feierlich auf seine Hinterhaxen.

„Liebe Brüder und Schwestern in Christo", begann der Priester. „Wir sind hier zusammengekommen, um einem Kind Gottes, das einen grausamen, gewaltsamen, viel zu frühen Tod erleiden musste, das letzte Geleit zu geben. Wir beten in diesem Moment zu der Allmacht und Güte unseres Allmächtigen Herrn und Gottes, der uns alle nackt und bloß erschaffen hat und uns auch in unserer letzten Not nicht allein lässt. Hilflos und klein werden wir alle geboren und kehren in einem ähnlichen Zustand wieder zu unserer wahren Heimat zurück. In aller Not und allen Schmerzen verlässt uns Gottes Liebe nicht, wir werden einst sein Herrlichkeit schauen und ewigen Frieden haben. Lasset uns beten."

Sie falteten die Hände und sahen auf den Boden. Alle waren nun doch gerührt, obgleich es ihnen erschien, dass der Priester es etwas eilig habe. Jonas Güldenstern suchte verstohlen nach seinem Taschentuch in der Manteltasche.

Der Priester stimmte die Melodie eines bekannten Osterliedes an, das zu dem Gedanken der verheißenen Auferstehung passen konnte und sie summten etwas wortlos die bekannte Melodie mit. Kein erhebender Gesang, aber immerhin.

Vasco bellte kurz mit und sah sich um, blieb dann aber lieber still sitzen. Der Priester sprach noch einige rituelle Worte, schmückte seine

Gedanken noch etwas aus, sprach den Segen und winkte die Männer herbei. Feierlich wurde der Sarg hinuntergelassen.

Eliska zupfte einige Tulpen aus ihren Strauß und reichte jedem eine, damit man sie auf den Sarg werfen konnte. Den restlichen großen Strauß fand sie wohl zu schade, um ihn in das Loch zu werfen. Jedenfalls legte sie ihn behutsam neben den großen Sandhaufen.

Nach einigen verbindlichen Worten zu dem Priester, Händeschütteln und Dank wandten sich die drei vom Grabe ab und gingen gemeinsam dem Ausgang zu.

„Herr Güldenstern“, sagte Max. „Ich habe nicht vergessen, dass wir Sie zum Essen eingeladen hatten. Aber da es noch so früh am Tage ist, können wir vielleicht ein gemütliches Frühstück daraus machen? Bis elf Uhr haben wir noch Zeit, dann müssen wir uns um die Ergebnisse des gestrigen Verhörs und der Spuren kümmern.“

„Dürfen Sie mir denn einiges erzählen? Ich bin ja sehr begierig, etwas zu erfahren. Ihre Einladung nehme ich gern an. Du auch, Vasco?“

Vasco schüttelte den Kopf. „Also ja. Wohin?“

Max nannte ein kleines Lokal, wo sie auch draußen sitzen konnten, es war schon recht warm.

„Es ist nicht weit, wir fahren alle mit meinem Auto und ich bringe Sie nachher hierhin zurück.“

Als sie kurze Zeit später in dem gemütlichen Lokal im kleinen Garten hinter dem Haus saßen, bestellte er für alle drei ein großes Frühstück und auch Vasco bekam eine Wurst.

„Es hat mich doch alles sehr berührt“, sagte Jonas Güldenstern. „Das war eine schöne Beerdigung, auch wenn sie kurz war. Ich finde doch, dass so etwas einem verlorenen Menschenkind die Würde wieder zurückgibt. Auch wenn sie vielleicht nichts mehr davon merkt. Was wissen wir.“

„Das finde ich auch“, sagte Eliska. „Und noch mehr freuen wir uns, wenn wir den Bösewicht finden, der diese arme Frau auf dem Gewissen hat.“

Das Frühstück und der duftende Kaffee kam und wurde mit einem mehrstimmigen Ah! begrüßt. Keiner von den Dreien schien richtig gefrühstückt zu haben.

Eine Weile herrschte Schweigen und alle waren beschäftigt, bis Max das Wort ergriff, während er sich den Mund mit der Serviette abwischte.

„Also dank unserer lieben Frau Bartels, und natürlich auch ihrem Mann, sind wir schon ein ganzes Stückchen weiter. Auf jeden Fall glaube ich, dass mir der Fall nun doch nicht entzogen wird, was natürlich gegen meine Berufsehre wäre."

„Kenne ich die Frau Bartels? Aus Prag? Wohnt sie in der Nähe?"

„Frau Bartels ist aus Hamburg und hat uns einige wichtige Hinweise gegeben", sagte Elli. „Dadurch konnten wir das Haar in der Suppe finden."

„Das Haar? Versteht sich Frau Bartels aus Hamburg auf Telepathie? Sie spannen mich aber auf die Folter. Nun erzählen Sie schon!"

Der Professor setzte seine Tasse ab.

„Plaudern Sie nichts aus, auch wenn wir Sie ja als Mitarbeiter betrachten können, lieber Professor!"

„Hoch und heilig. Ich schwöre!" Jonas hob seine recht Hand scherzhaft zum Schwur. „Alle Geheimnisse sollen in den Fluten der Moldau begraben sein! Auch Vasco hat still zu sein!" Vasco bellte laut.

Max fing an zu erzählen, während Professor Güldenstern mit Rufen wie: „So, so!" oder „Das ist ja ein Ding!" dazwischen kam.

„Die Spurensicherung hat also einige weiße Baumwollfasern am Zaun gefunden. Sowas! Haben Sie die schon mit dem Kleid verglichen?"

„Ja. Stimmt alles. Fußspuren auf dem Gehweg können aber auch von anderen Leuten kommen und sind nicht ausführlich. Es war zu sonnig in den letzten Tagen."

„Und was wollen Sie jetzt machen?"

„Haben Sie eine Idee?"

Jonas nahm sich noch ein Stück Weißbrot und fing wieder an zu essen.

„Mal nachdenken."

„Hatte die Frau vielleicht noch andere besondere Merkmale?"

Jetzt mussten Max und Elli nachdenken.

„Doch," sagte Elli. „Die zwei langen Fingernägel. Hat das was zu bedeuten? Papier sortieren?"

„Bücher umblättern? Gibt es einen Beruf, in dem man ständig Seiten umblättert?" Güldenstern dachte nach. „Mir fällt nichts ein. In so einem Aufzug, mit roten toupierten Haaren? Seitenumblätterer gibt es bei der Kammermusik, wo der Klavierbegleiter der Sängerin jemand neben sich stehen hat, der blitzschnell umblättern muss und nicht zwei Seiten erwischen darf. Das musste ich als Jüngling bei meiner Mutter immer machen. Sie war Pianistin. Aber so einen Aufzug hätte sich keiner erlauben dürfen."

„Das war früher", sagte Max. „Heute ist fast alles erlaubt. Oder weniger verboten, wollen wir mal so sagen."

„Außerdem gibt es in Prag ja nicht nur die klassische und erhabene Kunst, sondern auch Pop und Modernes und Schräges. Es ist ja auch nicht gesagt, dass sie immer so herumlief", warf Eliska ein.

Max dachte nach. „Vielleicht Theater? Theater mit Musik? Könnten die Haare zu einer Verkleidung gehören? Gar nicht mal so dumm, die Idee, nicht?"

„Übrigens gibt es Haartönung, die sich nach einigen Wochen von selbst auswäscht. Oder nach einigen Haarwäschen. Wenn sie Theater gespielt hat, wäre das sogar eine Erklärung, dass sie vielleicht normalerweise eine andere Haarfarbe gehabt hat", sagte Eliska.

„Wir haben sie doch zu früh beerdigt. Das ist ja ein Theater", sagte Max.

„Nu ist es zu spät", meinte Jonas trocken. „Also müssen Sie das berücksichtigen und sich auf was anderes stürzen. Die Fingernägel. Aber halt – Sie haben doch das eine Haar! Zehnmal in die Waschmaschine!"

„Natürlich, wir geben es nochmal in das Labor. Die haben gepfuscht!", rief Elli.

Max war in Gedanken bei den langen beiden Fingernägeln. „Ich gehe heute abend mit meiner Schwester ins Konzert. Das heißt, sie mit mir."

„Was Klassisches?"

„Mozart Requiem. Wird sicher ganz toll. Ein großer Dirigent, den Namen habe ich vergessen. Aber meine Schwester kennt sich in der Kulturszene besser aus als ich. Sie will so gern Geigerin werden, aber ich fürchte, dazu langt es nicht ganz."

„Fragen Sie nach den Fingernägeln. Aber vielleicht ist unsere Dame ja auch Friseuse und muss viel Haar zupfen", riet Jonas.

Sie lachten und Max winkte dem Kellner.

Sie standen auf und gingen vergnügt schwatzend zum Auto. Als sie wieder am Friedhof standen, schüttelten sie dem Professor die Hand und Max sagte herzlich:

„Herr Güldenstern, es war uns ein Vergnügen. Vielleicht brauchen wir die Strömungen noch mal. Auf jeden Fall melde ich mich, wenn der Fall gelöst ist. Bleiben Sie uns verbunden!" Die beiden verabschiedeten sich von ihm und fuhren wieder Richtung Büro.

Am Nachmittag gab es eine Sitzung, bei der auch der Chef, Herr Komensky, hereinschaute. Max und Elli konnten stolz die ersten Ergebnisse präsentieren.

Mit einem ermunternden „Nur weiter so! Für den Anfang sehr gut!" war er wieder hinausgerauscht und sie atmeten beide erleichtert auf.

Die Lage war jetzt so, dass ihr Taucher in Untersuchungshaft war, eine Anklage noch nicht formuliert war, aber erwiesen war, dass er die Leiche in die Plane gewickelt hatte, an beiden Enden zugebunden, und mit ihr unter die Brücke getaucht war. Wahrscheinlich hatte er sie gleich nach dem Fund unter dem steinernen Brückenbogen, der dem Ufer am nächsten war, bis zum späten Nachmittag versenkt und dort befestigt.

Die Schwimmärmel gehörten seiner kleinen Tochter, der er gerade das Schwimmen beibrachte.

Er war an dem Sonnabend Anfang April von einem Tauchkurs aus der Karibik zurückgekehrt, und am Vormittag des gleichen Tages sofort zu dem Clubhaus gegangen, um nach dem Rechten zu sehen. Dort hatte er die tote Frau hinter dem kleinen angebauten Schuppen neben dem Mülleimer sitzen sehen. Er wurde von Panik erfasst, weil er dunkle Machenschaften fürchtete. Jemand wollte ihn ruinieren.

Er kam wegen der hohen Reisekosten so gerade zurecht und hatte eine kleine Familie zu ernähren. Im Winter gab es in Prag weniger Arbeit, so dass er sich mit Kursen und Vorträgen im Ausland einen guten Namen gemacht hatte. Ob er jemals für zweifelhafte Unternehmen gearbeitet hatte, wusste er angeblich nicht.

„Was meine Auftraggeber machen, weiß ich nicht. Davon kann ich meine Aufträge nicht abhängig machen", hatte er gesagt. „Ich bin froh, wenn ich Arbeit habe." Da mussten sie zustimmen. Arbeitslose hatten in Tschechien nichts zu lachen.

Er hatte nicht lange nachgedacht und nur die Idee gehabt, sich die Leiche unauffällig vom Hals zu schaffen. Er hatte geglaubt, auf seine Idee würde keiner verfallen. In der Panik hätte er auch die Schilder abgeschraubt. „Hätte ich sie im Fluß versenkt, hätte ich sie selber wieder herausholen müssen. Ich arbeite ja nicht allein. Da war ich seelisch überfordert. In so einem Moment kann man nicht klar denken. Sie tat mir ja leid. Aber meine Existenz ist mühsam erkämpft und ich habe schon etwas erreicht." Man hatte durchaus Verständnis. Obgleich er dem Scharfsinn der Polizei hätte vertrauen müssen.

Aber er konnte ja nicht wissen, dass die Leiche bereits tot war, bevor er von seiner Reise zurück kam. Aber zahlen musste er garantiert. Das konnten sie wohl dem Staatsanwalt überlassen.

„Was ich wohl in so einer Situation getan hätte?", fragte sich Max. „Hätte ich dem Scharfsinn der Polizei vertraut? Wohl kaum." Er schüttelte sich.

„Also, Elli." Er musste sich an die vertrauten Umgangsformen noch gewöhnen. „Was machen wir als nächstes?"

„Die Identität. Ihr Beruf. Was anderes ist im Moment nicht in Sicht. Wir haben nur zwei zu lang geratene Fingernägel."

„Also was mache ich jetzt mit dem angefangenen Tag? Bereite ich mich auf das Requiem vor? Eine Feier nach der anderen." Max pfiff ein Liedchen vor sich hin. „Wieso hat der Dolch im Rücken eigentlich so lange fest gesessen, bei dem Geschubse?"

„Frag doch mal den Gerichtsmediziner. So etwas weiß ich nicht. Ich kann mir auch nicht erklären, warum er nicht gleich rausgezogen wurde."

„Professionelle Werkzeuge behält man, reinigt sie sorgfältig und legt sie für die nächste Tat zurecht", stellte Max fest.

„Vielleicht war es eine Attrappe, um uns zu täuschen? Klingt aber ein bisschen hergeholt."

„Oder eine Tat im Affekt und dann hat sich jemand gegruselt, das Ding herauszuziehen. Wollte es nicht mehr sehen."

„Wenn es aber doch ein Profi war, der einen Zweck verfolgte, hat er vielleicht das Ding in die Wunde gesteckt, um auf ärmere Leute oder Touristen abzulenken."

„Es gibt nichts, was es nicht gibt," philosophierte Max. „Aber stell dir vor, er hat zuerst sein Messer benutzt, es herausgezogen und dann das billige Touristenmesser plaziert. Es wäre doch schon beim Turnen über den Zaun herausgefallen."

„Es gibt ja auch noch andere Mordwerkzeuge."

„Mhm, wir haben sie doch zu früh beerdigt. In allerletzter Not können wir sie ja auch wieder ausbuddeln."

„Makaber", sagte Elli.

„Weißt Du was? Ich gehe noch mal zum Friedhof. Mir fällt für heute nachmittag nichts mehr ein. Ich setze mich da auf die Bank hinter einen Busch und warte, ob jemand kommt und das Grab besucht."

„Keine schlechte Idee. Aber meinst du nicht, dass jemand von ihren

Bekannten, die sie eventuell zum Clubhaus gebracht haben und das Grab besuchen wollen, so etwas ahnen und lieber nachts kommen?"

„Ja, stimmt. Wir müssten eine Nachtwache finden."

„Die kannst du finden. Ich mache dergleichen nicht. Weißt du jemand? Nachts auf dem Friedhof?"

„Wie die kleinen Kinder. Mein Konzert verpasse ich jedenfalls nicht. Die Fingernägel! Aber du hast recht, ich mag auch keinen fragen. Also ich gehe noch mal nach dem Konzert für ein paar Stunden auf den Friedhof."

„Nimm dir eine alte Hose und einen Pullover mit. Du musst über die Mauer, denn das Tor vom Friedhof wird abends geschlossen. Es ist kalt und gruselig da. Geisterstunde, huh!" Elli wedelte mit den Armen.

Max seufzte. „Immer ich! Und dann noch was Illegales! Willst du nicht mitkommen? Ich nehme jedenfalls mein Handy mit und mache einen Kontrollanruf gegen ein Uhr. Alle zwei Stunden. Wenn ich nicht anrufe, kommst du und rettest mich."

„Auch das noch! Und wenn Du den Anruf einfach verpennst?"

„Dann bist du umsonst durch Nacht und Wind geritten, du armes Kind! Übrigens musst du deinen Wecker stellen, damit du nicht durchschläfst, wenn ich nicht anrufe."

„Stimmt. Also auf jeden Fall eine Nacht um die Ohren geschlagen. Aber ich bin einverstanden. Ich möchte nicht, dass du von bösen Geistern beschädigt wirst. Paß auf dich auf, damit du morgen nicht erkältet bist."

Max nahm seine Jacke über den Arm und verabschiedete sich.

„Deine Tulpen werden schon etwas durchhängen, fürchte ich."

„Wir müssen alle einmal sterben, wie traurig. Aber sie haben uns erfreut, nicht wahr?"

„Das ist wahr", sagte Max.

Als er zum Friedhof kam, parkte er wieder an seinem Platz von heute morgen. Es war wenig Betrieb. Ein paar Leute, die Gräber ihrer Angehörigen mit blühenden Pflanzen aus der Gärtnerei bepflanzten. Manche Gräber waren sehr verwahrlost.

Seine Großeltern waren nicht in Prag begraben, sie hatten auf dem Dorf gelebt. Er hatte ihr Grab nie besucht, aber seine Mutter kannte noch das Dorf, in dem sie aufgewachsen war.

Er trat zu dem Erdhügel am Rande des Friedhofs, wo er heute morgen gestanden hatte, aber er betete nicht.

Es fiel ihm nichts als die Frage ein, wer sie wohl sei und wie er sie finden könnte. Danach konnte er Gott nicht befragen. Sein Holzkreuz stand schief. Er drückte es fester und gerade in die Erde. Der Tulpenstrauß von Elli war schon sehr schlapp. Nur die Birkenzweige schienen noch frisch.

Er sah genauer hin. Da lag noch ein Tulpenstrauß, mit Blüten verschiedenster Farbe. Rot, gelb, und ein dunkleres Rot. Es war eigentlich kein richtiger Strauß. An den Stielen war er mit einem zusammengedrehten Papiertaschentuch zusammengehalten, das sich gelöst hatte, und nun lagen die Tulpen einzeln herum. Die Enden waren nicht glatt abgeschnitten, sondern gerissen und ungleichmäßig lang. Sie hingen auch schon ein bisschen, aber nicht so sehr wie ihr Strauß. Einige hatten auch schon ihre Blätter abgeworfen.

Die schienen nicht aus einem Geschäft zu sein. Er hatte eher den Eindruck, dass sich Jugendliche einen Strauß zusammengerupft hatten, und nicht im eigenen Garten.

Also gab es sie, und sie waren Heimlichtuer und hatten etwas zu verbergen. Woher wussten sie den Beerdigungstermin? Wer hatte die Möglichkeit, sie zu beobachten?

Max nahm den Strauß und das Papiertaschentuch, verließ den Friedhof und machte sich auf den Weg ins Büro.

Elli war noch da. Sie zeigte ihm eine Zeichnung von einem Frauengesicht.

„Hier, sieh mal. Eine Computersimulation von unserer Unbekannten. Diesmal hat sie lange lockige Haare und das Gesicht sieht lebendig aus. So könnte sie aussehen. Ich habe auch noch eine Alternative mit ihrer alten Frisur. Damit gehe ich morgen los zusammen mit ein paar Leuten und frage in den Wohnungen in der Nähe des Tauchclubs."

„Sehr gut. Ich habe auch was entdeckt." Er legte eine alte Zeitungsseite auf dem Schreibtisch auseinander und die müden Tulpen fielen heraus.

Sie betrachtete sie kritisch.

„Erwachsene machen so etwas nicht. Aus den städtischen Rabatten geklaut. Ich rufe die Stadtgärtnerei an, damit sie mal nachsehen. Wäre ja zu schön, um wahr zu sein, wenn wir die Diebe schnappen. Was meinst du? Könnten Freunde sein, wahrscheinlich sogar."

„Glaube ich auch. Fällt dir noch mehr dazu ein?"

„Im Moment nicht. Aber ich fahre jetzt los, wenn ich die Plätze notiert habe, wo in der Nähe vom Friedhof Tulpen gepflanzt sind, und sehe schon mal selbst nach."

17

Das Theater erstrahlte in festlichem Glanz. Max und seine Schwester bewegten sich in einem großen Strom von Menschen, die die Treppe hinauf zu dem Portal strömten.

Seine Schwester war auch in erhobener Stimmung und hatte sich in seinen Arm eingehenkelt.

Wärme und ein bewegtes Summen des Publikums schlug ihnen entgegen, als sie das Foyer betraten und der Garderobe zu eilten. Natürlich musste man Schlange stehen. Ein wirres Gedrängel. Es war zehn Minuten vor dem Beginn.

„Meine Freundin kommt auch noch", sagte Elisabetha. „Sie wird den Platz neben dir haben. Aber ich sehe sie noch nicht." Sie sah sich mit erhobenem Kopf um. Es war fünf Minuten vor acht.

„Listig, listig", dachte Max. Elisabetha wollte ihm immer gern eine Freundin verpassen.

Das störte ihn aber nicht im Geringsten. Im Gegenteil. Sein Urteil war ihm selbst vorbehalten. Ein bisschen Angebot schadet niemand.

„Du hast wirklich ein sehr hübsches Kleid an. Kenne ich noch gar nicht."

„Gefällt es dir?" Elisabetha präsentierte sich ein bisschen und legte den Kopf schief.

„Ich finde es auch richtig chic. War aber ein bisschen zu teuer."

„Darf ich ein bisschen beisteuern?"

„Nachher, lieber nach dem Essen. Da fällt es nicht so auf. Sonst denkt noch jemand, ich wäre deine bezahlte Begleitung oder mit dir verheiratet."

„Das wäre wirklich unerhört, wenn jemand sowas Schlimmes denkt“, sagte Max ganz ernst und verkniff sich ein Lachen. Sie schubste ihn.

„Alter Lümmel.“

Sie suchten ihre Plätze und ließen sich feierlich nieder. Da kam die Freundin angesaust und quetschte sich umständlich durch die Reihen der bereits sitzenden Leute.

„Hallo Leute. Entschuldigt. Bin wieder mal auf den letzten Drücker.“

Sie reichte ihnen die Hand, setzte sich und kramte in ihrer Handtasche. Sie nahm ein kleines Pillendöschen heraus, öffnete es mit einem kleinen Klick und hielt Max das offene Döschen hin.

„Mögen Sie was? Pfefferminz-Pastillen. Ich mag sowas, ich rieche immer so leicht aus dem Mund.“

„Die Weiber von heute“, dachte Max ironisch, „Sie riechen immer so leicht aus dem Mund. Sowas.“

„Oh, dankeschön“, sagte er laut und höflich, und nahm sich mit spitzen Fingern ein Pastillchen.

„Magst du auch, Elisabethchen?“ fragte die Freundin und hielt das Döschen an seinem Hals vorbei der Schwester unter die Nase. Er sah hinunter auf ihre Hände und bemerkte zwei lange, rot lackierte Fingernägel.

Er sah auf die linke Hand, die auf der Stuhllehne auf der linken Seite lag. Auch rot lackiert, aber kurz.

„Donnerwetter“, dachte Max. „Den Seinen gibt es der Herr im Schlaf. Da weiß ich ja schon, worüber wir in der Pause konversieren können.“

Das Konzert begann und sie versanken in der berauschenden und erhabenen Musik des Requiems.

Die Pause kam und viele Leute drängelten nach draußen. Max stand mit seinen beiden Damen im Wandelgang und lud sie zu einem

Glas Sekt ein. Wieder anstehen. Er reichte den beiden das Glas und wandte sich dann liebenswürdig „Elisabethchens“ Freundin zu.

„Wir kennen uns noch gar nicht. Ich bin Max, bei der Polizei.“

„Das ist Josefa, genannt Josi“, stellte Elisabeth vor. „Wir wollen beide zusammen Musik studieren.“

„Wie interessant. Ein sehr anspruchsvoller Beruf. Welches Instrument wollen Sie denn studieren?“

„Gitarre. Und Komposition, aber mehr der leichteren Art.“

„Meinen Sie, dass Sie damit später genug Geld verdienen können? Dann müssen Sie ja den ganzen Tag üben und sich die Finger wund zupfen.“

Josi lachte. „Das tue ich jetzt schon“, sagte sie munter, „aber Gitarre spielen und Singen ist meine ganze Leidenschaft. Ich möchte nichts anderes lernen. Ich hoffe, dass sich in so einer großen Kulturstadt wie Prag immer genug Arbeit findet. Es gibt ja auch viele kleine Theater.“

„Laterna magica und so weiter.“ „Genau, Sie sagen es. Es gibt unzählige Grüppchen und Gelegenheiten, wo ein Gitarrist gefragt ist.“

„Na, dann viel Glück. Ich wünsche Ihnen, dass es Ihnen immer Spaß macht.“

„Ein bisschen förmlich“, dachte Max und kritisierte sich etwas, aber er war im Moment tatsächlich mehr mit dem Gedanken an ihre Fingernägel beschäftigt und seiner neuen Erkenntnis.

Es läutete zum ersten Mal. Er sammelte die Gläser ein und stellte sie wieder an die Bar.

Sie bewegten sich plaudernd langsam wieder in Richtung Saal.

Der zweite Teil des Konzerts war eigentlich ein Suchen in Gedanken mit dem Hintergrund großer rauschender Musik, die seinen Gedanken einen tragischen und großartigen Rahmen gab. Er war nicht mehr bei der Sache.

Nach dem Konzert gingen sie noch zusammen essen. Es war ein lustiger und gelungener Abend, aber der Gedanke, dass er jetzt noch nach Mitternacht auf den Friedhof sollte oder wollte, ließ ihn etwas frösteln.

Aber es gab keine Ausrede, auch nicht, dass sie ja bereits Spuren gefunden hatten. Er musste sich schließlich auch mal anstrengen.

Zum dritten Mal an diesem Tage stand sein Auto auf dem Parkplatz vor dem kleinen Friedhof. Er zog seinen Anzug aus und fuhr in seine alten Cordhosen und streifte einen warmen Pullover über. Taschenlampe nicht vergessen. Er kam sich wie ein Räuber vor. Er wusste noch nicht einmal, an welcher Stelle er über die Mauer kommen konnte. Hätte er ja auch am Nachmittag schon mal prüfen können. Total vergessen.

Wie lange sollte er durchhalten? Sollte er wegen dem Tulpenfund einfach ein, zwei Stunden abziehen? Er beschloss, einfach zu warten, bis er so müde wurde, dass er Gefahr lief, auf einem Grabe einzuschlafen. Dann würde er die Nemková anrufen und ihr grünes Licht zum Tiefschlaf geben.

Er begann bei dem verschlossenen Tor und ging an dem hohen Zaun entlang, der an der Ecke in eine Mauer überging. Ein kleiner Sandpfad ging an der Mauer entlang. Er ging auf dem kleinen Weg weiter und prüfte mit der Taschenlampe, ob die Mauer irgendwo beschädigt war, damit man sie besser übersteigen konnte. Hier, neben dem Holunderbusch waren Steine und die mit Ziegeln belegte Oberkante herausgebrochen. Er überlegte, wie er es am besten anstellen sollte. Er war lange nicht mehr geklettert.

Klimmzug und dann das rechte Bein über die Ziegel schwingen und drüber wälzen. Wenn das man gut ging.

Er fühlte nach seinem Polizeiausweis. Wäre ja peinlich, wenn der Friedhofsgärtner hier wohnt und nachts wach liegt. Er sah sich um, obgleich alles menschenleer war, zog sich hoch und schwang sein Bein über die Ziegel.

„Verdammt!" Die Ziegel waren locker und schepperten gegeneinander und eine fiel herunter. „Nun bin ich schon mal dabei. Also weiter." Er quälte sich herüber und plumpste auf der anderen Seite ziemlich unsanft herunter. Dreckige Hose. Und mit dem Pullover war er in einem Busch hängengeblieben.

Er trat hinaus und suchte sich nach einem Plätzchen um. Nicht zu nahe am Grab, mit guter Sicht. Was wollte er hier eigentlich finden? Es schien ihm plötzlich ein Dummer-Junge-Streich. Was wollte er hier bloß finden?

Erstmal könnte er in Ruhe und in dieser speziellen Atmosphäre über seinen Fall und sein bisheriges Verhalten meditieren.

„Und die Mauer werde ich auch im Auge behalten."

Also setzte er sich etwas abseits von seiner Einstiegstelle hinter einen Busch, das heißt, er hockte sich erstmal hin, weil ihm der Boden zu feucht war und peilte das Grab an.

Nicht ungünstig. Hinter ihm konnte man frei auf die Mauer sehen, und wenn jemand Anstalten machen würde, darüber zu klettern, würde er sich hochziehen und hinübersehen. Vielleicht konnte er wenigstens etwas erkennen. Sollten sie schon dabei sein, herüber zu klettern, musste er natürlich abwarten, bis sie unten waren. Aber das schien ihm auch gefährlich. Also er würde blitzschnell ohne Taschenlampe hinüberklettern und die Leute festnehmen.

Die Handschellen und einen Revolver hatte er vergessen. Den Revolver brauchte er lieber nicht, aber Handschellen wären wirklich nützlich gewesen. Ihn ärgerte es, dass er die Sache nicht gut durchdacht hatte. Bis er die Taschenlampe auf seinen Polizeiausweis gerichtet hätte, wären sie schon längst aus dem Staube. Außerdem kam dann auch heraus, dass er heimlich im Friedhof gewesen war. Peinlich, aber so schlimm nun auch wieder nicht. Sie wüßten wenigstens, nach wem sie suchen könnten. In welche Richtung sie liefen.

Er stellte sich wieder hin, weil seine Beine schmerzten und ging zum Grab. Dabei fiel ihm siedendheiß etwas ein. Die Fußabdrücke. Hatte er auch vergessen. Vielleicht waren in der weichen Erde des Hügels Fußabdrücke oder irgendwelche Spuren. Nicht davor stehen bleiben und etwas kaputt machen.

Er stellte sich neben sein Holzkreuz und leuchtete auf das Grab. Die Tulpen von Eliskas Strauß leuchteten auf. Er zwang sich, länger auf den Hügel zu sehen. Die Erde war nicht krümelig, wie sie aussieht, wenn eine Schaufel Sand aufgeworfen hat. Sie war an einigen Stellen mit der Hand gedrückt und gestrichen. Ein paar vage Fingerspuren.

Er schaltete nicht gleich. Doch dann begann er, nahm den Tulpenstrauß herunter und wühlte mit den Händen die Erde auf. Einige Baumwollfäden fühlte er mit der rechten Hand, die Linke hielt die Taschenlampe. Er kratzte weiter und zog an einem Band.

Er zog ein langes Band heraus, wie ein Bandwurm. Etwas mehr als einen Meter lang. Ungefähr 4 cm breit. Es sah bunt aus.

Jetzt hatte er's. Ein Gitarrenband. Eine Gitarristin mit zwei langen Fingernägeln zum Zupfen an der rechten Hand. Wäre er nicht auf einem Friedhof mitten in der Nacht gewesen, wäre er vor Freude in die Höhe gehüpft.

Natürlich, eine Theatervorstellung mit gefärbten Haaren und verrückter Frisur, ein altes Kleid aus einer Mottenkiste. Musikanten und Laienspieler oder jugendliche Schauspieler, ein Drama mit einem billigen Dolch, der Dolch rutscht aus, und schon ist es geschehen. Die jungen Leute denken an ihre Zukunft und wollen alles vertuschen. Sie tragen sie gemeinsam hinter das Clubhaus und überlassen dem Tauchlehrer eine romantische Bestattung im Fluss.

Dann warten sie voller Trauer auf die Beerdigung und stöbern auf den Friedhöfen in der Nähe. Es gibt ja auch nur zwei hier. Nach der Beerdigung gehen sie in Ruhe auf den Friedhof und beschauen den Hügel und wollen Abschied von ihr nehmen. Dann fällt ihnen ein, dass sie dem Grab etwas geben wollen, rupfen die Blumen auf einer Rabatte ab und holen ihr Gitarrenband. Ob der Besitz des Gitarrenbandes ein Hinweis ist, dass sie bei dem Mord die Gitarre bei sich hatte? Wahrscheinlich. In ihre Wohnung werden sie nicht gekommen sein. Vermutlich nicht. Dann hätten sie ihr Kind, wenn es denn ihres ist, gefunden. Es konnte aber natürlich auch sein, dass sie das Kind bei sich hatten.

Woran konnten sie sehen, dass wir Polizisten sind? Ohne Uniform? Irgendwas haben wir übersehen.

Max schüttelte das Gitarrenband, legte es zwischen ein Papier in seiner Hosentasche und brachte die Erde wieder in Ordnung. Dann ging er wieder in die Richtung der Mauer.

„Soll ich noch weiter warten?“, überlegte er und sah auf seine Uhr, die er mit der Taschenlampe anleuchtete. „Viertel vor eins. Ich muss in einer Viertelstunde die Nemková anrufen. Wenn ich nicht schon jetzt aufhöre.“

Er hörte Stimmen hinter der Mauer. Da kamen ein oder zwei Leute und sangen. Betrunkene. Er blieb regungslos stehen und horchte. Plötzlich schlug etwas heftig auf seinen Kopf und er fiel besinnungslos vornüber.

Er wachte wieder auf, wie er der Länge nach auf der Erde lag, mit dem Gesicht auf der Erde. Sein Kopf schmerzte. Er faßte sich auf die Haare. Sie waren feucht. Er stand auf, holte seine Taschenlampe aus der Hosentasche und besah seine Hände. Blut. Na ja, er lebte jedenfalls und konnte gehen. Aber zum Mauer- Überklettern fühlte er sich zu wackelig auf den Beinen. Er setzte sich hin und suchte nach seinem Handy.

Frau Nemková, vielmehr Elli, meldete sich nicht.

„Scheiße und nochmal Scheiße“, dachte er und sah auf seine Uhr. Zehn Minuten nach eins. Da war sie sicher schon unterwegs. Hoffentlich nicht mit Blaulicht und einem Rattenschwanz von Leuten. Er wäre im ganzen Büro eine Witzfigur.

Er versuchte noch zweimal, sie zu erreichen, dann hob sie ab.

„Was ist denn los, Max? Was passiert? Ich rotiere hier und bin auf dem Weg nach draußen. Ein Streifenwagen holt mich ab. Schließlich muss ja jemand da sein, der über den Zaun kommt, im Falle eines Falles.“

„Mir hat jemand eins über die Rübe gehauen. Nicht schlimm, aber mir ist schwindelig und ich blute.“

„Ach du meine Güte! Hast du jemand gehört oder gesehen?“

„Ein oder zwei Betrunkene auf der anderen Seite der Mauer. Also hör zu. Von der Straße geht ein kleiner Weg ab neben einer Begrenzungsmauer. Da ist eine niedrigere Stelle. Beschädigt. Da kann jemand rüber. Am besten mit einer Trittleiter, damit ich auch rüber komme."

„Auch das noch. Wo sollen wir jetzt eine Trittleiter her nehmen? Das heißt, ich habe eine kleine. Also wieder rauf. In einer Viertelstunde spätestens. Bis dann."

Fünf Minuten später stand Eliska Nemková in Hosen und Jacke, mit eine kleinen Alu-Leiter bewaffnet, am Straßenrand und wartete auf den Streifenwagen.

Der Wagen kam und die Leiter paßte nicht in den Gepäckraum. Sie opferte ein Taschentuch und band die Leiter an eine Öse vorn am Gepäckraum. Die Klappe blieb offen.

„Wir verzichten auf Blaulicht und fahren lieber etwas vorsichtig", sagte der Fahrer. Er und sein Begleiter freuten sich und lachten sich eins. „Was für ein goldenes Abenteuer! Wir retten einen Kollegen, der von einem Friedhofsgespenst auf den Kopf geschlagen wurde. Und dann noch über den Zaun klettern. Ich mach das, wenn Sie mir die Reinigung für meine Uniform bezahlen", sagte der Beifahrer begeistert und sie setzten sich wieder ins Auto und fuhren los.

Am Friedhof angekommen, nahm ein Streifenpolizist die Leiter unter den Arm und Eliska übernahm die Führung. Sie fanden die schadhafte Stelle in der Mauer und Eliska stellte sich auf die Zehenspitzen und rief leise hinüber: „Max, Max bist du da?"

„Ja, alles klar. Habt ihr die Leiter?"

„Ein Kollege kommt rüber und hilft dir!" Der Beifahrer mit seinem freundlichen Angebot zog seine Jacke aus, reichte sie der Nemková und placierte die Leiter an der Mauer.

„Weiche Erde hier!" schimpfte er. Der andere Kollege entsicherte vorsichtshalber seine Waffe und behielt ihn im Auge. Es ging gut. Aber es dauerte einige Minuten, bis ihre Gestalten auf der Leiter erschienen und sie auf seiner Seite waren.

„Ich muss noch mal zum Auto und eine Tüte oder was ähnliches holen“, sagte der Beifahrer. „Lass die Leiter mal stehen. Ich kletter noch mal rüber und sammle die Scherben ein. Ob das nun irgendein Beweismittel wird, bezweifle ich ja. Aber das ist ja Ihr Bier.“

„Was liegt denn da?“

„Ne leere Wodkaflasche. Zerdeppert. Hat ordentlich Schwung gehabt, das Ding.“ Man hörte ein kurzes Prusten, das Lachen verkniffen sie sich.

„Wer den Schaden hat, braucht für den Spott nicht zu sorgen. Hat wohl den gegenteiligen Effekt, wenn ich sie bitte, nichts weiter zu sagen. Ich würde ja auch nicht dicht halten“, dachte Max etwas elend und resigniert.

Aber irgendwas war da doch. Er konnte sich nur nicht erinnern, was.

Die Nemková nahm ihn am Arm und sie gingen Richtung Auto.

„Wir bringen dich jetzt ins Krankenhaus. Die Wunde muss sicher genäht werden. Hoffentlich hast du keine Gehirnerschütterung.“

„Mir bleibt wohl nichts erspart. Requiem für eine Leiche. War das ein Film? Oder ein Krimi?“

„Ich gehe selten ins Kino und lese keine Krimis“, sagte Eliska. „Komm, hinten rein. Ich pass auf, dass kein Blut ins Auto tropft und du mir nicht umkippst.“

Sie schob ihn auf den Rücksitz.

Wenige Zeit später fand er sich in der Ambulanz des nächsten Krankenhauses wieder. Die Stelle am Kopf war geschoren worden. Der Arzt zog auch noch einige kleine Splitter heraus. Die Stelle wurde betäubt und genäht.

„Es ist nicht so schlimm“, sagte der Arzt. „Sie haben wahrscheinlich keine Gehirnerschütterung. Der Schlag hat Sie betäubt. Aber Sie müssen noch ein oder zwei Tage bei uns bleiben. In fünf Tagen müssen Sie dann zum Fädenziehen bei uns erscheinen.“

Max sagte nichts. Er musste sich auf eine rollende Liege legen und wurde in ein Vierbettzimmer gerollt. Leise wurde er in sein Bett verfrachtet, als wäre er ein Schwerkranker. Da lag er nun. Sein Magen knurrte.

„Hat mir wahrscheinlich eine Menge Kalorien gekostet, der Spaß." Nachdenken konnte er nicht mehr. Er schlief sofort ein.

18

Als er am nächsten Tag erwachte, es war Dienstag, war schon reger Betrieb im Krankenzimmer. Er öffnete langsam die Augen und sah Elli Nemková am Bett sitzen. Auf seinem Nachtisch stand ein Blumenstrauß.

Keine Tulpen diesmal. Wie feinfühlig. Er musste lächeln. Kleine Margueriten und irgend was Rotes. „Wie hübsch, vielen Dank", sagte er, noch etwas verschlafen.

„Guten Morgen, Max. Tut's noch weh?"

„Nö, bin schon beinah wieder fit", meinte er und grinste etwas breiter.

„Kannst du schon wieder denken?", fragte sie.

„Na klar doch. Erzähl mal was."

„Kannst du dich an alles erinnern?"

Er nickte.

„Ich habe heute morgen den Professor benachrichtigt. Er wollte gleich mit seinem Vasco lostoben und die Fährtensuche aufnehmen. Vielleicht ist er noch vor den Beamten da. Die Gärtner haben das Blumenbeet gefunden. Einige Tulpenköpfe und Blumenzwiebeln mit etwas Stiel dran lagen noch herum. Einige Pflanzen waren abgerissen. Fußspuren sind nicht auszumachen, da drum herum Rasen ist. Aber es sind Leute von uns unterwegs, die in den umliegenden Häusern fragen. Frühestens heute nachmittag wissen wir mehr. Ich habe mir schon einige Häuser an den Brücken vorgenommen, bis jetzt ist aber noch nichts dabei herausgekommen. Hast du etwas von deiner Schwester erfahren?"

„Und ob. Unsere Frau war eine Gitarristin. Sie braucht die beiden langen Fingernägel zum Zupfen."

„Sowas!" rief Elli erstaunt aus. „Warum sind wir darauf nicht eher gekommen? Also eine Theatertruppe? Vielleicht schwarzes Theater? Der Mörder kommt aus dem dunklen Hinterhalt und stößt zu! Klingt das gut?"

„Das kann sein. Das würde die roten toupierten Haare und das Kleid mit dem goldenen Gürtel erklären. Kann ja was Kombiniertes sein. Musik, Pantomime, Marionetten, Theater. Wir müssen bei den kleinen Theatern und den Schwarzen Theatern nachfragen. Nimm die beiden Phantombilder mit und geh hin. Nimm am besten auch die Requisiten mit."

„Den Dolch zum Beispiel. Er ist übrigens ziemlich stumpf. Irgendein Etui wird ursprünglich dazugehören."

„Wir müssen wissen, wo sie am Vortag eine Probe machten. Wahrscheinlich eine Generalprobe. Irgendwas für die Ostertage oder Karfreitag vielleicht. Wenn es Berufsschauspieler sind, kommt auch der Tag in Frage, sonst nur der Abend. Ach was, am Freitag nicht…"

„Stimmt, es war Freitag abend oder –", sie überlegte. „Nein, 20 bis 22 Stunden. Es muss am frühen Nachmittag gewesen sein. Zwischen vierzehn und sechzehn Uhr. Wenn sie einen Raum für die Proben gemietet haben, wird dort abends eine andere Veranstaltung gewesen sein, so dass sie so gegen vier raus mussten, nehme ich mal an.

Also es ist entweder während der Proben passiert, oder kurz danach."

„Das würde erklären, warum sie ihr Gitarrenband hatten. Es ist doch sicher ihres."

Er erzählte ihr von seinem Fund in der Erde des Grabhügels und schloss:

„Also hat jetzt irgendwer ihre Gitarre in seiner Wohnung herumstehen. Sie werden ja wohl wissen, wo sie wohnt, wenigstens einer von ihnen."

„Wir müssen unbedingt ihre Wohnung finden. Sicher gibt es Agenturen mit Listen. Das werde ich zuerst machen."

„Elli, kannst du mir einen Gefallen tun? Kannst du mir die Adresse von dem Heim durchgeben, in dem das Kind untergebracht ist?"

„Du darfst noch nicht aufstehen. Morgen kriegst du die Adresse."

Max stöhnte.

„Aber ich frage schon mal, und mache einen Termin fest. Sei schön behutsam mit ihr."

„Natürlich, ich werde mich bemühen. Ist ja ein kleines Mädchen. Ich werde mich hübsch machen und ganz lieb sein."

„Richtig so. Und nicht mit der Tür ins Haus fallen."

„Männer! Für was hältst du mich denn?"

Sie lachte. „Du bist der Beste. Paß auf, morgen bist du wieder fast heil. Ich gehe jetzt. Ich ruf dich morgen früh an und geb dir die Adresse durch." Elli stand auf und machte mit dem Mund einen Kuss in der Luft. „Schlaf schön. Keine Mätzchen."

„Eh, eh", machte Max und sagte: „Schau doch mal bei der Schwester rein. Ich habe Hunger."

Als die Schwester mit dem Frühstück kam, war er schon wieder eingeschlafen. Er wachte auf, als es neben seinem Bett hüstelte.

Professor Güldenstern!

„Guten Tag, Herr Wenzlav! Was machen Sie für Sachen! Das ganze Revier wird sich den Bauch halten vor Lachen!"

„Das ist aber nett von Ihnen, dass Sie mal vorbeischauen."

„Und ob, und ob. Ich bin fast immer nett. Schöne Grüße von Vasco da Gama. Er sitzt vor der Haustür und langweilt sich. Durfte ja nicht mit rein, der Arme.

Ich war mit ihm schon auf dem Friedhof. So gegen neun Uhr. Habe ihn schnüffeln lassen."

„Und, hat es was gebracht?"

„Wir haben, oder er hat an der rechten Seite vom Grab angefangen und sich bis zur Mauer durchgeschnüffelt. Da schienen überall Spuren zu sein. Er hat gebellt, und ist bis zur Mauer gekommen und wollte an einer Stelle rüber, an der das Mauerwerk beschädigt war."

„Ich fürchte, das war ich."

Professor Güldenstern haute sich auf die Schenkel vor Lachen. Alle Männer im Raum hörten gespannt zu.

„Sie sind mir ja ein Pfadfinder! Dann hat er nochmal Spur aufgenommen und ist zum offenen Tor raus und hat sich nach links gewendet. Dann nochmal links auf einen Sandweg und an seinem Ende war auch Schluss mit seiner Kunst."

„Ich glaube, das waren wir bei der Beerdigung, wir haben davor gestanden und sind zum Tor raus und ich, nachts."

„Das stimmt nicht ganz", sagte Güldenstern. „Wir sind nach rechts zu den Autos gegangen. Der Pfarrer oder die Sargträger sind zu Fuß gegangen. Den kleinen Weg entlang, weiter als Sie gestern nacht. Wo ist denn das Pfarrhaus?"

„Keine Ahnung. Aber trotzdem, das ist schon was. Der gute Vasco. Geben sie ihm eine Extrawurst von mir."

„Wird gemacht, lieber Freund. Wenn es Ihnen recht ist, gehe ich mit Vasco noch mal den Weg entlang und sehe, was so dahinter ist."

„Das ist mir sehr recht. Vielen Dank. Geben Sie mir ab drei Uhr Nachricht. Dann mache ich mein Handy an."

Er erzählte ihm die Geschichte vom Gitarrenband und von der Wodkaflasche. Der Professor war begeistert.

„Das ist ja mal eine herrliche Geschichte. Aber, lieber Herr Wenzlav", er hob wieder seinen Finger, um mit ihm zu wackeln, „denken Sie an die Strömungen. Sie sind jetzt mitten in einer Geschichte. Falls Sie sich auf dem Meer befinden, gibt es gegenläufige Strömungen, die bewirken können, dass sich die Strömung, in der Sie sich gerade aufhalten, durch den Widerstand nach unten bewegt und zurückfließt und sich mit der Gegenströmung verbindet. Es gibt dann eine unterirdische rückläufige Strömung, die sie nach unten in tiefe Gewässer ziehen kann und wieder vom Ziel entfernt. Und sie ist lebensgefährlich. Auch wenn ihr Wodkaflaschenwerfer nur ein harmloser Betrunkener war. Fassen Sie es als Hinweis auf."

„Ich werde darüber nachdenken. Ich habe heute nacht geträumt, ich wäre noch ein kleiner Junge und ich bin den Weg von meiner Schule oder dem Kindergarten ganz allein nach Haus gegangen. Ich fühlte mich ganz allein."

„Das ist der Schock und man spürt die Wirklichkeit des Todes", sagte Professor Güldenstern ernst. „Vielleicht verhilft es Ihnen zu einigen Erkenntnissen, der Sache innerlich auf den Grund zu kommen."

„Das hoffe ich sehr. Vielleicht sind wir kurz davor."

„Die Schwierigkeiten der Ermittlung stehen immer in einem Verhältnis zur Schwere der Tat, wenn die Mathematik nicht trügt."

„Ich bin nur noch zu dumm für manches", antwortete Max etwas gequält.

„Ach was. Erfahrungen kann man sich nicht ausdenken, die muss man machen", tröstete der Professor. „Ich werd jetzt meinen klugen Vasco erlösen und überlasse Sie der Erholung. Auf Wiedersehen, mein lieber junger Freund."

„Auf Wiedersehen, Herr Güldenstern. Denken Sie an den Anruf. Ab drei Uhr."

„Werde ich natürlich nicht vergessen."

Jonas Güldenstern ging hinaus und Max begann mit seinem Frühstück.

Um drei Uhr rief Güldenstern an. „Hinter dem Weg kommen kleine Straßen. Einzelne Häuser und auch einige Mietblöcke. Ruhige Gegend. Kaum jemand gesehen. Wenig oder gar keine Geschäfte. Ein Haus mit Garten könnte das Pfarrhaus sein. Die Kirche ist in der Nähe. Ich gebe es der Frau Nemková durch."

19

Es war Mittwoch früh, zwei Tage vor Karfreitag. Max war aus dem Krankenhaus entlassen worden, weil es ihm gut ging und hatte die Adresse des Waisenhauses in der Tasche. Um zehn Uhr sollte er dort sein und konnte ein paar Stunden das Mädchen sehen.

Er hatte sich überlegt, was er mit ihr tun wollte. Sie würden zum Spielplatz gehen, er würde ein bisschen mit ihr im Sand schaufeln und sehen, ob sie einige Kinder dort kennt. Oder eine Mutter das Kind kennt. Dann würden sie versuchen, zu Fuß ihre Wohnung zu finden. Wichtig war, dass er in der kurzen Zeit ihr Vertrauen gewinnen konnte. Er musste auf den kleinen Jungen in sich selbst vertrauen. Wie hätte der mit ihr geredet? Vielleicht war das aber schon viel zu kompliziert. Kleine Mädchen lassen sich nicht an der Nase herumführen. Er beschloss, abzuwarten und gar nichts zu wollen oder zu wissen.

Die Dame im Büro an der großen Eingangstür telefonierte mit der Oberin und nach einigen Minuten des Wartens kam eine Schwester mit dem kleinen Mädchen. Sie wirkte etwas verschüchtert. Kein Wunder. Sie gaben sich die Hand.

„Also Anna, sei lieb und beantworte alle Fragen, hörst du? Das ist ein ganz netter Herr von der Polizei, der uns helfen will, dein zu Hause wiederzufinden. – Sie hat Schwierigkeiten, sich auszudrücken, Herr Wenzlav. Sie ist noch etwas verängstigt und weint nach ihrer Mama. Aber das ist ja ganz natürlich.“ Sie hockte sich neben das Kind und zupfte etwas an ihrem Mantel.

„Hab keine Angst, kleine Anna. Wir haben dich sehr lieb. Du brauchst nicht zu weinen.“

Dann stand sie wieder auf und flüsterte ihm zu: „Spendieren sie ihr ein Eis oder einen Lolly. Und nehmen Sie das Kind an die Hand, damit es nicht wegläuft."

Max sprach sich Mut zu.

„Komm Anna. Wir gehen ein bisschen spazieren."

Sie verließen das Haus und er ging mit ihr auf sein Auto zu.

Als sie davor standen, schaute sie hinein und sagte bestimmt: „Aber du hast ja gar keinen Kindersitz. Ohne Kindersitz darf ich nicht fahren, hat Mama gesagt."

Nur keine Panik. Er würde nicht zurücklaufen.

„Bei der Polizei darfst du dich ausnahmsweise mal anschnallen. Du bist ja schon fast groß. Wie alt bist du denn, Anna?"

Sie zählte an ihren Fingern und hob vier Finger in die Höhe. „Ich hatte gerade Geburtstag. Und bald komme ich in den Kindergarten. Ich bin schon groß, und bald komme ich in die Schule."

„Kinder, die in den Kindergarten gehen, dürfen sich auch mal anschnallen. Du musst nur still sitzen und nicht herumzappeln, ja?"

„Ich zappel doch nicht!", rief sie entrüstet. „Dann kommt ja die Polizei und steckt mich ins Gefängnis! Aber du bist ein guter Polizist, oder?"

„Klar, ein sehr guter. Und ich will mit dir zu deinem Spielplatz fahren und du zeigst mir da alles, ja?"

„Ich will aber nicht zum Spielplatz!"

Sie fing an zu weinen und ging augenblicklich ins Brüllen über. Aber reden konnte sie ja Gottseidank einwandfrei. Er hatte wohl Talent. Er war ja auch ein ansehnlicher Bursche.

„Also nicht zum Spielplatz. Wohin willst du dann?"

„Ich will nicht mit dem Auto fahren! Ich will spazieren gehen!"

Sie brüllte laut und schmiss sich auf die Erde. Oh Gott!

Er versuchte, sie wieder hoch zu heben, aber sie schlug um sich. Vielleicht psychologisch gesehen ein gutes Zeichen? Ganz wie bei Muttern? Er war sich nicht sicher. Sicher war er sich nur, dass er auch einmal so gewesen war.

„Also versuchen wir es mal mit dem Eis", dachte er und fragte sie: „Soll ich Dir ein Eis kaufen, Anna? Oder Lollys?"

Das Bündel auf der Erde hörte auf zu zappeln. Anna hob den Kopf und sagte ganz ruhig: „Ein Eis und Lollys?"

„O.k.. Ein Eis und Lollys."

„Versprochen?"

„Aber ja doch. Wenn ich es sage."

Sie stand auf, strich sich den kleinen Mantel glatt und versuchte die Autotür zu öffnen.

„Warte, ich muss noch aufschließen. Hinten rein."

Er eilte, sie kletterte auf den Hintersitz und er schnallte ihr den Gurt um. Er fuhr erstmal in die Gegend hinter dem Friedhof. Sie fuhren durch alle möglichen kleinen Straßen.

„Kennst du hier irgendwas Anna?"

„Weiß ich nicht. Nö."

Er hielt an einer kleinen Bäckerei, an der ein Fähnchen mit dem Namen einer Eisfirma heraushing.

„Warte einen Moment, Anna. Ich hole ein Eis für uns beide und Lollys."

„Ich will Vanille", sagte Anna bestimmt.

Na, wer sagt's denn. Sie weiß, was sie will.

Sie schleckerten erstmal zehn Minuten im Auto an ihrem Eis, dann drehte Max wieder am Zündschlüssel und sie fuhren weiter.

„Wann gehen wir spazieren? Du hast versprochen, dass wir spazieren gehen."

Er sah auf die Uhr. Fast elf. Noch eine gute Stunde. Wenn das man was wird.

„Also, Anna, wir machen ein Abkommen. Wenn du mit mir auf den Spielplatz gehst, besuche ich dich morgen wieder und schenke dir eine wunderschöne Puppe mit echten langen Haaren, die Gitarre spielt. Sie hat ein ganz schönes Kleid an, weiß mit goldenem Gürtel."

„Ich habe schon eine Puppe zu Hause", sagte Anna. „Aber ich wünsche mir eine mit Schlafaugen, weißt du, so Augen die zugehen, wenn sie schläft."

„In Ordnung. Mit Schlafaugen. Wird gemacht."

„Und daaaannnn, soll sie rote Schleifen im Haar haben. Und eine Kette um mit einem Herz. Ein goldenes Herz. Und daaannnn, soll sie eine kleine Krone auf dem Kopf haben und einen Schleier."

„Was noch alles?", dachte Max und wusste nicht, ob er mürrisch werden sollte oder lachen.

„Keine Gitarre?"

„Wieso das denn", rief Anna entrüstet. „Meine Mama hat immer eine Gitarre und keine Zeit. Gitarre find ich doof. Prinzessinnen haben eine Krone auf und keine Gitarre."

„O.k., O.k., keine Gitarre. Eine Krone und schöne Schuhe."

„Oh ja! Schuhe mit hohen Hacken! In blau!"

„Nu mach aber mal halblang!", dachte Max und fuhr in die Parklücke am Spielplatz am Moldauufer. Es war kein großer Spielplatz. Er half Anna aus dem Auto und sie gingen zur Schaukel. Sie setzte sich gleich drauf und er musste ihr nach ihren Befehlen Anschwung geben. Endlos.

Als sie schließlich genug hatte, holte sie einen Lolly aus der Tasche, setzte sich auf eine Bank und befahl ihm, sich neben sie zu setzen.

Er setzte sich brav hin und sah ihr beim Lutschen zu.

„Krieg ich auch einen?"

„Nur weil du es bist", antwortete sie und pulte einen Lolly aus ihrer Manteltasche. „Ausnahmsweise. Weil ich eine Puppe von dir kriege. Hast du da oben am Kopf ein Aua?", fragte sie mitfühlend. Er hielt ihr seinen Kopf hin und sie untersuchte den Verband. „Tut es doll weh?"

„Nicht mehr."

„Hat dich ein Räuber mit einem Stock auf den Kopf gehauen?", fragte sie neugierig.

„Ja, ein richtiger böser Räuber."

„Du bist unheimlich mutig, nicht?"

„Ja, das bin ich, aber ich will nicht unbescheiden sein."

„Was ist das, ‚bescheiden‘?“

„Also ich will kein Angeber sein.“ Sie lachte.

„Bist du aber doch. Ätsch. – Ich habe auch ein Aua.“ Ihre Stimme wurde weinerlich. „Kuck mal, da!“

Sie stand auf, hob ihren Mantel, zog ihre Strumpfhose herunter und zeigte ihm einen blauen Fleck am Knie. Und einen kleinen Ratscher.

„Das hat gaaanz doll weh getan. Und ich habe sooo geweint. Und Tante Emilia hat mich getröstet.“

„Hast du ein Eis gekriegt?“

„Doch nicht von Tante Emilia“, sagte sie abschätzig. „Tante Emilia streichelt mir über die Haare, so“ – sie ahmte etwas affektiert ein Streicheln über die Haare nach – „Tante Emilia ist schon furchtbar alt und mag kein Eis. Sie sagt, das ist nicht gesund. Was ist gesund?“

„Von zu viel Eis kriegt man Bauchschmerzen.“

„Ich nicht. Ich kann hundert mal tausend Eis essen und kriege kein Bauchweh. Aber ganz sicher kriegt Tante Emilia Bauchweh.“

Max lachte.

Er sah verstohlen auf die Uhr.

„Also Anna, noch einmal auf die Wippe und dann müssen wir gehen. Kennst du hier jemanden, vielleicht?“

Anna sah sich um. „Die da habe ich schon mal gesehen. Aber wir haben nicht zusammen gespielt.“

„Warte einen Moment, Anna. Bleib hier sitzen.“

Er sauste zu der Frau, die auf der Bank war und hielt ihr seinen Ausweis unter die Nase. „Können Sie mir sagen, wie das Kind heißt, das Sie beaufsichtigen. Sind Sie die Mutter?“

„Nein, ich hüte es nur gelegentlich.“ Sie sagte bereitwillig den Namen des Kindes und seine Adresse. Er notierte es und sauste zurück.

„Und jetzt ein bisschen schaukeln, Anna.“

Anna sprang auf wie ein kleiner Floh und rannte zur Wippe. Er tat sein Bestes und kam mit seinen langen Beinen nicht vom Boden weg. Sie wurden beide aber quietschvergnügt, bis er sagte:

„So, Anna, genug für heute, jetzt gehen wir ein bisschen spazieren. Du sagst mir, wo wir lang gehen sollen. Fass mich an der Hand."

Sie nahm bereitwillig seine Hand und hopste herum.

„Kommst du wirklich morgen wieder und spielst mit mir?"

„Ich muss die Tante Emilia fragen. Aber die Puppe bringe ich ganz bestimmt."

„Willst du nicht mein Papa werden? Weißt du, ich habe keinen richtigen Papa."

„Das würde ich ja gern, aber ich muss den ganzen Tag arbeiten, und wenn ich damit fertig bin, schläfst du schon."

„Dann weckst du mich eben und gibst mir einen Kuss."

Er wollte sich links wenden, weil er in Gedanken war, aber sie zerrte an seiner Hand und rief: „Doch nicht da lang! Wir müssen hier an der Ampel stehen und auf Grün warten."

Sie warteten.

„Und jetzt musst du hierhin sehen, dann dahin und dann wieder dahin." Sie drehte den Kopf hin und her. Er folgte gehorsam.

„So, und jetzt können wir gehen."

Sie marschierten los und redeten erstmal nichts. Sie bog mit ihm um die Ecke und begann von ihrer Mama zu plaudern.

„Weißt du, Mama ist weg und keiner weiß wo. Ich warte immer, dass sie wieder kommt. Sie ist einfach nicht gekommen, und da habe ich Angst gekriegt und bin ganz allein auf den Spielplatz gegangen. Da haben mich Leute gefunden und jetzt wartet Mama in der Wohnung und weint immerzu. Arme Mama."

Max sagte lieber gar nichts. Er wollte keinen neuen Zusammenbruch riskieren.

„Ist deine Mama lieb?"

„Und wie. Sie ist die liebste Mama. Aber sie muss immerzu Gitarre spielen, das geht vielleicht auf die Nerven!", sagte sie altklug. „Wir müssen Geld haben, sagt sie immerzu. Warum müssen wir Geld haben?"

„Von Geld kann man sich Eis und Essen kaufen. Und Kleider."

Geistesblitz.

„Und eine Puppe. Hast du genug Geld?"

„Es reicht so grade", sagte Max.

„Hier gehen wir immer zusammen lang, wenn wir auf dem Spielplatz waren. Und dann..."

Sie sah sich um. „Dann gehen wir da lang." Sie bogen in eine kleine Straße ein.

„Wie heißt denn deine Mama mit Vornamen?"

„Alle sagen immer Vicky zu ihr", sagte Anna. „Aber ich sage nur Mama oder Mamilein, wenn sie lieb ist."

Sie waren tüchtig marschiert, bis Anna stehen blieb und sich umsah. „Ich glaube, da müssen wir rein. Sieht alles genauso aus."

Es war eine von mehreren Türen eines Mietshauses, das nicht gerade in allerbestem Zustand war. Max drückte auf einen Klingelknopf und als sich nichts rührte, auf mehrere. Es summte und er drückte die Tür auf.

Im ersten Stock steckte eine Frau den Kopf zur Tür heraus.

„Wohnt hier eine Frau mit dem Vornamen Vicky?"

„Vicky. Weiß ich nicht. Anna, wo kommst du denn her? Wir haben dich schon vermisst."

Sie kam heraus.

„Ich bin gerade bei der Polizei", sagte Anna stolz.

„Aber was ist denn nur, mein Kind? Ich dachte schon, ihr seid verreist."

Max hielt ihr seinen Ausweis hin. Nun war alles klar.

„Die Dachwohnung", sagte die Frau. „Aber Sie haben sicher keinen Schlüssel?"

„Gibt's hier einen Hausmeister?"

„Nicht im Hause."

„Na, das werden wir schon hinkriegen. Komm Anna, wir müssen wieder zurück. Tante Emilia wartet schon."

„Wir können doch mal klingeln. Sicher wartet Mama auf mich."

Max nahm sie auf den Arm und sie legte den Kopf auf seine Schulter und fing an zu weinen.

„Liebe, kleine Anna. Wir passen auf dich auf und haben dich lieb. Ich verspreche es dir."

Anna hob ihren Kopf nicht.

Er ging mit ihr zurück. Sie wurde bleischwer. Er ächzte etwas. Sie rutschte an ihm herunter und nahm wieder seine Hand.

„Wenn du mir versprichst, dass du mich besuchst, dann freue ich mich. Du bist ja nicht mein Papa, aber du kannst ja mal so tun."

Sie schluckte tapfer.

„Ich besuche dich. Und ich bringe auch noch jemanden mit. Einen Großvater mit einem großen Hund."

„Beißt der?"

„Ne, der ist ganz lieb."

„Bald musst du sagen, was mit Mama ist. Nicht gleich."

Er streichelte ihren Kopf und sie stiegen wieder in das Auto.

20

Am Donnerstag hatte er sehr viel zu tun. Zunächst einmal wurde wieder der Schlosser und der Spurendienst bestellt. Sie waren alle, auch Eliska, um acht Uhr vor Ort und untersuchten die Wohnung.

Adressen, amtliche Papiere wegen den Unterhaltszahlungen. Sie fanden die Adresse des Vaters. Eine Gitarre mit Band, offensichtlich eine andere als diejenige, die zu seinem Gitarrenband gehörte.

Papiere und Portemonnaie fehlten. Also hatte jemand ihre Handtasche. Max nahm einiges Spielzeug und eine Puppe aus dem Kinderzimmer mit und stopfte es in eine Tüte.

Er überlegte, ob es richtig war, das Kind noch einmal in sein Kinderzimmer zu lassen. Sicher zu viel für sie. Mal abwarten.

Für sie waren zunächst die Adressen wichtig, besonders die vom Vater. Den würde er als erstes besuchen.

Eliska wollte sich weiter um die Suche nach den jungen Leuten kümmern, anhand der Namen aus dem Adressbuch.

Er bemühte sich um eine Zusammenkunft mit dem jungen Mann, dem Vater von Anna. Ein Österreicher.

Alles klappte gut. Sie vereinbarten einen Treffpunkt zum Mittagessen in einem Lokal in der Kleinseite. Er arbeitete dort an der jugoslawischen Botschaft. Wenn das kein Treffer war!?

Herr Weinstein saß bereits am verabredeten Tisch und erhob sich, als er in das Lokal kam. Sie hatten sich am Telefon bereits ihr Aussehen beschrieben, so war es nicht schwer, sich zu finden.

Das Lokal war voll mit Mittagsgästen, aber er hatte den ganzen Tisch für sich reservieren können.

Sie bestellten beide ihr Essen und erst als sie etwas geplaudert und gegessen hatten, begann Max zu fragen.

„Herr Weinstein, wie ist Ihr gegenwärtiger Kontakt mit Viktoria Malenka?"

„Wir sehen uns seit einigen Jahren nicht mehr, aber ich darf nach dem Gesetz das Kind alle vierzehn Tage sehen."

„Wie sieht das genau aus?"

„Ich hole sie von zu Hause ab, manchmal auch bei der Nachbarin im ersten Stock, wenn Vicky nicht da ist. Wenn sie zu Hause ist, sehe ich natürlich Vicky an der Haustür, aber sie spricht nicht mit mir und ich darf auch nicht in die Wohnung."

„Und was machen Sie mit der Kleinen?"

„Ich gehe mit ihr spazieren oder auf den Spielplatz. Sie hat mir verboten, sie zu mir mit nach Hause zu nehmen."

„Warum?"

Herr Weinstein schwieg und drehte an seinem Glas.

„Sie befürchtet, ich könnte mit ihr irgend was anstellen oder sie verschrecken. Sie verstehen."

Max verstand erstmal gar nichts, bis ihm plötzlich aufging, dass das Waisenhaus auch ihm nicht erlauben würde, mit Anna öfter spazieren zu gehen. Er merkte, wie sein Hinterkopf kalt wurde und sein Herz sich zusammenkrampfte. Armer Vater, arme kleine Anna. Die bösen Männer.

„Ich habe Anna gestern kennengelernt."

„Tatsächlich? Waren sie bei Vicky? Ich weiß nicht, weshalb Sie mich sprechen wollen, Herr Wenzlav. Ich darf Anna nur an den Wochenenden sehen. Telefongespräche werden schnell abgeblockt. Anna sagt am Telefon auch noch nicht viel. Ich wollte heute anrufen und einen Termin für morgen erreichen. Es ist Feiertag und vielleicht kriege ich einen Extratag."

„Sie ist ein süßes, munteres Mädchen."

„Ja, nicht wahr? Ich liebe sie sehr, aber ich glaube, sie versteht das alles nicht und fürchtet, ich wäre ein Böser, weil ihre Mama mich nicht mag."

Sein Gesicht strahlte und verdunkelte sich wieder.

„Herr Weinstein, ich verstehe, dass Sie es sehr schwer haben und möchte im Moment auch nicht weiter nach dieser Sache fragen." Wie gut, dass sie bereits gegessen hatten.

„Darf ich Ihnen noch ein Glas Wein einschenken?"

Er füllte wieder ihre Gläser und fuhr schweren Herzens fort:

„Herr Weinstein, es tut mir sehr leid, aber die Mutter Ihres Kindes ist am 8. April, also vor 12 Tagen in der Moldau tot aufgefunden worden. Sie wurde mit einem Messer erstochen."

Herr Weinstein saß regungslos und wurde kreidebleich.

Sie schwiegen einige Zeit, bis sich Weinstein wieder gefasst hatte und fragte: „Wo ist Anna? Ich war Anfang April eine Woche lang verreist und habe sie danach nicht mehr erreichen können."

Max kramte nach seinem Notizblock.

„Herr Weinstein, Sie müssen heute nachmittag sowieso zu uns ins Büro kommen und wir müssen die Sache aufnehmen und Sie müssen unterschreiben. Aber einige Sachen darf ich wohl schon jetzt notieren."

„Bitte sehr, das macht nichts. Ich war vom 6. bis 13. April in Wien in Angelegenheiten der Botschaft. Ich bin an der jugoslawischen Botschaft ein kleinerer Beamter, hoffe aber natürlich auf eine Karriere. Ich werde viel in der Gegend herumgeschickt. Da ich in Laibach, heute Ljubljana, aufgewachsen bin und meine Familie Österreicher sind, ist deutsch meine Heimatsprache und ich werde gern in die deutschsprachigen Länder geschickt."

„Natürlich, das bietet sich an", sagte Max höflich.

„Mir ist das Ganze rätselhaft," sagte Weinstein tonlos. „Ist Anna in einem Heim? Können Sie mir die Adresse geben?"

„Ich glaube, es ist besser, wenn wir morgen zusammen hingehen. Ich werde mit der Oberin einen Zeitpunkt ausmachen. Wenn Sie bitte dann um die Zeit an der Haustür auf mich warten."

„Werde ich verdächtigt?"

„Das kann man nicht sagen. Wir sind erstmal froh, dass wir die Identität von Frau Malenka heute feststellen konnten."

„Hat niemand sich nach ihr erkundigt? Arme Vicky. Es tut mir leid, dass ich es nicht gewagt habe, dorthin zu gehen und mich zu erkundigen, warum keiner das Telefon abhebt. Aber es hatte einen Krach gegeben, um ehrlich zu sein. Sie hatte mich wieder mal verdächtigt."

Max horchte auf und wurde vorsichtig.

„Weshalb denn wieder? Ich finde, man räumt den Vätern von diesen armen Kindern viel zu wenig Rechte ein. Die Mütter nutzen ihre Position aus und kassieren nur."

„So ist es. Ich muss mich ihren Launen und Ängsten beugen, damit ich überhaupt mein Kind mal sehen darf. Und bestimmen darf ich nicht einmal ansatzweise."

„Herr Weinstein, wir müssen diesen Mord aufklären. Und da Sie es vermutlich nicht gewesen sind, bitte ich Sie, uns zu helfen. Ich bin mir bewusst, dass alle Botschaftsangelegenheiten mit höchster Diskretion zu behandeln sind. Auch die Polizei will keinen Ärger von oben haben. Wir wollen uns also bemühen, ihre Karriere in keinster Weiser zu gefährden."

„Das ist ein freundliches Wort, Herr Wenzlav. Aber Sie wissen genau so gut wie ich, dass die Mühle der Bürokratie gnadenlos ist. Darum bitte ich Sie, meine Integrität so weit wie möglich zu erhalten und mich nicht vorzeitig öffentlich zu verdächtigen."

„Was meine Person betrifft, so können Sie sicher sein. Aber leider kann ich Ihnen dennoch nicht ersparen, zur Dienststelle zu kommen. 18 Uhr, da sind die meisten schon weg. Ist das in Ihrem Sinne?"

„Ich werde pünktlich sein. Ich bedanke mich, Herr Wenzlav. Auf Wiedersehen."

Sie standen auf, nachdem Max bezahlt hatte, und gingen aus dem Lokal.

„Hoffentlich kriege ich das Geld anstandslos wieder", dachte Max. „Manchmal sind sie knauserig."

Dann fiel im siedend heiß ein, dass er Anna versprochen hatte, heute mit der Puppe zu kommen. Er nahm sein Handy aus der Tasche und kramte nach seiner Brieftasche, in der seine Telefonnummern notiert waren.

„Frau Oberin? Hier Wenzlav. Darf ich morgen mit dem Vater von Anna bei Ihnen vorbeikommen? Wann? Um zehn Uhr. Danke sehr. Bis morgen also."

Dann wählte er die Nummer seiner Schwester. Keiner da. Er sprach auf den Anrufbeantworter.

„Hallo, liebes Schwesterchen. Hast du heute ein bisschen Zeit für mich? Du bist mir noch was schuldig, ich habe euch doch sooo ein schönes Essen spendiert! Hat mich ja gefreut, aber jetzt kommst du dran. Ich brauche unbedingt bis heute abend um sieben ein Puppe für ein vierjähriges Mädchen. Sie darf nicht zu klein sein, muss echte lange Haare haben und rote Schleifen. Ein schönes Kleid und hochhackige Schuhe. Und vielleicht noch irgendeinen netten Firlefanz dran. Ach ja, und Schlafaugen. Schlafaugen sind mit das Wichtigste. Du wirst das schon toll machen. Bring es mir unbedingt zum Büro vorbei. Bis sieben Uhr. Ruf an. Das Geld kriegst du natürlich wieder. Wichtig, wichtig!"

Nichts vergessen? Güldenstern und sein Hund? Der musste nun erstmal warten.

Als er in aller Ruhe zurück zum Büro ging, dachte er über den Herrn Weinstein nach. Wenn er sich vorstellte, dass es ihm auch einmal so ergehen könnte, schauderte ihm. Was ihm so unheimlich war, war die Tatsache, dass es so gleichgültig schien, ob der Mann ein Macho oder ein rücksichtsvoller und feinfühliger Mann war. War er etwas rücksichtsloser, war es verkehrt. War er rücksichtsvoll, war es noch verkehrter. Wollte er Geld verdienen, um eine Familie zu gründen und seiner Frau ein Haus zu kaufen oder ihr ein sorgenfreies Leben zu Haus zu ermöglichen, so war das Freiheitsberaubung. Ließ er sie arbeiten und das Kind am Tage weggeben, so wurde ihr alles zuviel und er war ein Egoist. Ein Mann, der zuerst an seine Karriere dachte, war ein Egoist.

Ein Mann, der seine Karriere aufgab und sich an die Bedürfnisse seiner Frau anpaßte oder ihr das Kind abnahm, war ein Versager.

Die ganze große Stadt war voller Familien, die sich gemeinsam abplagten. Es musste doch irgendwo gut laufen? War das dann die richtige Liebe? Er hatte sich um solche Probleme noch nie gekümmert. Und wenn man verheiratet gewesen war und in eine solche Lage wie Herr Weinstein geriet, war es auch nicht besser. Im Gegenteil. Sie war mit ihm unglücklich, und ohne ihn noch mehr. Scheißleben, so schien es.

Aber wenigstens waren sie jetzt politisch frei und brauchten nicht mehr den Mund zu halten.

Wo waren die russenfreundlichen Bonzen geblieben? Saßen sie noch in ihren großen Häusern und machten dunkle Geschäfte, um sich über Wasser zu halten? Ihre Jobs waren sie wohl meistens los geworden. Auch das wusste er nicht so genau. Er war überhaupt noch sehr jung, fand er.

In Jugoslawien war Krieg. Gewesen oder erst angefangen. Massenmorde ohne Ende. Die vielen neuen Länder hatte er versucht sich einzuprägen, aber er kam immer wieder durcheinander. Ein Polizist in einem Land, das seit Jahrhunderten gute Waffen herstellt, sollte das wissen, kritisierte er sich. Und wie das lief mit dem Export. Sicher ein brandheißes Pflaster. Er dachte an Güldensterns Strömungen. „Die Diplomatie", dachte er. „Ich werde eine kleine Feier veranstalten, wenn wir diesen Fall glücklich überstanden haben. Geld müsste man haben."

Im Büro wartete bereits Elli auf ihn. Er erzählte von seinem Treffen mit Herrn Weinstein.

„Ich bin auch weitergekommen", sagte sie. „Eine alte Frau aus einem Haus an dem Platz, wo die Blumen gestohlen wurde, hat ein Grüppchen junger Leute beobachtet. Eine junge Frau und zwei junge Männer." Sie beschrieb ihr vermutliches Aussehen und fuhr fort:

„Wir sollten uns auf den vermutlichen Probenort konzentrieren. Ich werde alle Orte anrufen, wo es eine kleine Bühne gibt. Der Mann mit der weißen Kutte. Kloster? Eher ein Gemeindehaus mit einem Saal oder ein kleines Theater. Ich werde einige Stunden zu tun haben am Telefon."

„Herr Weinstein kommt um sechs Uhr. Kannst du dabei sein?"

„Kann ich. Also bis später."

Max setzte sich an seinen Schreibtisch und erledigte den angesammelten Papierkram. Gegen vier Uhr klopfte es an der Tür und ein Jugendlicher in einer Art Pagenuniform erschien.

„Ich soll diesen Brief bei Ihnen abgeben und gleich auf eine Antwort warten", sagte er würdig.

Die deutsche Botschaft. Na sowas.

Er öffnete den Brief und las. Eine Einladung in vornehmer kursiver Schrift. Dass dich... Ihm wurde ganz anders.

„Wie haben die Ehre, bla, bla... Sie", handgeschrieben: „'Herrn Kommissar Maximilian Wenzlav und Frau Eliska Nemková' zu unserem Prager Osterball einzuladen.

Ostersonntag, 20 Uhr im Palais Lobkowitz. Der Botschafter der Bundesrepublik Deutschland, ...Unterschrift..." Darunter stand in kleiner Schrift: „Abendrobe und dunkler Anzug erwünscht."

„Kleinen ‚Augenblick", sagte Max zu dem Pagen und lief zu Frau Nemková in das Nebenzimmer.

„Diskret, bitte, gnädige Frau", flüsterte er und reichte ihr die Einladung.

„Oh!", rief sie und gleich darauf: „Mein einziges Abendkleid ist mir zu eng geworden."

Elli neigte zur Fülligkeit, besonders oben und um die Hüften rum.

„Bis Ostern nichts mehr essen", schlug Max vor.

„Kommt gar nicht in Frage", sagte Elli energisch.

„Also, ja oder nein?"

„Willst du dir sowas Feines wirklich entgehen lassen?", rief die Nemkova.

„Pscht", Max hielt den Finger auf den Mund. „Nicht so laut. Nachher gelten wir noch als bestechlich."

„Der will was wissen oder ausbügeln, garantiert. Also Vorsicht, lieber Junge. Wir bewegen uns auf glattem Parkett und kennen diese Ebene nicht.“

„Wie recht du hast. Fällt dir was ein? – Wir sind ja verkleidet in feinen Kleidern. Da wird uns nicht jeder gleich erkennen.“

„Ha, ha“, machte Elli.

„Also der Page wartet.“

„Oh, ein Page. Ich sehe mal unauffällig aus der Tür.“

„Untersteh dich. Vornehm geht die Welt zugrunde. – Also ja?“

„Dem Ruf der großen Welt können wir nicht widerstehen. Wir werden es so darstellen, dass wir im Zuge unserer Ermittlungen in der Welt der Botschaften uns ein wenig umhören mussten.“

„Sehr findig.“

Er ging betont langsam und entspannt wieder zurück und suchte in seinem Schreibtisch eine leere Karte. Ein Zettel schien ihm zu ordinär. Schließlich nahm er seine Visitenkarte und schrieb auf die Rückseite eine Zusage. Die Einladung brauchte er ja wohl für den Eintritt.

Der Page war gerade gegangen, da wurde er zum Chef gerufen.

„Mein lieber Herr Wenzlav, ich hörte soeben aus dem Ministerium, dass sie einen Botschaftsangehörigen verhört haben. Es ist Ihnen doch hoffentlich klar, dass diese Leute Immunität besitzen und nicht einfach so wie jeder andere verhört werden können. Das ist ein glattes Pflaster, lieber Junge, und Sie können mir jede Menge Scherereien auf den Hals laden. Ist Ihnen das klar?“

„Das ist mir durchaus klar. Ich bin ganz Ihrer Meinung. Dieser Herr war aber nun zufällig der uneheliche Vater des kleinen aufgefundenen Mädchens, das die Tochter der Ermordeten ist. Er wusste noch nichts von dem Tod seiner ehemaligen Freundin und ich hatte die traurige Pflicht, ihn darüber aufzuklären. Das ist immer schwer, einem Menschen so etwas beizubringen.“

„Ach so. Sagen Sie das doch gleich. Das ist etwas Anderes. Sie haben das sicher zartfühlend und schonend erledigt, da bin ich sicher. Ein

Österreicher, wie ich hörte. Wir pflegen sowohl mit Österreich als auch mit Kroatien die besten Beziehungen und das soll auch so bleiben."

„Ich habe nichts getan, was die diplomatischen Beziehungen verschlechtern könnte", sagte Max eisig.

„Oh, Sie können sogar sarkastisch werden", sagte der Chef und lehnte sich lachend zurück. „Ich brauche Ihnen sicher nicht meine Lage zu erklären. Sie hätten dieses Gespräch mit dem kleinen Mädchen gleich am ersten Tag machen können, dann wäre uns der Mörder wahrscheinlich nicht durch die Lappen gegangen. Unwahrscheinlich, dass er noch in Prag ist."

Max schwieg.

„Sie sind noch unerfahren, aber das hat natürlich in diesem Fall auch Vorteile. Niemand kennt Sie bisher. Und das soll auch möglichst erstmal so bleiben. Betreiben Sie Ihre Nachforschungen so unauffällig wie möglich. Spätestens am Sonnabend haben wir die gesamte Prager Presse auf dem Hals, wenn was Internationales dahinter stecken sollte. Niemand möchte gern von hinten erschossen werden."

„Natürlich nicht."

„Was haben Sie denn da auf dem Kopf?"

„Ich habe mich heftig an einem niedrigen Balken gestoßen", sagte Max überzeugend. Vielleicht sollte er sich zum Ball ein Käppi aufsetzen.

„Also bleiben Sie schön ruhig. Wir kommen jetzt in die entscheidende Phase, da muss jeder Schritt sitzen. Wie geht die Zusammenarbeit mit Frau Nemková?"

„Doch, sehr gut, wir sind ein gutes Team, schätze ich."

„Ich bin am Sonnabend vormittags im Büro. Bitte statten Sie mir Bericht ab. Vor zwölf Uhr." Der Chef wandte sich wieder seinen Akten zu, zum Zeichen, dass er entlassen war.

„Geht in Ordnung, Chef. Angenehmen Feiertag wünsche ich."

Max verließ den Raum und hatte etwas Gewissensbisse, dass er ihm nichts von dem Ball gesagt hatte.

Aber schließlich hatte er gemeint: „So unauffällig wie möglich."

Das würden sie hoffentlich sein.

Um achtzehn Uhr erschien Herr Weinstein, man nahm die Personalien und die Tatbestände auf, und er unterschrieb. Max verkniff sich vorläufig weitere Fragen. Der Mann stand noch unter Schock und konnte bissig werden. Morgen würde er ihn ja sehen.

„Herr Weinstein, ich habe um zehn Uhr einen Termin im Waisenhaus vereinbart. Wir treffen uns kurz vor zehn vor der Haustür." Er reichte ihm die Adresse. „Sie werden die Möglichkeit bekommen, das Kind zu adoptieren und das Sorgerecht zu erhalten. Aber das können Sie in Ruhe angehen. Diese Dinge können Sie später mit der Frau Oberin und den zuständigen Behörden besprechen. Uns geht es jetzt zunächst um die Aufklärung des Mordes an Frau Malenka."

Herr Weinstein nickte wortlos und sagte: „Wenn Sie keine weiteren Fragen haben, darf ich mich wohl verabschieden."

Er stand mühsam auf und reichte beiden die Hand. „Vielen Dank für ihre freundliche Hilfe."

21

Am Karfreitag kam Max kurz vor zehn zu dem Waisenhaus, mit der Tüte voller Spielsachen aus der Wohnung in der Hand. Herr Weinstein wartete schon.

Er hatte die Puppe im Auto gelassen, weil er nicht wusste, wie er sie ohne Peinlichkeit in Gegenwart des Vaters loswerden sollte. Elisabetha war während ihrer Besprechung ins Büro gekommen und hatte bei einem Kollegen die Puppe abgegeben. Sie hatte ganz schön geschimpft und ihm bestellen lassen, dass er sie dafür wieder zum Essen einladen müsste.

Er lachte, wenn er daran dachte. Na, Ostern nicht mehr. Pfingsten vielleicht. Vorher eine kleine Comedy-Show oder Ähnliches.

Vielleicht könnte er ja Professor Güldenstern bitten, die Puppe vorbeizubringen. Er würde es der Oberin sagen und auch versuchen, Anna das unauffällig zu erklären.

Sie wurden in einen kleinen Raum geführt, wo sie sich auf zwei Sessel setzten und wurden gebeten, zu warten.

Anna kam an der Hand einer Schwester herein. Ob das Tante Emilia war? Möglich. Er übergab ihr jedenfalls die Tüte.

Anna wurde auf einen leeren Sessel gesetzt und die Schwester ging wieder hinaus.

Da saßen sie nun.

„Hallo, Anna“, sagte Herr Weinstein.

„Hallo“, sagte Anna schüchtern.

„Ich habe dir was mitgebracht.“ Weinstein zog eine kleine Puppe aus seiner Jackentasche und gab sie ihr.

„Danke, Papa", sagte Anna und legte die Puppe auf den Tisch.

Schweigen.

„Anna, wir müssen dir etwas ganz Trauriges sagen. Es ist wegen Mama. ——. Mama ist im Himmel und kommt nie mehr wieder."

Anna rührte sich nicht.

„Ist im Himmel auch Polizei?", fragte sie nach einer Weile.

„Ich glaube nicht. Das heißt, ich weiß es nicht." Er sah Max hilfesuchend an.

„Muss Mama im Himmel immerzu Gitarre spielen und Geld verdienen?"

„Sicher nicht. Nur wenn es ihr Spaß macht."

„Und bald besuchst du sie im Himmel und ihr vertragt euch wieder."

„Vielleicht bekomme ich die Erlaubnis", sagte Weinstein. Er war bedenklich nah am Heulen. Max musste eingreifen. Was sollte er nur sagen?

„In den nächsten Tagen kommt ein lieber alter Herr, weißt du, der mit dem großen Hund, der nicht beißt, und bringt dir die Puppe, die du dir gewünscht hast."

„Will ich nicht mehr haben", sagte Anna tonlos.

„Wollen wir ein bisschen spazieren gehen? In den Garten?"

Anna rutschte wortlos von ihrem Sessel und ging zur Tür. Sie gingen hinterher und öffneten die Glastür zum Garten. Warme Frühlingsluft schlug ihnen entgegen. Es war nicht sonnig, aber auch nicht dunkel.

Anna faßte die Hand von ihrem Papa und wandte sich zu Max. „Komm, Herr Polizist, wir gehen ein bisschen spazieren." Sie nahm auch Max an die Hand und sie gingen wortlos zwischen den Blumenbeeten zum kleinen Spielplatz.

„Soll ich euch mal zeigen, wie schnell ich rennen kann?"

Sie rannte um den Spielplatz und wieder zurück.

„Wollen wir mal um die Wette laufen?"

Da mussten sie ja wohl. Sie rannten beide mit und Max achtete darauf, dass er nicht schneller war als Anna. „Gewonnen!", rief sie und lachte.

„Ich habe doch ein bisschen Hunger", sagte Anna.

Beide kramten in ihren Jackentaschen. Max fand ein kleines Döschen mit Pfefferminzpastillen. Er schüttelte eins auf ihre Hand. Sie probierte es und spuckte es wieder aus. „Ist mir viel zu scharf", sagte sie verächtlich.

„Wollen wir uns auf die Bank setzen?", sagte der Papa.

Beide Männer setzten sich auf die Bank und überlegten, was sie noch anfangen könnten. Anna lief zur Schaukel und fing an zu schaukeln. Andere Kinder kamen aus dem Haus gelaufen und fingen an, auf den Geräten herum zu turnen.

„Es ist schwer, ihr Vertrauen zu gewinnen", sagte Weinstein. „Aber vielleicht wird es ja besser werden, wenn ich sie öfter sehen darf. Aber ich habe noch nicht genug Geld, um mir eine Haushälterin oder ein Kindermädchen zu leisten."

„Sie kann jetzt in den Kindergarten", sagte Max. „Da brauchen sie nur abends ein Kindermädchen. Erstmal müssen Sie erreichen, dass sie mit Ihnen leben will."

„Ja, das stimmt. Ich muss Vertrauen zu mir selber haben."

„Vielleicht müssen sie erst einmal Dinge mit ihr machen, die ihr Vergnügen bereiten", sagte Max. „Das wird schon kommen, sicher."

Sie schwiegen wieder.

„Herr Weinstein, ich werde mich jetzt wieder auf den Weg machen. Es kann sein, dass wir Sie noch einiges fragen müssen. Ich bitte Sie, in den nächsten Tagen nicht zu verreisen."

Max stand auf, verabschiedet sich von Herrn Weinstein und Anna und ging.

22

Den weiteren Tag verbrachte Max zu Hause, wusch seine Sachen und putzte die Wohnung. Abends ging er nach dem Abendbrot in eine der vielen Kirchen und ergatterte noch ein kleines Plätzchen auf der Empore in der Ecke und versank in der Passionsmusik von Johann Sebastian Bach. Das war für seine augenblickliche Stimmung genau das Richtige.

Er dachte über alles Mögliche nach und merkte, dass er nahe am Wasser gebaut hatte, wie man so sagte. Er war schlicht und einfach erschöpft.

Danach ging er zu Fuß nach Hause und versank im Bett, fiel tief und tiefer in seine Matratze und schlief ein.

Am Sonnabend gegen elf Uhr rief Eliska an und fragte nach seinem Wohlbefinden. Er hatte gut und lange geschlafen.

„Ist dein dunkler Anzug auch in Ordnung?", fragte sie mütterlich besorgt.

„Ach ja, stimmt. Der ist von der Beerdigung noch etwas lädiert. Also bügeln. Einen bunten Schlips?"

„Jedenfalls nicht den von der Beerdigung!", lachte Elli am anderen Ende der Leitung. „Fällt dir noch was ein, was wir vorbereiten oder beachten müssten?"

„Im Moment denke ich überhaupt noch nicht. Wenn dir was einfällt, ich bin den ganzen Tag zu Hause. Gehe nur kurz Essen einkaufen. Morgen abend gibt es wohl genug zu essen. – Ach ja, und heute abend gehe ich zum Fäden ziehen in die Klinik. Ich möchte nicht, dass Perlonfäden auf meinem Kopf hochstehen oder ich einen Verband habe."

„Ein Pflaster brauchst du aber auf jedem Fall."

„Ich kann mir ja das Pflaster in der Haarfarbe anmalen."

„Warum nicht? Eine gute Idee. Schmuck wirst du aussehen. – Also ich melde mich auf jeden Fall noch einmal heute Nachmittag. Nach deinem Mittagsschläfchen."

„Mach das. Und denk für mich nach. Heute habe ich keine Lust dazu."

Am Nachmittag setzte er sich aber doch hin und wollte alles hintereinander notieren, was sie bis jetzt gefunden hatten. Wer weiß, was während des Balles auf sie zu kommen konnte. Die Strömungen von Professor Güldenstern konnte er weglassen.

Er saß eine Weile vor dem leeren Papier und döste. Da fiel ihm ein, dass er heute morgen den Chef anrufen sollte. Vergessen. Na ja. Er machte ein paar Kringel und fing dann einfach an.

1. Frau ohne Identität, weißes altmodisches Kleid aus der Kostümtruhe. Evtl. Jahrhundertwende.

2. Gekaufter goldener Gürtel, alte Turnschuhe.

3. Rote gefärbte halblange Haare, toupiert, wahrscheinlich Farbe auswaschbar.

4. Naturfarbe braun. Wahrscheinlich nicht mehr von Bedeutung.

5. Unlackierte Fingernägel, Daumen und Zeigefinger der rechten Hand nicht kurz geschnitten. (Gitarristin)

6. Von einem Taucher an der Palacky-Brücke zur Oberfläche gelassen. Schwamm infolge der Schwimmärmel und der Strömung.

7. Kurz danach von den Passagieren des Touristendampfers gesehen worden. Aussage von Ehepaar B. Andere Zeugen außer dem Kassierer wurden nicht befragt. Kapitän konnte nur die Uhrzeit des Fundes angeben, weil sie mit Anlegen beschäftigt waren. 17.25 Uhr.

8. Messer im Rücken wurde von Frau B. gesehen. Sie sagte es auf dem Schiff vor Zeugen, die aber nicht verhört wurden.

9. Eine weitere Befragung erübrigt sich, weil das Messer zwischen dem Spalt von zwei Steinen an der Flussschwelle gefunden wurde.

10. Bergung 17.40 Uhr.

11. Das Clubhaus und das rote Haar.

12. Verhaftung des Tauchlehrers in Hamburg.

13. Verhör.

14. Fund der Stofffasern von dem weißen Kleid. Leiche war zum Clubhaus gebracht worden. Mörder kannte den Tauchlehrer? Schüler?

15. Beerdigung am Montag. Tulpenstrauß, Gitarrenband in der Erde.

16. Spuren, die in die westliche Richtung in die Wohngegend hinter dem Friedhof führen.

17. Fund der Herkunft des Tulpenstraußes. Die Tulpenbeete sind nicht hinter dem Friedhof, aber im gleichen Wohnviertel.

18. Fund der Wohnung der Ermordeten mit Hilfe der kleinen Tochter Anna.

19. Gespräch mit dem Vater des Kindes. Jugoslawische Botschaft.

20. Besuch bei Anna, keine neuen Erkenntnisse.

Nächste Schritte:

Tauchlehrer noch einmal verhören. Eine Liste aufstellen, wo er überall Vorträge hält. Liste der Schüler. Suche nach dem Ort der Theaterproben.

Er dachte noch eine Weile nach und schreckte erst auf, als das Telefon klingelte. Er war völlig weggetreten und in Dösen übergegangen.

Eliska war am Apparat.

„Hast du was gegessen?"

„Völlig vergessen."

„Aber, aber. Koch dir irgendwas. Sonst bist du morgen zu blass."

„Zu Befehl, Gnädigste. Übrigens bin ich nochmal alles durchgegangen. Der Chef hat mir ja eine reingewürgt, weil ich mich nicht zuerst um das Mädchen gekümmert habe. Aber mir fällt auf, dass wir den Taucher mitsamt seinem roten Haar nicht geschnappt hätten, wenn wir erst bei der Wohnung der Frau angesetzt hätten."

„Willst du das dem Chef sagen?"

„Nö, nur wenn er nochmal damit anfängt. Aber er schwebt jetzt in Ängsten vor der Presse und der Obrigkeit, da hat er anderes zu tun als Haarspaltereien zu betreiben."

„Ich habe mir ein Kleid von meiner Freundin geliehen und bin unentwegt am kürzer und enger machen."

„Was, deine Freundin ist noch dicker als du?"

„Na hör mal, ich bin doch nicht dick. Ich bin sexy, sagt mein Freund."

„Was, du hast einen Freund?"

„Stell dir vor." Lautes Lachen am anderen Ende der Leitung. „Was machst du morgen bis zum Abend? Und wo wollen wir uns treffen?"

„Nimm du lieber mal ein Taxi mit deinem schönen Kleid. Das sieht auch besser aus. Ich gehe zu Fuß und fahre mit der Straßenbahn, damit ich einen trinken kann. Das muss man ausnutzen."

„Ich hoffe ja sehr, dass wir genug Gelegenheit haben, um uns zu betrinken. Wer weiß."

„Also um 8 Uhr vor dem Portal. Nicht zu früh und nicht zu spät. – „Du wolltest ja noch wissen, was ich morgen vorhabe. Ich werde in den Gottesdienst in die Kirche gehen, wo der Priester predigt, der die Beerdigung gemacht hat."

„Vielleicht gar nicht mal so dumm. Frag ihn mal nach seinem Gemeindehaus."

„Bis morgen abend, Elli, danke für den Anruf."

23

Max war auf dem Weg zur Kirche. Es war ein schöner Ostermorgen, wie sich das gehört. Selbst wenn man nicht fromm oder kirchlich war, teilte sich die Osterfreude dem Herzen mit, die in der Luft lag, besonders wenn die Sonne schien und die Vögel sangen und bunte Blumen leuchteten. Das Laub war überall schon fast ganz draußen und hatte diesen unschuldigen und rührenden Schimmer, wie ihn ganz junge Tiere oder Menschen haben. Das Herz weitete sich bei diesem Anblick. Es war eben eine Feier der inneren und äußeren Auferstehung aus langem Winterleiden.

Max hatte sich die Fäden aus seiner Kopfwunde ziehen lassen und hatte nun ein Pflaster zwischen seinen dicken schwarzen Haaren. Er überlegte, wie er das Pflaster bis heute Abend retuschieren könnte. Doch, er würde es dunkel malen und ein paar Haare draufkleben. Die könnte er sich irgendwo am Kopf unauffällig abschneiden.

„Kaum kommt man in höhere Gefilde, geht die Vertuschung schon los", dachte er halb belustigt und nachdenklich. „Sicher hat diese Welt der Diplomatie Regeln, die ich noch nicht verstehe, die aber befolgt werden müssen. Hauptsache, ich rutsche nicht auf dem Parkett aus und falle hin. So blöd kann ja wohl niemand sein. Also nicht gleich zu viel trinken. Ich bin auch noch nicht ganz in Ordnung. Höre auf die Frauen. – Hoffentlich erwische ich den Priester noch nach dem Gottesdienst."

Die Kirche war voll. Sicher nicht immer. Aber die Osterlieder aus dem Gesangbuch waren schön und er sang mit, so gut er konnte. So musikalisch wie seine Schwester war er nicht.

Dann fing der Priester an zu singen, zu beten und zu reden und er döste etwas weg.

Nach dem Gottesdienst wartete er vor der Sakristei. Hoffentlich gab es da nicht einen Hinterausgang. Er klopfte lieber, eine Antwort kam und er trat ein. Der Priester schälte sich gerade aus seinem Umhang. Wie hieß das Ding noch mal?

„Herr Pfarrer, Sie können sich sicher an mich erinnern. Die Beerdigung der unbekannten Ermordeten am letzten Montag."

„Ach ja. Natürlich. Der Herr Kriminalkommissar."

„Max Wenzlav ist mein Name. Ich hoffe, recht bald ein Kommissar zu werden."

„Frohe Ostern, Herr Wenzlav. Womit kann ich Ihnen helfen?"

„Haben Sie ein Gemeindehaus, in dem gelegentlich Jugendliche proben und musizieren dürfen?"

„Aber ja, das haben wir."

„Haben Sie in letzter Zeit, genau gesagt, am Freitag dem 7. April, eine kleine Gruppe in ihren Räumen gehabt, die etwas probte? Theater, Musik, Pantomime oder so etwas?"

„Das kann durchaus sein. Bei uns probt gelegentlich eine kleine Gruppe von vier Leuten, von denen einer mit unserer Gemeinde verbunden ist. Sie machen auch in Altenheimen und Kinderheimen gelegentlich Aufführungen. Nette junge Leute". Er überlegte. „Zwei junge Männer und zwei junge Frauen. Ein Puppenspieler, eine Schauspielerin, oder wohl eher ein Schauspielschülerin, eine Gitarristin und eine Art Regisseur, Techniker, Dichter und Drehbuchschreiber in einem. Könnten das die sein, die Sie suchen?"

„Das passt genau. Können Sie die Gitarristin beschreiben?"

„Ich habe sie nicht sehr oft gesehen, da der Küster das Haus aufschließt und sich um solche Sachen wie stundenweise Vermietung und so etwas kümmert. Aber ich bin ihnen gelegentlich begegnet. Die Gitarristin ist mittelgroß und schlank und hat schulterlanges gewelltes Haar, das sie manchmal zurückgebunden trägt. Manchmal ist ihre kleine Tochter dabei, die Anna, ein niedliches Kind. Die Frau heißt...", er dachte angestrengt nach. „Vicky, ja, so war es. Den Nachnamen habe ich nicht im Kopf. Der Mann aus unserer Gemeinde heißt Martin Hurvek. Puppenspieler. Ich kann Ihnen seine Adresse geben. Wenn Sie bitte mit mir kommen."

Max wartete, bis er fertig war und sie gingen zu seiner Wohnung in einem schönen alten Haus hinter alten Bäumen. Es war mit Efeu bewachsen. Einige Frühlingsblumen leuchteten vor der Haustür. Sie traten in die alte Diele mit einem riesigen alten Schrank und alten Ölgemälden von der Kirche und einigen würdigen alten Herren. Wahrscheinlich seine Vorgänger.

Sie traten in sein Studierzimmer. Max liebte solche Räume. Der Geruch von Jahrhunderten. Sicher hatten schon seine Vorgänger die alten Bücher benutzt, die in den hohen Regalen standen. Er stand da und nahm die gediegene Atmosphäre einer langen Bücherwurm-Tradition und katholischer Geistlichkeit in sich auf.

Der Pfarrer kramte in seinen Papieren im Schreibtisch und holte eine Mappe heraus. Er schrieb eine Adresse auf einen Zettel und gab sie ihm.

„Die genauen Zeiten ihrer Proben können Sie sicher von Martin erfahren."

„Herr Pfarrer, vielleicht ist es interessant für Sie zu wissen, dass die Tote, die Sie am Montag beerdigt haben, die Gitarristin gewesen ist."

„Aber nein, das wusste ich nicht. Wie konnte ich! Das heißt ja, natürlich interessiert mich das! Herr Wenzlav, das ist ja eine Tragödie!"

Er schüttelte betroffen den Kopf.

„Die arme Vicky. Was wird nun aus ihrer kleinen Tochter? Haben Sie den Vater gefunden?"

„Ja, wir haben mit ihm gesprochen."

„Ich bitte Sie, Herr Wenzlav. Fragen Sie doch bitte diesen Herrn, ob er zu uns kommen könnte. Ich werde mich dafür einsetzen, dass die Kirche sich finanziell an einem Grabstein für Vicky beteiligen kann.

Das ist wohl das Einzige, was wir in diesem Moment für sie noch tun können."

„Haben Sie herzlichen Dank für Ihre Bemühungen, Herr Pfarrer. Ich wünsche Ihnen noch ein schönes Osterfest."

„Danke, danke. Ich habe noch einige Messen und Veranstaltungen zu überstehen, bis ich ausruhen kann. Feste sind in unserem Beruf anstrengende Arbeit. Aber es macht mir Freude, mit Gottes Hilfe."

Sie reichten sich die Hand, Max trat ins Sonnenlicht hinaus und die strahlende Natur umgab ihn wieder.

Zufrieden und ein bisschen glücklich machte er sich auf den Heimweg.

Er war anscheinend auf dem Erfolgstrip. Noch hatten sie den Mörder nicht. Das sagte er sich ein paarmal, bis er wieder in seiner Wohnung war.

24

Max kam rechtzeitig vor dem mächtigen und prunkvollen Portal des Lobkowitz-Palastes an. Unentwegt hielten Autos vor dem Haus und ihnen entstiegen schöne Damen in langen Kleidern, mit mehr oder weniger kostbaren Stolen um die Schultern.

Max kam sich vor wie im Film. Natürlich kam ihm gleichzeitig auch sein Chef in den Sinn. Hoffentlich war er nicht hier, und er zog schon den Kopf ein bei dem Gedanken, dass ihr Erscheinen hier natürlich nicht geheim bleiben würde. Gottseidank hatte er sich schon eine passende Ausrede ausgedacht: Den Herrn Weinstein und seine vermutlichen Tätigkeiten.

Er schob sich elegant durch das lebhafte Treiben und stellt sich an den Kantstein, um Elli abzupassen. Er sagte wohl heute abend lieber Frau Nemková zu ihr.

„Auch wieder albern", dachte er.

Viele Taxis, aber andere Damen und viele ältere Herren.

Jemand tippte ihn an der Schulter. Elli!

„Da sind Sie ja!"

„Ich habe weiter vorn halten lassen, hier ist zu viel Andrang", sagte sie. Unter ihrem dunklen Mantel sah ein grünlich-schwarz schimmerndes langes Kleid hervor. Mehr konnte er noch nicht ausmachen. Er konnte sie kaum wiedererkennen, so sorgfältig war sie geschminkt und ganz anders frisiert. Streng nach hinten mit einem glitzernden Kamm.

„So, jetzt wagen wir uns in die Höhle des Löwen, als würden wir das jede Woche machen", sagte er.

Sie hängte sich bei ihm ein und sie schritten gemütlich durch die geöffneten Türen. Dort standen mehrere Pagen und prüften ihre Einladungskarten.

„Hoffentlich treffen wir nicht gleich jemand, der uns erkennt", sagte Max.

„Den Chef", sagte Elli.

Aber zunächst mal gingen sie im Gedränge an der Garderobe unter. Ein hilfreicher Page nahm ihr den Mantel ab, bevor Max etwas merkte.

„Wooouh", rief Max, ein Gemisch von Mannespflicht und echter Anerkennung in der Stimme. „Sie sind wirklich hübsch. Wollen Sie nicht morgen so ins Büro kommen?"

Sie warf ihm nur einen koketten und vielsagenden Blick zu und suchte nach einem Spiegel. Sie musste sich auf den Taschenspiegel in ihrer Handtasche beschränken, es war einfach zu voll. Im Treppenhaus und in den weiteren Räumen standen die Herrschaften in kleinen Grüppchen und das summende Geräusch stieg zu den herrlichen Deckengemälden aus dem 18. Jahrhundert herauf. Sie standen da mit erhobenen Köpfen und bewunderten die Malerei, der Sieg des Friedens über den Krieg, und kamen erst wieder zum Fußboden zurück, als sie angerempelt wurden.

Max warf einen kurzen, unauffälligen männlichen Blick in einen Wandspiegel, senkte etwas den Kopf und prüfte, ob man die Stelle zwischen den Haaren sah. Nicht auf den ersten Blick zu bemerken. Er hatte sich ja auch nur an einem Balken gestoßen. Bei der Version würde er bleiben.

Er nahm sie locker und männlich um die Schultern und schob sie ein bisschen in Richtung der Räume, wo sicher irgendwo eine Bar war. Er brauchte aber nicht zu suchen, denn junge Damen kamen mit Tabletts und boten Sekt und alkoholfreien Cocktail an. Sie nahmen beide den Sekt und prosteten sich zu. Da standen sie nun und lächelten etwas befangen und sahen sich verstohlen um.

„Wir bleiben unbedingt auf Tuchfühlung", sagte Elli.

„Ich passe auf dich auf, keine Sorge", meinte Max. Da standen sie nun immer noch und wußten nicht so recht, worüber sie plaudern könnten.

„Lass uns erstmal die Lokalität besichtigen", sagte Max. Sie näherten sich den geöffneten Türen zum Hof und traten hinaus.

„Hier auf dem Hof muss der berühmte Trabi zum Andenken an die DDR-Flüchtlinge stehen", sagte Elli. „Den will ich sehen."

Dort standen schon eine Menge Menschen und umringten die witzige Skulptur aus Bronze. „Quo vadis?" stand daran geschrieben. Die Leute redeten laut und vergnügt und machten kleine Witze.

Der Terrassengarten war geschlossen. „Ich friere", sagte Elli. „Lass uns reingehen."

Sie hatte ein schulterfreies Kleid an, mit Spaghetti-Trägern und einem sehr ansehnlichen Dekolleté.

Max fühlte sich zusehends sicherer. Schön hier. Herrliche Ein- und Ausblicke. Er richtete vorsichtshalber noch einmal seine Krawatte.

Sie gingen wieder hinein. Irgendwo gab es bereits Musik. Im großen Raum des Treppenhauses war am meisten los.

Ein Mensch mit einem Fotoapparat näherte sich ihnen und es blitzte. Dahinter erschien ein rundes Gesicht mit einem lustigen und unverfrorenen Ausdruck darin und rief laut: „Aber gnädige Frau, wir kennen uns doch? Schön Sie hier zu sehen."

Er griff nach ihrer Hand und beförderte sie in seine Nähe und drückte einen Luftkuss darauf.

„Wissen Sie noch? Der Obdachlosenmord in der Altstadt, letzten Dezember? Ich begegnete Ihnen auf der Pressekonferenz."

„Da waren so viele Reporter. Ich kann mich nicht mehr erinnern."

„Das macht ja nichts", meinte er begütigend. „Darf ich mich vorstellen? Rinka, Starreporter der Prager Morgenzeitung." Und er lachte aus vollem Halse und verbeugte sich etwas gegenüber Max. Die Jacke über seinem rundlichen Bauch hing offen herunter. Jemand strich nah an ihm vorbei. Die Brille verrutschte und er rief: „Wo rohe Kräfte sinnlos walten, da kann sich keine Brille halten! Shakespeare, Othello." Er rückte wieder seine Brille zurecht und fragte: „Darf ich mir die Frage erlauben, ob Sie und Ihr Kollege dienstlich oder privat hier sind?"

„Wie sind zum Schutz der Taschendiebe hier eingestellt, Herr…“, parierte Max. Er bewunderte sich selbst.

„Damit die nicht versehentlich niedergeschlagen werden, ha, ha, ha! Was macht Ihre weiße Frau, das Flußgespenst? Schon den Mörder ausgemacht? Wir liegen auf der Lauer, Frau Nemková.“

„Sobald wir etwas wissen, werden wir eine Pressekonferenz einberufen“, sagte die Nemková in höflichem und neutralem Tonfall.

„Können Sie mich nicht zuerst anrufen und mir noch eine kleine Extra-Neuigkeit gönnen? Wir armen Reporter haben ein schweres Brot.“

„Na, wenigstens heute lässt man sie sicher auch ans Büfett“, sagte Max.

„Das werde ich mir auch nicht entgehen lassen. Sehen Sie morgen in die Zeitung, Frau Nemková. Empfehle mich, immer zu ihren Diensten.“ Er verbeugte sich theatralisch und etwas frech und hatte schon sein nächstes Opfer im Visier. Max beobachtete, wie die Dame ihre Stola zurechtrückte, ihr Gesicht in die Nähe des begleitenden Herrn brachte und ein betörendes Lächeln fabrizierte.

„Nicht schlecht“, dachte er. „Wer kann, der kann.“

Ein Page näherte sich Ihnen. „Herr Wenzlav und Frau Nemková?“ fragte er höflich.

„Der Herr Botschafter lässt Ihnen ausrichten, Sie möchten ihn punkt halb zehn in seinem Büro aufsuchen. Bitte pünktlich. Er erwartet Sie. Die Treppe herauf, links, dann zweites Zimmer links.“

„Danke, ja“, sagten beide wie aus einem Munde.

„Wir essen lieber hinterher was“, sagte Elli.

„Hoffentlich haben wir dann noch Hunger und Zeit dazu“, meinte Max skeptisch.

Sie sahen immer wieder auf die Uhr, und drei Minuten vor halb zehn betraten sie die große Treppe und wandelten bewußt langsam hinauf.

„Siehst du den Rinka hier irgendwo lauern?“, fragte sie.

„Einfach nicht umsehen“, meinte Max.

Sie klopften an das Zimmer und warteten. Jemand reif „Herein!“. Der Herr Botschafter war allein und begrüßte sie.

„Entschuldigen Sie, das ich Sie belästige, aber Sie haben sicher schon eine Vermutung gehabt, dass wir etwas von Ihnen wissen wollen. Bitte nehmen Sie Platz. Es dauert nicht lange.“

Sie versanken in einem weichen Sofa.

„Ich möchte ohne Einleitung anfangen. Ihr Chef weiß nichts von diesem Treffen. Sie entschuldigen, dass ich zuerst die ermittelnden Beamten fragen wollte. Wenn Sie wünschen, werde ich nichts darüber sagen.“

„Das kommt drauf an. Ein Reporter hat uns bereits erkannt.“

„Ich nehme an der Herr Rinka. Er heißt bei uns „Shakespeare“, weil er immer alberne Zitate aus der Literatur bei jeder Gelegenheit parat hat und gräßlich verstümmelt. Auch eine Begabung.“ Er lachte.

„Sie können ja sagen, Sie hätten die Einladung von Verwandten oder Freunden geschenkt bekommen. Das kann keiner nachprüfen.

Also, um zum Thema zu kommen: Wir haben vor einigen Tagen eine Nachricht vom deutschen Außenministerium bekommen. Es geht um diesen Tauchlehrer, der bei Ihnen in Untersuchungshaft sitzt. Wird er des Mordes verdächtigt?“

„Soweit sind wir leider noch nicht“, antwortete Max.

„Der Tauchlehrer, sein Name ist mir nicht präsent, gibt nicht nur Kurse und Vorträge in Europa, sondern auch in der Karibik bei einem sehr reichen Amerikaner. Der besitzt eine ganze Insel mit viel Schutzpersonal und allem drum und dran. Ein richtiger Tycoon auf seinem Gebiet. Hat viele Schiffe laufen, große Containerfrachter, eine ganze Flotte. Treibt außerdem regen Handel mit Waffen jeder Art. Mehrere Geheimdienste sind nun schon seit geraumer Zeit hinter ihm her und wollen ihm illegale Geschäfte nachweisen. Ist bisher trotz Satelliten, Kontrollen und so weiter nicht gelungen. Man vermutet ein verzweigtes Netz bis zum Schwarzen Meer.

Also, um auf den Taucher zu kommen. Der deutsche Verfassungsschutz weiß inzwischen, was und worin er ausbildet. Vermutlich passt die Art und Weise, wie er diese Sache mit der Frau im Fluss gedreht hat, zu seinen Lehrmethoden. Das erregte unser Interesse. Wir versuchen natürlich mit Hilfe von Ihnen und dem hiesigen Geheimdienst, an die Sache und die Hintermänner heranzukommen. Drücke ich mich deutlich genug aus?"

„Wir verstehen vollkommen", sagte Elli.

„Und da dachte ich nun an ein kleines Abkommen mit Ihnen. Ich gebe Ihnen die Adresse eines Waffenhändlers in Prag, der verdächtigt wird, in den Schmuggel verwickelt zu sein. Uns sind im Moment noch die Hände gebunden. Wir haben keine konkreten Tatsachen. Es wäre wunderbar, wenn Sie anhand Ihres Falles seine Wohnung untersuchen könnten und uns dann vertraulich ihre Ergebnisse mitteilen würden. Sozusagen als Gegenleistung für unseren Hinweis. Das wäre sicher auch in Ihrem Interesse. Oder liege ich da falsch?"

„Durchaus nicht", sagte Max. „Wir treten im Moment auf der Stelle. Er sah Elli an und sie nickte zustimmend.

„Ich glaube, es ist nichts dabei, wenn wir auf Ihren Vorschlag eingehen, oder?" Er wandte sich wieder zu Elli.

Sie überlegte etwas. „Wir haben aber kein Interesse daran, dass dieser Tausch bei der Presse bekannt wird", sagte sie.

„Um Gottes willen, nein", sagte der Botschafter. „Wir auch nicht. Ich danke Ihnen."

Er kramte in der Innentasche seines Jacketts und holte einen Zettel heraus. Er überreichte ihn und sagte: „Lieber nicht in Ihre Handtasche, Frau Nemková. Vorsicht ist die Mutter… Sie wissen schon. Lieber in ihr Jackett, Herr Wenzlav."

Max nahm den Zettel entgegen und steckte ihn wortlos in seine Innentasche.

„Und nun wünsche ich Ihnen noch einen schönen Abend. Sie sehen bezaubernd aus, Frau Nemková. Tanzen Sie noch ein bisschen."

„Übrigens, Sie haben den Tipp von der Hamburger Polizei. Ich sage denen Bescheid. Die kenne ich schon."

Die beiden standen auf und verabschiedeten sich. Etwas benebelt stiegen sie wieder die Treppe hinunter und ihre Füße bewegten sich automatisch in Richtung Büfett.

Hatten sie einen Hunger. Max hörte seinen Magen knurren.

Er konnte sich nicht erinnern, jemals so schön und erlesen gespeist zu haben. Sie waren in der übermütigsten Laune, als sie ihre Runde zum Klang der Musik auf dem Parkett drehten.

„Ach, ist das ein herrlicher Abend!" Elli war ganz erhitzt vom Tanzen und wollte etwas trinken.

Max sah sich nach den Serviererinnen um. „Sieh mal da!", flüsterte er Elli zu. „Ganz langsam und unauffällig umdrehen! Der Rücken, kennen wir den nicht?"

„Oh Gott, der Chef!"

„Unseres Bleibens ist hier nicht länger mehr!", sagte Max pathetisch. Eine Kellnerin kam vorbei. Er griff ein Glas von ihrem Tablett und reichte es Elli.

„Besauf dich kurz und schnell", sagte er und sauste hinter dem Tablett her und griff sich auch ein Glas. Sie stürzten es herunter und beiden wurde ganz duselig im Kopf.

„So, wir sausen ab, aber plötzlich. Selbst wenn er uns schon gesehen hat, möchte ich nicht gefragt werden, was wir hier machen."

Sie eilten zur Garderobe, nahmen ihre Mäntel und verließen das Gebäude. Max nahm sein Handy und bestellte ein Taxi vor eine benachbarte Botschaft. Alle Botschaften standen hier nah beieinander. Ein olympisches Dorf.

Das Taxi kam, sie setzten sich beide hinein und fuhren erstmal zur Nemková nach Hause. Dann ließ er sich ausnahmsweise auch zu sich nach Hause fahren. An solchen Tagen denkt man nicht ans Portemonnaie.

Er dachte an die Puppe. Wahrscheinlich würde er umfallen, wenn

Elisabetha ihm den Preis sagte. Verdammter Job. Aber manchmal hatte man wirklich Spaß. Wenn man nicht plötzlich von hinten erdolcht wurde.

Also morgen müsste er wieder seinen Bittgang zum Richter machen. Eine Durchsuchungserlaubnis. Oder zuerst bei dem Waffenhändler klingeln? Damit er alles verstecken kann? Lieber gleich volle Pulle. Mit bewaffneten Leuten von der Schutztruppe. Ihm wurde etwas übel. Die Erde hatte ihn wieder…

Hoffentlich nicht die Gegenströmung im großen Meer der tödlichen Gefahren.

25

Am Montag war ein Ruhetag. Er schlief lange und kurierte sich völlig aus. Am Dienstag mittag hatten sie bereits die Durchsuchungserlaubnis. Die deutsche Polizei. Das hatte gewirkt. Die bis in die Zähne bewaffneten Leute waren bestellt. Unauffällig würde das Ganze bestimmt nicht werden.

Er kaufte noch eine Zeitung, hatte aber keine Zeit, die Berichte und Fotos über den großen Ball jetzt schon zu bewundern. Der Chef war benachrichtigt und hatte ihm Hals- und Beinbruch gewünscht. Offensichtlich hatte er sie nicht bemerkt am Sonntag abend.

Max war sehr aufgeregt. Schließlich hatte er so etwas nicht alle Tage. Schutzweste auch für Frau Nemková. Nicht ohne einen Revolver. Puh! Er wußte nicht mal, ob er richtig zielen konnte. Er sollte mal wieder üben.

Sie fuhren vor dem Haus vor. Eine kleine Villa mit Garten in der Vorstadt. Die Leute bezogen ihre Posten rings um das Haus und Elli und Max klingelten. Es meldete sich niemand. Diesmal war kein Schlosser zur Hand. Glatt vergessen.

Fenster einschlagen. Einer von den Leuten machte das für ihn. Er kletterte hinein und sah sich um. Niemand da. Dann versuchte er die Haustür von innen zu öffnen. Abgeschlossen. Er rief zu Elli hinaus, und sie wurde von einem der Vermummten hineingehievt. Sie hatte vergessen, sich eine lange Hose anzuziehen.

Er hoffte sehr, dass sie nicht noch viel wichtigere Dinge vergessen hatten. Sie schlichen herum und probierten diese professionellen Drehungen, die sie gelernt hatten und wahrhaftig nicht sehr oft anzuwenden brauchten. Ein bisschen komisch kamen sie sich schon vor.

„Ich denk, ich träume oder befinde mich in einem Fernsehfilm“, sagte Max.

Nichts. Ein gepflegtes Heim. Aber keine Spur von einer Frau, nicht einmal die berühmten zwei Zahnbürsten.

„Im berühmten Keller liegen die Waffen“, sagte Elli. Sie stiegen die Kellertreppe hinunter. Ein paar Golfschläger, Tennisschläger, Skier.

„Hier müssten doch die zugenagelten Kisten mit Waffen, in Holzwolle gelagert, liegen?“, sagte Elli enttäuscht. Nichts.

„Was machen wir nun? Spurensicherung?“

„Ach was. Wie albern. Er ist doch bekannt. Ein Waffenhändler. Die Eisenindustrie in Böhmen fabriziert seit Jahrhunderten Waffen und hat natürlich ihre Händler. Alles legal.“

Sie setzen sich auf eine Pritsche und dachten nach.

„Ich hab‘s!“, rief Elli. „Die berühmten alten Fotoalben!“

„Prospekte mit Waffen!“, rief Max. Sie machten sich wieder auf die Suche.

„Der Vogel ist ausgeflogen und hat alles Verdächtige mitgenommen.“

„Oder wir haben uns in der Hausnummer geirrt.“

„Der Name stand doch an der Tür, du Dussel.“

„Habe ich in der Aufregung nicht bemerkt.“

Sie gingen wieder nach oben und suchten weiter. Max beugte sich zum Fenster hinaus, gab Entwarnung, bat sie aber, noch zu bleiben, falls jemand auftauchen sollte.

„Das berühmte Buch“, sagte er zu Elli. „Elli, pass mal auf. Ich mache jetzt die Augen zu. Du zählst bis drei und dann nehme ich mit geschlossenen Augen ein Buch heraus. Und Du betest um Hilfe zu dem Heiligen der Polizei.“

„Wer ist das denn? Heiliger Polentius, erhöre uns!“, rief sie laut und zählte: Eins, zwei, drei!

Max griff ins Bücherbord, zwinkerte aber dabei ein wenig und holte ein großformatiges Buch heraus. Ein Lesezeichen ragte etwas heraus, darum war es ihm aufgefallen. Die Landschaften der Karpaten.

„Meinst du, der heilige Polentius hätte uns erhört?"

„Die Wahrheit kommt zu uns auf verschlungenen Pfaden", dichtete Max. „Komm, wir lassen uns Zeit."

Sie setzten sich auf das Sofa und blätterten.

„Vorne anfangen!", rief Elli. „Wenn du schon abergläubisch bist, dann auch richtig!"

Sie gingen es langsam durch.

„Da! Es ist nicht zu glauben!" Er hatte die Stelle, wo das Lesezeichen steckte.

„Was denn? Ich sehe nichts."

„Hier! Hier! Siehst du immer noch nichts?"

Er hielt seinen Finger auf eine Landkarte des Gebirgszuges. Ein Strich mit Kugelschreiber zog sich über die gezeichnete Karte. Sie war einfarbig gezeichnet und ausklappbar. Jedes kleine Nest und einsame Haus war eingezeichnet.

„Was bedeutet das?"

„Das kann nur eines bedeuten. Er hat hier den Weg markiert, der für die geheimen Transporte zum Schwarzen Meer benutzt wird. Hier sieh mal. Der Strich endet am Schwarzen Meer in der Nähe von Konstanza. Eine Hafenstadt."

„Aber da ist doch kein Hafen?"

„Verstehst du nicht? Sie nehmen da irgendwo an der Küste heimlich die Waffen an Bord. Man muss ein Stück durch die Ukraine und dann nach Rumänien rein. Dann per Schiff durch den Bosporus und dann um Griechenland zur jugoslawischen Küste. Sind sicher eine Menge Leute daran beteiligt."

„Das kann ja sein. Aber wir suchen einen Mörder."

„Sicher. Aber wenn wir unseren Mann hier haben und wissen, ob sie Taucher beschäftigen und in welcher Weise, dann haben wir vielleicht auch ein Motiv. Wir müssen die jungen Leute befragen. Dieser billige Dolch ist mir suspekt."

„Das überzeugt mich alles nicht. Sieh mal, hier. Sie können doch hier viel schneller über die Grenze nach Jugoslawien." Sie zeigte auf die Südkarpaten.

„Da liegt Serbien. Die haben genug Beziehungen, um Waffen zu kaufen. Die illegalen Waffen werden an die Guerillas verkauft, vermute ich", antwortete Max.

„Das ist ja ungerecht, wenn man gerade denen den Hahn zudreht!"

„Frau Nemková!" Max drohte scherzhaft mit dem Finger. „Nehmen Sie sich zusammen!"

Sie standen auf, suchten noch ein bisschen hier und da, und als sich nichts mehr tat, gingen sie mit dem Buch unter dem Arm nach draußen.

„Was geschieht jetzt mit dem Fenster?"

„Glaser anrufen. Er kann es ja von außen zupappen."

Max fiel noch etwas ein. Er legte den Durchsuchungsbefehl auf den Tisch und seine Visitenkarte daneben. „Bitte anrufen!", schrieb er daneben.

„Originell. Immer anständig bleiben", sagte Elli trocken.

Als sie wieder im Büro waren und Bericht erstattet hatten, machte Max einige Kopien von den Verhörprotokollen der Tauchlehrers und der Landkarte und bestellte einen neutralen Kurier zur deutschen Botschaft.

An den Botschafter persönlich. Hoffentlich war das geheim genug.

Eine halbe Stunde später schon erhielt er einen Anruf von der Sekretärin, die sich im Namen des Herrn Botschafters bedankte. „Er war restlos begeistert," sagte sie.

Max rief den Küster an und vereinbarte einen Termin für 4 Uhr. Er wollte sich dort mit Elli zusammen erstmal umsehen. Die Spurensicherung hatte er jetzt schon zweimal bemüht, es wurde ihm schon peinlich.

Elli rief den Puppenspieler Martin Hurvek an und bestellte alle drei in ihr Büro. Morgen früh um neun. Der Tauchlehrer musste warten.

Als sie um vier Uhr im Gemeindehaus waren, besichtigten sie die Bühne. Der Küster wartete. Eine kleine Bühne mit alten Holzbohlen als Fußboden und einem sehr bejahrten roten Samtvorhang, den man an den Seiten an langen Schnüren auf- und zuziehen konnte. Max suchte auf dem Fußboden herum. Es müssten doch irgendwo Spuren von Blut oder irgendein Hinweis sein. Nichts.

Er fragte den Küster.

Der Küster sagte: „Sie haben hier von halb drei bis vier Uhr geprobt. Da am Abend eine Veranstaltung sein sollte, habe ich gleich hinterher nachgesehen und aufgeräumt. Ich habe nichts gefunden. Nur die beiden Stühle musste ich wieder nach unten räumen. Keine Flecken auf dem Fußboden."

„Hatten sie eigene Beleuchtung?"

„Sie bringen immer ihre eigenen Sachen mit. Für die Beleuchtungseffekte beim schwarzen Theater braucht man irgendwelche speziellen Sachen. Wie das funktioniert, weiß ich gar nicht. Das machte der Johannes, der sich auch alles ausdenkt. Hoffnungsvolles Talent."

„Haben Sie mal zugesehen?"

„Oh ja, wenn auch nur kurz. Der Martin hatte seine Marionetten und stand im Dunkeln, so dass man ihn nicht sehen konnte. Andrea und Vicky spielten, Vicky machte auch die Musik. Gitarre, manchmal Flöte. Und der Johannes konnte auch Pantomime und alle möglichen Tricks, bei denen man nur Teile von ihm sah. Sehr unterhaltsam. Für die Karwoche hatten sie eine Art modernes Passionspiel eingeübt, das wollten sie am Karfreitag oben im Strahow-Stift und in irgendeiner Kirche vorspielen. Nicht bei uns."

„Wissen Sie, was Vicky darstellen sollte?", fragte Elli.

„Ich glaube so eine Art Engel aus der Unterwelt. Feuerengel, keine Ahnung. Ich bin ja kein Pfarrer."

„Warten Sie noch einen Augenblick. Wir sind gleich fertig", sagte Max.

Sie gingen in die beiden Abstellräume zu beiden Seiten der Bühne und sahen sich die Requisiten an, die dort herumstanden. Notenständer, eine Art Garderobenständer mit einer Querstange ohne Kleiderbügel, über das man ein Tuch hängen konnte. Einige alte Stühle und ein kleiner Tisch. Krims-Krams. In der Ecke stand etwas mit einem alten Tuch darüber. Max nahm das Tuch weg.

„Was haben wir denn da!“, rief er. Eine Gitarre. Er nahm sie und brachte sie auf die Bühne und hielt sie hoch.

„Ist das die Gitarre von Vicky?“

„Das kann schon sein. Das weiß ich nicht. Sie hatte die Gitarre in einer Hülle, wenn sie kam.“

Sie suchten noch etwas nach der Hülle, aber vergeblich. Auch die Handtasche war nicht zu finden.

Sie verabschiedeten sich, Max mit der Gitarre unter dem Arm und gingen zum Auto.

„Wenn der Täter heimlich hier hereingekommen ist, muss er ganz in der Nähe der Tür oder einer Hintertür geparkt haben, denn er hat ja die Frau mitgenommen.“

„Das wissen wir noch nicht. Es können ja auch die drei gewesen sein. Aber wenn man ihren Dolch benutzt hat, hatten sie sicher Angst.“

„Wir müssen eben die Wahrheit erfahren. Die Gitarre haben auf jeden Fall die drei versteckt.“

„Und das Band abgemacht.“

Max legte die Gitarre auf den Rücksitz und sagte: „Wart hier einen Moment. Ich gehe noch mal um das Haus.“

Er suchte nach einem Notausgang. Es gab einen auf der linken Seite des Gemeindesaals. Sah nicht so aus, als ob er jedesmal aufgeschlossen wurde, wenn hier was los war. Davor war nur ein Gartenweg. Keine Möglichkeit zum Parken. Ein Profi hätte sich nur in der Requisitenkammer verstecken können. Unwahrscheinlich. Es sah schlecht aus für die drei. Gemeinschaftsarbeit? Dazu passten wieder die Tulpen und das Gitarrenband nicht. Wer macht denn so etwas, wenn man aufeinander angewiesen ist?

Sie sollten auch fragen, ob die Veranstaltungen in der Karwoche mit einem anderen Gitarristen gelaufen waren.

Er ging zum Auto zurück und sie fuhren wieder in ihr Büro.

„Ich setze dich ab und fahre weiter. Ich gehe mal in ein Waffengeschäft und schau mir an, was die so haben", sagte Max.

„Ich bereite die Fragen für das Verhör morgen früh vor", antwortete Elli.

Er betrat das Waffengeschäft, das einzige, an das er sich hatte erinnern können.

„Ich weiß als Polizist viel zu wenig über diese Branche", dachte er. „Soll ich ihm meinen Ausweis hinhalten?"

Er beschloss, darauf zu verzichten.

Er fragte, ob er sich Prospekte oder Zeitschriften ansehen dürfte, nachdem er sich ein bisschen umgeschaut hatte.

„Jagdwaffen, Polizeiwaffen, Sportwaffen? Maschinengewehre führen wir hier nicht", sagte der Verkäufer. Das sollte wohl ein Witz sein.

„Alles, was Sie so haben", sagte Max. Der Verkäufer sagte nichts, guckte nur ein bisschen komisch.

Er legte ihm einen Stapel Prospekte auf einen kleinen Tisch und sagte höflich:

„Bitte setzen Sie sich doch. Nehmen Sie sich Zeit."

Die nahm er sich, griff nach dem ersten Prospekt und lehnte sich im Sessel zurück.

Unglaublich, was es da alles gab! Deutsche Fabrikate, tschechische, amerikanische, englische. Und teuer! Könnte er alles gar nicht bezahlen.

Und die Aufmachung! Kleine Pistolen mit einem weißen Handschuh und einem Fächer als dekorative Aufbereitung. Wohl für die Damen mit kleiner Handtasche. – Er hatte einmal einen jungen Mann gekannt, der sich mit weißen Handschuhen erschossen hatte. Feiner Tod. Und so vornehm. – Revolver mit einem Wildwest-Hut, um das passende Ambiente anzuzeigen. Ein großer Revolver hatte eine rote

Rose im Lauf, wohl um als Phallus-Symbol durchzugehen. Mit allen Daten darunter. Und dem Preis.

Er griff nach einem anderen Prospekt. Ein dicker. Jagdgewehre, Messer jeder Sorte, Schrotflinten, Zubehör. Alles, was das Herz begehrt. Mit der Beilage von feschen Jägerhüten mit Gamsbart, Pfeifen, Hornknöpfen, toten Hasen, Rebhühnern, Enten, je nach Eignung der Waffe. Ein Gewehr und ein Hirschfänger hingen in einem Hirschgeweih. Oh Waidmannslust und Waidmannsglück!

Er blätterte einige Zeit und merkte, dass er sich verzettelte. Was suchte er eigentlich? Er wusste es nicht.

Er griff einen anderen Prospekt. Der Verkäufer war mit einem Kunden beschäftigt. Waffen für den Gebrauch unter Wasser. Beziehungsweise vom Wasser ins Wasser. Harpunen, Wurfleinen, so etwas wie Speere, Betäubungspistolen, alles mögliche, was er nicht kannte. Auf einer ganzen Seite wurde die letzte Neuigkeit angepriesen. Eine Laserpistole. Für Polizei, Küstenschutz und Sporttaucher mit Diplom, stand darunter. Man brauchte nicht nur einen Waffenschein, sondern auch eine Lizenz. „Sie können ohne ein Geräusch einen angreifenden Hai in Sekundenschnelle abschießen. Kein Blut", stand darunter. Der Preis war astronomisch. Er sah auf, ob der Verkäufer ihn im Auge hatte. Er war beschäftigt. Dann hüstelte er und riss währenddessen blitzschnell die Seite heraus und steckte sie in seine Jackentasche.

Er stand auf, bedankte sich bei dem Verkäufer und ging. Woher dieses vage Gefühl kam, dass er auf einer Spur war, wusste er nicht. Aber vielleicht war es ja auch nur die Verbindung in ihm – die Verbindung von Fluss und Meer, die er von Güldenstern hatte, und die Verbindung der großen Politik mit ihrem kleinen Leben in der Großstadt.

Es war bereits sechs Uhr. Er beschloss, etwas Kleines zu essen und dann nach Hause zu gehen.

26

Mittwoch, ein sonniger, schon warmer Apriltag in Hamburg. Der 26., drei Tage nach Ostern.

Tidi war bei ihrer Busenfreundin Marianne zum Geburtstag eingeladen. Marianne wohnte im Süden von Hamburg in der Nordheide. Auch einige Schwestern aus der Bruderschaft mit ihren Männern, falls sie am Alltag nicht bei der Arbeit waren, würden da sein. Und einige Freunde und Bekannte aus Mariannes Nachbarschaft wären schon am Nachmittag da, die ganze große Familie wohl auch. Wenn sie kleine Kinder hatten, am Nachmittag, die anderen Abends.

Tidi kannte das schon. Es war ein Kommen und Gehen seit dem Vormittag. Sie war schon lange mit Marianne befreundet und stand mit fast allen ihren Geburtstagsbesuchern auf Du, weil sie sich seit dreißig Jahren zu jeder Feier und jedem Geburtstag bei ihr und ihrem Mann trafen. Auf der Terrasse oder in ihren gemütlichen Wohnräumen. Wenn gutes Wetter war, tollten die Kinder mit ihren Vätern auf der großen Wiese vor der Terrasse herum, die Mütter saßen gemütlich in ihren Gartenstühlen und plauderten und ratschten. Manchmal spielte jemand ein bisschen auf dem großen Flügel, im Winter wurde auch gemeinsam gesungen oder irgendwas Lustiges vorgespielt.

Der Garten würde schon in manchen Ecken blühen, besonders die Azaleen waren um diese Zeit herrlich anzusehen.

Tidi ging diesmal allein hin, weil ein Wochentag war und Manfred arbeiten musste. Es saßen schon einige Gäste vergnügt lachend auf der Terrasse als sie kam, und tranken Kaffee. Schade, dass Manfred nicht dabei war. Nur die runden Geburtstagsfeiern feierten sie an den

Wochenenden, dazu wurde dann mehr Aufwand getrieben. Tidi setzte sich nach der allgemeinen Begrüßung neben Margarethe, genannt Greta.

Greta war alt geworden. Sie musste schon fast achtzig sein, Tidi wusste es nicht genau. Ihr Mann war gerade gestorben, er war immerhin fünfundachtzig geworden und hatte ein reiches Leben hinter sich. Seit einigen Jahren wohnten sie in der Nachbarschaft von Marianne und hatten ein friedliches Leben.

Greta und Tidi hatten schon oft zusammen auf dieser Terrasse gesessen und sich gegenseitig aus ihrem Leben erzählt. Sie mochten sich und vertrauten sich, aber sie hatten keine so persönliche Beziehung, dass Tidi und Manfred zu der Beerdigung ihres Mannes gegangen wären. Es gab auch so schon genug Beerdigungen für Tidi, sie hatte eine riesige Verwandtschaft.

Sie sprach Greta ihr Beileid aus und fragte sie, wie sie das doch einsamer gewordene Leben bewältige.

„Ach, Tidilein, es geht so. Ich bin auch nicht mehr so gesund. Der Arzt hat gestern gerade festgestellt, dass ich Krebs habe."

Tränen erschienen in ihren Augen. „Ich mach's wohl auch nicht mehr lange. Aber ich genieß es, wenn ich hier noch auf der Terrasse sitzen und den Kindern zusehen kann. Sie werden es alle gut machen." Und sie zeigte auf die Kinder und erzählte, was sie für Eigenheiten hatten und wer ihnen Sorgen machte.

„Die Kinder sind meine ganze Freude." Tidi hatte gehört, dass sie oder ihr Mann auch ein Kind hatte, kannte es aber nicht. Von Enkeln hatte sie noch nichts gehört. Sie wohnten wohl weit weg. Sie konnte ihrem Alter nach ja auch schon Urenkel haben.

„Mein Vater hatte auch Krebs, als er achtzig war", sagte Tidi. „Aber er ist jetzt 95 Jahre alt und lebt noch ganz gut. Meine Mutter sagte, der Arzt hätte gemeint, im Alter würde sich Krebs manchmal sehr langsam entwickeln. Vielleicht schaffst du es auch noch ein bisschen länger, wenn du Freude am Leben hast."

„Jetzt weiß ich noch nicht mal, ob ich das will, noch so lange leben."

Sie schwiegen beide.

„Du bist in Tschechien aufgewachsen, nicht, Greta?"

„Ja, ich habe dir mal davon erzählt. Mehr im Süden, nahe der österreichischen Grenze auf dem Dorfe. Ich hatte viel zu leiden, weil wir Deutsche waren. Die Kinder aus der Schule haben uns immer verhauen. Daran habe ich keine schönen Erinnerungen. Aber die Zeit an der Oper in Prag ist wunderbar gewesen."

Greta war Opersängerin gewesen, und Tidi erinnerte sich dunkel, dass sie in Prag ihren Mann kennengelernt hatte, einen Norddeutschen. Er war später Opernintendant gewesen. Aber Tidi und Manfred begegneten Greta und ihrem Mann erst, als sie hierher zogen.

„Das war in den Dreißiger Jahren. Damals hatte die Prager Oper eine glanzvolle Zeit. Ich war noch jung und hatte immerhin schon gute Nebenrollen."

„Warst du ein Sopran?"

„Mezzosopran. Ach, und das Gesellschaftsleben! Dort habe ich meinen Mann kennengelernt. Er war anfangs noch mit der Primadonna liiert, und ich war in ihn verliebt und sehr, sehr eifersüchtig."

Tidi musste lachen. „Aber du hast ihn ja schließlich gekriegt."

Greta lachte und ihr Gesicht wurde heiterer.

„Die Malenka war eine wunderschöne Frau. Alle lagen ihr zu Füßen. Ich war nicht so hübsch, mehr so ein energischer Lehrerinnentyp, wie mein Mann sich ausdrückte. Oh, an der Oper blüht die Eifersucht, nicht nur wegen der Schönheit, sondern auch wegen der Rollen, der Stimmen und wegen der vielen Affären."

Sie lachte wieder.

„Aber die Malenka hat es böse erwischt, und das tat mir doch sehr leid. Als die Nazis das Land besetzten und der Krieg kam, war alles vorbei. Die Malenka war auf allen großen gesellschaftlichen Ereignissen dabei, das brachte ihre Berühmtheit so mit sich. Natürlich scharwenzelten die Nazigrößen um sie herum, das wurde ihr verübelt. Irgendjemand hat ihr Säure ins Gesicht gekippt, und da war auch schon deshalb ihre Karriere zu Ende."

„Wie schrecklich", sagte Tidi. „Weiß man denn, was aus ihr geworden ist?"

„Sie hat sich völlig aus dem Theaterleben zurückgezogen. Ich weiß es nicht. Mein Mann wurde eingezogen. Wir haben am Ende des Krieges geheiratet. Er hat nie mehr davon gesprochen."

Andere Gäste kamen und begrüßten die Runde, man stand auf und ging ein wenig im Garten spazieren. Tidi sprach noch mit diesem und jenem, spielte ein wenig Boule mit den Kindern auf dem Rasen, und gegen sieben Uhr, als die Abendbesucher anrückten, verabschiedete sie sich. Großes Herzen und Küsschen, ein kleiner Zweig einer blühenden Azalee für Manfred, und Tidi war wieder auf dem Weg nach Hause.

27

Am gleichen Mittwoch standen in Prag um neun Uhr morgens die drei jungen Leute in einem leeren Raum neben den Büros der Kriminalpolizei, wo Max und Elli arbeiteten, und setzten sich auf die drei Stühle an den leeren Tisch, wo die Beiden bereits warteten und sich etwas vorbereitet hatten.

„Wir waren gestern im Gemeindehaus und haben Ihren Probenort besichtigt", begann Max.

Die drei schwiegen.

„Erste Frage: War Vicky bei Ihrer Probe dabei?"

Nach einigem Schweigen sagte das Mädchen, die Schauspielerin: „Ja".

„Sie haben ein Passionspiel in Kostümen eingeübt. Mit Marionette, schwarzem Theater und Gitarrenmusik."

Max wandte sich an den Dramaturgen.

„Ja."

„Vicky hat Gitarre gespielt und auch eine Rolle gehabt."

„Ja."

„Sie müssen die Wahrheit sagen, es hilft nichts. Wann war Vicky tot?"

„Um vier Uhr", sagte der Puppenspieler tonlos.

„Und wie?"

„Sie hatte ein kleines Loch im Rücken."

„Wie das?"

Schweigen.

„Wir werden jetzt einzeln mit Ihnen sprechen", sagte Max. „Frau

Nemková holt einen Beamten." Elli stand auf und verließ das Zimmer. Ein Beamter kam herein und Max übergab ihm den Puppenspieler Martin.

Sie selbst ging mit der Schauspielerin hinaus. Sie war höchstens etwas über zwanzig Jahre alt.

Max sah auf seinen Zettel.

„Herr Sotka, Ihre Personalien und so weiter möchte ich uns jetzt ersparen, obgleich das vielleicht nicht ganz korrekt ist, aber ich finde es besser, wenn sie erstmal von sich erzählen. Ich habe Zeit. Was haben Sie gelernt? Fangen wir da an."

Sotka begann stockend zu erzählen. Er lernte noch. Theater und Dramaturgie, musste aber seinen Unterhalt nebenbei selbst verdienen. Als er bis zu dem Nachmittag in der Karwoche gekommen war, entschloss er sich.

„Mein Professor hat mir gesagt, dass die Zukunft bei Film und Fernsehen liegt. Die Leute wollen Action und Drama mit Leichen und viel Schießereien. Sie wissen schon. Man müsste sich mit neuen Techniken vertraut machen. Es gibt viel zu viel Kleinkunst in Prag. Wenn man es zu was bringen will, muss man wissen wovon man redet. Da kam mir die Idee, einen Tauchkurs zu machen. Sport und eine ganz andere Welt. Ich hoffte, das würde mich inspirieren."

„Und das hat es wohl auch."

„Ich konnte bei Herrn Waszek das Tauchen lernen, aber hier im Fluss ist es natürlich längst nicht so schön wie im Meer. Es gibt tolle Filme darüber."

„Ja, die sehe ich auch sehr gern."

„Ich habe mich mit Herrn Waszek angefreundet. Aber nicht enger als Lehrer und Schüler. Ich möchte mal im Meer tauchen, wo es etwas zu sehen gibt. In der Karibik oder sonstwo. Sardinien, wäre ein Traum. Die große Freiheit und ein Abenteuer. Aber ich habe noch nicht genug Geld."

Max wartete.

„Mitte März musste Herr Waszek wieder auf eine Vortragsreise und zu einem Kurs in die Karibik, und von so einer Reise hat er eine Unterwasserkanone mitgebracht. Die sollte er hier einem Waffenhändler zur Ansicht mitbringen. Er sagte, der Auftraggeber in Amerika hoffte, für so etwas hier einen Markt zu finden. Die Waffe hat er ganz legal über die Grenze gekriegt. Mit Passierschein, also mit Amt und Siegel. In einem Koffer. Den Koffer hatte er dann in seinem anderen Koffer, hat er mir erzählt. Also der Händler war auf Reisen, wie es Händler so an sich haben. Und als er wieder mal im März in die Karibik musste, hat er mir das Ding gegeben zur Aufbewahrung. Im Kasten natürlich. Er sagte, er hätte ein kleines Kind und wolle so etwas nicht in seiner Wohnung herumliegen haben. Auch nicht im Clubhaus. Wäre ein Höllengerät. Er vertraue mir. Ich solle es hinter meinen Socken verstecken und ihm wiedergeben, wenn er zurückkommt."

„Wann genau kam er zurück?"

„Nach dem Tag, an dem ich das Ding mit ins Gemeindehaus genommen habe. Ich hätte es am Sonntag wieder abgegeben."

„Hat er sich am Sonntag bei Ihnen gemeldet?"

„Wahrscheinlich, aber ich habe das Telefon nicht abgehoben. Und dann musste er ja am Montag wieder weg nach Hamburg."

„War der Kasten abgeschlossen?"

„Ja, aber die Schlüssel hingen dran, es war ja noch nie benutzt worden."

„Das war leichtsinnig von ihm."

Johannes Sotka schwieg verlegen.

„Und wie geht es weiter?"

„Ich habe den dreien davon erzählt. Sie wollten das Ding mal sehen und ich habe versprochen, es zur Probe mitzubringen. Vicky hatte kein Interesse, sie hat Angst vor Waffen. Aber ich hielt es für ungefährlich, weil ja auch die Patronen nicht im Kasten waren."

„Sie haben sich also das Ding vorher angesehen und davon geschwärmt."

„Geschwärmt nicht gerade. Aber ich weiß, dass solche Dinger ein Vermögen kosten. Wie die funktionieren, wußte ich aber nicht."

„Ich kenne mich mit solchen Waffen auch nicht aus, aber wenn es eine Laserwaffe ist, wird das leere Fach im Kasten für Batterien sein, vermute ich. Batterien für die Elektronik. Laser haben sicher keine Patronen. Aber ich kenne diese Waffen auch noch nicht."

„Wie gesagt, ich habe keine Ahnung. Jedenfalls habe ich die Kanone mitgenommen, im schwarzen Kasten, aufgeschlossen, es war in einer Pause, und den anderen gezeigt.

Martin hat sie vorsichtig rausgenommen und ein bisschen daran herumgefummelt."

„Hat da nicht irgendein rotes Licht geleuchtet, zum Zeichen, dass das Ding angeschaltet war?"

„Das konnte ich nicht sehen, weil es Martin in der Hand hatte. Und dann wollte es ihm Mona aus der Hand nehmen und hat gerufen: ‚Laß mich auch mal.'

Martin hat sich gedreht, um es noch ein bisschen anzusehen und weiter auf den Knöpfen oder dem Knopf gefummelt. Ich wußte nicht mal, ob da mehrere Knöpfe drauf waren."

„Gab es eine Betriebsanleitung?"

„Ja, die liegt im Koffer. Habe ich aber nicht gelesen."

„Offensichtlich hat Herr Waszek vergessen, die Batterien wieder aus der Waffe zu nehmen."

„Weiß ich nicht. Da sehen mal lieber Sie nach. Sie können das Ding haben."

„Und dann?"

„Wir haben das Ding in den Koffer gelegt und wieder zu gemacht. Und als wir weiter machen wollten, rührte sich Vicky nicht mehr. Sie hatte auf ihrem Stuhl gesessen und auf der Gitarre geklimpert."

„Und sie hatte ein kleines Loch im Rücken."

„Ich kann es nicht beschreiben, was dann war. Wir konnten es nicht verstehen. Kein Blut, nichts. Wir haben noch nach anderen Löchern gesucht, aber nichts gefunden. Wir haben sie zu zweit unter die Arme genommen und zum Auto getragen und hinten rein gesetzt."

„Warum haben Sie die Gitarre dagelassen und nur das Band mitgenommen?"

„Wir dachten, wenn sie da bleibt, könnte es irgendeine Gitarre sein. Das Band hat Mona als Erinnerung mitgenommen. Außerdem hätte es verraten, wem die Gitarre gehört."

„Aber Sie waren sich doch im Klaren, dass das irgendwann rauskommen musste?"

„Vielleicht. Aber wir wollten ja nicht die Kirche da mit reinziehen. Außerdem hatte der Taucher ja auch schuld. Sollte er sehen, wo er mit ihr bleibt."

„Verführte Minderjährige sind Sie aber nicht. Wer von Ihnen ist der Jüngste?"

„Ich glaube, Mona. Ich bin dreiundzwanzig."

„Herr Sotka, ich glaube Ihnen, dass es ein Unfall war. Aber es war ein großes Unrecht, die Sache ihrem Tauchlehrer in die Schuhe zu schieben."

„Wir glaubten nicht, dass man ihn so schnell finden würde. Ich wusste ja, dass er am Sonnabend kommt und zuerst zu seinem Clubhaus gehen würde."

„Aber er hatte keine Möglichkeit, die Zusammenhänge zu erkennen, da sie Vicky nachträglich noch ein Messer in den Rücken geschoben haben."

„Martin und ich hatten die Idee, als wir im Auto saßen. Wir wollten natürlich nicht, dass Waszek gleich auf uns kommt. Er sagte, er hätte zu Hause noch ein Messer aus Pfadfinderzeiten. Er war in der kirchlichen Jugendgruppe gewesen. Damit hat er Zweige geschnitzt und so."

„Dann haben Sie ihr das Messer nachträglich in den Rücken geschoben bis zum Schaft und sie über den Zaun vom Clubhaus getragen und dort abgelegt."

„Wir haben mit dem Auto irgendwo gestanden, bis es dunkel war. Dann hat Martin sein Messer geholt. Dann hat er sie auf den Arm genommen und über den Zaun getragen. Er ist ja fast 1.90 groß. Dann haben wir ein Gebet gesprochen und sind nach Hause gefahren. Uns war hundeelend, das kann ich Ihnen sagen. —— Und, wissen Sie, wenn wir das mit dem Loch so gelassen hätten, wäre der Tauchlehrer auch nicht besser dran. Er hat mir ja die Waffe gegeben."

„Sie sind kein Kind mehr, Herr Sotka."

„Wir waren feige."

„So ist es. Warum haben Sie sich nicht um das Kind gekümmert?"

„Es war verschwunden. Mona hat geklingelt. Es war keiner da."

„Stimmt, sie ist jetzt im Heim. – Herr Sotka, sie müssen in Haft bleiben, bis wir die Sache mit dem Herrn Waszek und dem Staatsanwalt geklärt haben. Für Sie und ihre Kollegen bleibt noch Einiges übrig."

„Werde ich an der Schule bleiben können?"

„Ich hoffe es. Wissen Sie, die Presse lauert auf die Aufklärung des Falles. Studieren sie woanders weiter. Die Welt ist groß."

„Muss ich ins Gefängnis?"

„Wahrscheinlich, aber ich weiß es nicht."

Max ging zur Tür und rief einen Beamten.

„Wir sehen uns morgen sicher noch einmal. Bleiben Sie ruhig, so weit das geht, Herr Sotka."

Er wollte jetzt erst mal mit Elli sprechen und dann entscheiden, ob sie heute noch mit dem Puppenspieler sprechen wollten. Eigentlich konnte das bis morgen warten. Er sollte auch erstmal hier bleiben.

28

Es war Donnerstag morgen. Sie hatten bereits mit dem Puppenspieler gesprochen und es gab weiter nichts Neues. Er hatte genau so schlicht und einfach die Wahrheit gesagt wie die anderen beiden. Sie hatten weder vor noch nach dem Unfall viel über Strafe oder ähnliches nachgedacht. Max hatte es sich und ihnen erspart, sie auf ihre individuelle Verantwortung hinzuweisen. Ob das ein Fehler war, wusste er nicht. Die innere und äußere Freiheit war ein Thema, an das sich alle gewöhnen mussten. Sie alle mussten lernen, damit umzugehen. Er wollte selbst darüber nachdenken.

Die Presse war informiert worden, ohne dass man viel Einzelheiten preisgegeben hätte.

Der Fall konnte als gelöst betrachtet werden. Der Chef hatte ihm gratuliert und ihm einen Zeitungsausschnitt vom Ball in der Botschaft überreicht, auf dem sie zu sehen waren.

„Ich wusste ja, dass Sie auch da sein würden und habe nach Ihnen Ausschau gehalten. Aber Sie waren nirgendwo zu finden. Aber hier ist der Beweis. Haben Sie sich denn gut amüsiert?"

„Wunderbar!", rief Elli Nemkova. „Wir haben den ganzen Abend getanzt!"

„Soso, das freut mich für Sie", schmunzelte der Chef und sagte: „Morgen kriegen Sie Ihren nächsten Fall. Sie werden das sicher auch ohne Beule hinkriegen, hoffe ich."

Max schwieg lieber. Er hatte nicht mitgekriegt, ob seine Geschichte auf dem Friedhof die Runde machte und wie. Das wollte er sich auch lieber ersparen.

Es hatte keinen richtigen Mörder gegeben, und doch gab es eine Reihe Opfer. Den Tauchlehrer zum Beispiel. Was hatte er zu erwarten? Irreführung der Polizei, grober Unfug, Verschleierung einer Straftat? Für die Paragraphen fühlte er sich nicht zuständig.

War er in Waffengeschichten verwickelt? Max glaubte es nicht.

Er wollte jetzt lieber für sich selbst sorgen. Während der Mittagspause sagte er zu Elli:

„Ich finde, wir beide sollten diesen Fall mit einem schönen Essen abschließen und ein bisschen unseren Erfolg feiern. Ich lade dich am Sonnabend ein. Mittags oder Abends, hast du Lust?"

„Oh ja, natürlich habe ich Lust. Aber diesmal bezahle ich. Du hast schon das Frühstück bezahlt."

„Kommt gar nicht in Frage. Ich habe nämlich eine kleine Gehaltserhöhung gekriegt."

„Und ich? Mich haben sie wohl vergessen?" Elli war entrüstet.

„Beschwer dich doch einfach. Schließlich haben wir beide den Erfolg gehabt."

„Ich trau mich eigentlich nicht."

„Warte noch einige Tage, vielleicht kriegst du noch Post. – Also, ich hole dich am Sonnabend um acht Uhr abends von zu Hause ab."

„Wie soll ich mich anziehen?"

Max lachte. „Wir sind schon beinah wie ein altes Ehepaar. Also nicht zu fein und nicht in Jeans."

Und damit gingen sie wieder an die Arbeit.

Max machte nach Feierabend noch einen kleinen Umweg und besuchte Jonas Güldenstern. Er war noch der alte, auch Vasco da Gama erkannte ihn und bellte freudig.

Er saß wieder in seinem Wohnzimmer und erzählte ihm von dem Theatergrüppchen und der kleinen Anna.

Erstaunlicherweise tat Güldenstern der Tauchlehrer am meisten leid.

„Sicher hat er sich in seiner Ausbildung und in seinen Vorträgen hauptsächlich mit der Bergung von Gegenständen, Tieren und auch Menschen beschäftigt. Sehen Sie, jeder Beruf hat sein Wissen und seine Kunst, von der die anderen wenig wissen. Und besonders in diesem Bereich kommt man mit der Unterwelt jeder Art in Berührung. Es ist sicher schwer, sich davon ganz frei zu halten. Worein man sich begibt und aufhält, darin kann man auch umkommen. Ich fürchte, er hat keinen Helfer, der ihm die Haifische vom Leibe hält. Und er hat seine Familie zu ernähren."

„Ich weiß nicht, wie man ihm helfen könnte", sagte Max.

„Ich leider auch nicht", sagte Güldenstein betrübt.

„Etwas anderes, Professor," begann Max. „Ich habe für die kleine Anna eine besonders schöne Puppe gekauft, die noch im Gepäckraum meines Autos liegt. Ich werde das Mädchen nicht mehr besuchen können. Da habe ich mir überlegt, ob Sie es nicht bewerkstelligen könnten, die Kleine zu besuchen und ihr mit einem Gruß von mir die Puppe zu überreichen."

„Mmmh", machte Güldenstern. „Wie sollte ich das anstellen?"

„Ich möchte sie lieber nicht dem Vater geben, ich weiß nicht, was er dann denkt. Könnte man nicht sagen, Sie wären ein guter alter Bekannter der Mutter und wollten nur das Geschenk abgeben?"

„Wahrheit währt am längsten, mein lieber junger Freund. Besser ist es, nichts zu verschleiern."

„Sie haben recht. Man könnte auch die Frau Oberin bitten, einen kurzen Besuch zu erlauben, damit Sie das Geschenk von mir loswerden können."

„Vielleicht ist sie kein Unmensch. Sie freut sich sicher mit Anna, dass sie jetzt ihren Papa wieder hat und bald ein zu Hause bekommt."

Güldenstern stand auf und wanderte gedankenverloren im Raum herum. Dann gab er sich einen Ruck.

„Lieber Herr Wenzlav, ich werde das deichseln. Ganz mutig. Schließlich sollten wir Alten ja ein Vorbild abgeben. Ist ja nun wirklich eine harmlose Sache. Vasco wird mich unterstützen, nicht, Alter?"

Vasco bellte erwartungsvoll.

„Geben Sie mir die Telefonnummer und Adresse von dem Heim. Sie brauchen sich nicht mehr darum zu kümmern. Rufen Sie mich am Montag wieder an."

Max erhob sich und bedankte sich voller Freude.

„Ich möchte Sie gern noch mal gelegentlich besuchen", sagte er.

„Sie sind immer willkommen. Ja, wir würden uns freuen, nicht Vasco?"

Vasco schüttelte erfreut den Kopf.

Nachdem Max wieder in seinem Auto saß, überlegte er. Er wollte alles auch menschlich so abschließen, dass er und alle Beteiligten zufrieden waren. Sollte er den Vater davon unterrichten? Und hatte er ihm sonst noch was zu sagen? Den Fund bei dem Waffenhändler? Nein. Er dachte nach.

Dann fiel es ihm ein. Die Gitarre. Die Handtasche. Die Handtasche müsste bei einem der jungen Leute sein. Sie brauchten sie, besonders der Vater, wenn er die Wohnung auflösen musste. Und um die Sache mit dem Grabstein zu regeln. Und so weiter.

Erst musste er die Tasche haben, dann musste er sich mit dem Vater unterhalten.

Also das für den Nachmittag.

Was noch?

Der Priester fiel ihm ein. Wenn er die Sache mit dem Vater geregelt hatte, würde er mit dem Priester sprechen und ihn informieren.

Als er gegen Abend alles erledigt hatte, die Handtasche hatte abholen lassen, die Papiere der Toten kopiert, das Gitarrenband dazu gelegt hatte, holte er die Gitarre und betrachtete sie. Sie hatte am Bund zwischen den Saiten zwei Löcher, die ganz durch das Holz gingen.

„Habe ich in der Eile gar nicht bemerkt", dachte er. „Es gibt so viele Spuren, und nur einige kann man verfolgen. Wir haben Glück gehabt. – Irgendwann werde ich zum Grab gehen mit einem frischen Blumenstrauß. Keine Tulpen."

Und er überlegte, was es wohl im Sommer für Blumen gab. Wie es wohl der kleinen Anna ging. Er hätte gern noch mal mit ihr gespielt. Aber das ging ja wohl nicht. Schade.

Vielleicht hatte sie ja auch noch Großeltern? Hatte er noch gar nicht dran gedacht. Einen lieben Großvater, der mit ihr herumtollt und eine Großmutter, die sie besuchen kann? Wie Güldenstern wohl klar kam? Ob sie Angst vor großen Hunden hatte?

Da fielen ihm die Bartels aus Hamburg ein. Er erinnerte sich undeutlich, dass er versprochen hatte, Nachricht zu geben, wenn der Fall gelöst ist. Schließlich hatten sie es ja ihrem Hinweis zu verdanken, dass der Fall so leicht gelöst wurde.

Er sah aus dem Fenster und dachte nach. Es regnete. Vielleicht regnete es in Hamburg auch. Wenn man das Telefon nahm oder das Flugzeug, und die Wartezeit abrechnete, war es nur ein Katzensprung entfernt.

Vielleicht sollte er den Anruf mit einem Gespräch mit dem Hamburger Beamten verbinden, der ihm mit dem Tauchlehrer geholfen hatte. Genauso.

Er würde sich bei ihm bedanken und sich weiter gute Zusammenarbeit wünschen. Das wäre doch ein Geste.

Er ging zum Telefon und kramte die Nummer heraus.

„Herr Inspektor Wolfram, bitte."

Martin Wolfram meldete sich.

„Herr Wolfram, ich rufe wegen dem Mordfall in der Moldau an. Sie erinnern sich vielleicht. Sie haben den Tauchlehrer festnehmen lassen."

„Ja, wie ist es denn gelaufen?"

„Wir haben die Täter gefasst. Es war ein Unfall." Max erzählte.

„Ich gratuliere Ihnen. Sie werden wahrscheinlich noch eine Anfrage bekommen, weil unser Verfassungsschutz noch einige Dinge von diesem Herrn wissen möchte. Er ist als Zeuge gefragt. Aber damit werden Sie persönlich wohl nichts mehr zu tun haben."

„Das glaube ich auch. Nein. Ich habe bereits meinen nächsten Fall."

„Man muss aufpassen, dass man nicht trübsinnig wird. Hier regnet es unaufhörlich."

„Hier ist auch schlechtes Wetter. – Herr Wolfram, würde es Ihnen etwas ausmachen, wenn Sie das Ehepaar Bartels anrufen und Ihnen mitteilen, dass der Fall abgeschlossen ist? Ich hatte versprochen, ihnen Nachricht zu geben. Und können Sie sich in meinem Namen bedanken?"

„Ich kenne die Bartels schon von einem früheren Fall," sagte Herr Wolfram. „Es wird mir nicht schwerfallen."

Das wäre also auch erledigt. Jetzt fiel ihm nichts mehr ein. Den verreisten Waffenhändler hatte er vergessen, mitsamt der ganzen Sturmtruppe und den Karpaten. Oder verdrängt.

29

Tidi stand vor dem Spiegel und kämmte sich noch schnell ihre Haare und legte etwas Lippenstift auf. Mehr Anstrengungen verschwendete sie nicht. Vielleicht noch eine saubere Hose oder einen Rock.

Seit vielen Jahren war sie das so gewohnt. Zweimal in der Woche kamen die Hamburger Mitglieder der Bruderschaft zu ihrem Gebet in das Haus, aber sie waren nicht zahlreich. Und es kamen auch wenig Neue dazu. Aber das störte Tidi nicht. Schließlich hatten sie die Sache nicht erfunden. Sie machte sich auch keine Gedanken darüber, ob andere das komisch fanden. Sie war überzeugt, das jedes Lebewesen im Grunde ein Bedürfnis zur Anbetung Gottes hatte. Egal, wie man ihn sich vorstellte. Und dass die ganze Schöpfung irgendwie zusammengehörte, und niemand das verstehen konnte.

Sie war aber einverstanden damit, das besonders sie so wenig wusste.

„Alles will ich gar nicht wissen, nur das, was zu meinem Leben gehört," dachte sie manchmal. Sie war älter geworden und hatte ihre großen Aufgaben bereits hinter sich. Sie hatten es ganz gut gemeistert, glaubte sie. Natürlich nicht ohne Fehler. Aber wer kann das schon.

Sie wollte mit Manfred noch gelegentlich verreisen und neue Seiten der Welt kennenlernen. Wie die schöne Reise nach Prag zum Beispiel. Fünf Tage in Prag und nur ein bisschen geschnuppert. Aber dennoch fühlte sie sich mit einer Welt verbunden, die nicht ihre Sprache sprach und lange Zeit hinter einem eisernen Vorhang weggesperrt war.

Sie liess noch einmal die stärksten Bilder dieser Stadt an sich vorüberziehen.

„Wie schade, dass man so wenig Menschen kennenlernt, die dort zu Hause sind", dachte sie. Aber dennoch war sie am liebsten an Orten, wo auch Touristen und Deutsche waren, wegen der Sicherheit und ihrer Bequemlichkeit. Der Urlaub sollte keine unliebsamen oder teuren Überraschungen bringen. Ein Pfadfinder war sie nur, solange es nicht gefährlich erschien.

Sie eilte nach unten. Sie war wieder mal beinahe die Letzte.

Nach ihrer Anbetung saß man noch bei Tee und Keksen zusammen. Ihre Freundin Marianne setzte sich neben sie.

„Na, hast du deinen Geburtstag gut überstanden?", fragte Tidi.

„Es war so schön noch", sagte Marianne. „Die Letzten sind erst um Mitternacht gegangen". Marianne lebte bereits seit einigen Jahren ohne Kinder im Haus und hatte sich nur langsam damit abgefunden. Im Gegensatz zu Tidi, die es schön fand, mehr Zeit für sich selbst zu haben und ungestört lange schlafen zu können.

„Wie geht es Greta?", fragte Tidi. „Neulich klagte sie, dass sie schwer krank ist."

„Greta fährt in den nächsten Tagen nach Tschechien und will Verwandte besuchen", erzählte Marianne. „Sie hat sich lange nicht mehr darum gekümmert. Sie hat eine Schwiegerenkelin in Prag. Das heißt – warte mal. Einen Stief-Schwiegerenkelin, wenn mich nicht alles täuscht. Also nochmal.

Ihr verstorbener Mann, Harald, hatte eine uneheliche Tochter. Auch von einer Sängerin. Die hatte eine Tochter mit einem Kind, die kürzlich umgekommen oder gestorben ist."

„Mal nachdenken", sagte Tidi. „Das Kind ist gestorben."

„Nein, die Mutter."

„Also, die Enkelin von Harald ist gestorben und hat ein Kind hinterlassen. Ein Junge?"

„Ein kleines Mädchen!"

„Ach ja. Also Greta ist die Stief-Urgroßmutter von dem kleinen Mädchen."

„Mit ihren eigenen Enkelkindern hat Greta kaum Kontakt, weil ihr Sohn, also ein erwachsener Sohn, das Kind von Harald und Greta, kaum noch Kontakt mit seinen Eltern pflegt. Ich weiß nicht mal genau, wo er lebt. In Süddeutschland, glaube ich."

„Wie traurig."

„Er ist auch schon über fünfzig. Greta sagt, er hat es dem Vater so verübelt, dass er sich nie um seine uneheliche Tochter gekümmert hat. Aber sie meinte, damals in den vierziger und fünfziger Jahren war so etwas noch ein Skandal und man hielt es geheim. Er hatte immer geglaubt, vielleicht zu Recht, es würde ihm seine Karriere kosten, wenn das bekannt würde."

„Heutzutage kräht kein Hahn mehr nach so etwas", sagte Tidi. „Wie gut, dass wir heute leben, nicht?"

„Aber wirklich", sagte Marianne.

„Wieviel von unseren Enkeln sind unehelich geboren? Ich habe es noch gar nicht gezählt". Tidi dachte nach. Marianne und Tidi hatten viele Kinder, zusammengerechnet ein ganzer Stall voll.

„Und Greta meinte, sie hätten in der Nachkriegszeit selbst nichts zu essen gehabt. Und Harald musste das Theater von Grund auf neu aufbauen. Das war für sie eine harte Zeit. Und der Sohn sollte studieren."

„So ist das immer. Wahrscheinlich hätte er genauso gegrollt, wenn sie kein Geld für das Studium gehabt hätten."

Sie schwiegen.

„Ende Mai kommt der Vater mit der kleinen Tochter zu Besuch nach Hamburg. Sie wohnen bei mir im Haus, weil Greta zu wenig Platz hat. Wollt ihr nicht zum Kaffee kommen?"

„Ich nehme jede Gelegenheit wahr, um hier mal raus zu kommen. Gern! Manfred wird sicher auch gern kommen. Im schönen Monat Mai!", trällerte Tidi. „Wie heißt er denn, beziehungsweise die beiden?"

„Die Kleine heißt Anna, bald Anna Weinstein, der Vater ist Österreicher aus Kroatien und heißt Weinstein. Stephan Weinstein. Soweit ich weiß, adoptiert er seine Tochter und dann bekommt sie seinen

Namen. Ich werde sehen, dass auch noch ein paar Enkelkinder kommen, damit sie spielen können."

Am nächsten Tag rief Herr Wolfram an. Es war ein Freitag, der letzte im April.

„Frau Bartels, viele Grüße aus Prag von meinem Kollegen Wenzlav. Der Fall ist abgeschlossen und er bat mich, Ihnen seinen Dank zu übermitteln."

„Oh, das ehrt mich. Das war ja für uns eine aufregende Sache. Wissen Sie Näheres?"

„Es war ein Unfall mit einer Waffe. Es gibt so viele neue Erfindungen, Frau Bartels, da kommen wir Alten schon gar nicht mehr hinterher. Manchmal die Jungen ja auch nicht. Denken Sie nur an die Computer und die Medienbranche."

„Mein Mann strengt sich redlich an. Und ich will auch nicht ganz zurückstehen. Ich kriege bald einen gebrauchten Computer. Ich weiß nur noch nicht, was ich damit anstellen soll. Wird mir schon was einfallen."

Herr Wolfram lachte. „Immer am Zeitgeist dranbleiben, Frau Bartels. Aber alles wollen wir natürlich auch nicht mitmachen."

„Ne, immer schön sauber bleiben, Herr Wolfram. Bloß kein Stress! – Also alles Gute für Ihre weitere schwierige Arbeit, Herr Wolfram, und vielen Dank für den Dank!"

Sie verabschiedeten sich und Tidi machte sich an ihre Arbeit.

30

Max und Elli saßen gutgelaunt in einem Restaurant in der Altstadt. Es war voll, eine kleine Musikkapelle hatte gespielt und machte gerade Pause. Elli hatte ein hellblaues schickes Kostüm an und sich sogar goldene Clips an die Ohren gesteckt.

Das Essen war gut gewesen, wenn sie auch Kleinigkeiten bemängelt hatte, aber der Wein war tadellos.

Sie rauchten beide ausnahmsweise eine Zigarette und fühlten sich wohl und ausgeglichen. Aber eine kleine Beunruhigung nagte doch im Inneren von Max.

„Ein Kollege erzählte mir gestern, er hätte Aufregung im Büro des Chefs miterlebt. Die Sekretärin hat gesagt, da wäre eine dicke Sache mit Waffenschmuggel am Laufen und es gäbe Ärger. Ein Mann hätte Polizeischutz verlangt und sich über einen Einbruch beschwert. Sie hätten seine Bude gefilzt und etwas mitgenommen, ohne ihn zu fragen. Und zwar kommt die Anfrage von ganz oben. Der arme Chef."

„So arm ist er auch wieder nicht. Weht eben manchmal ein kalter Wind da oben auf dem Berge. Aber du hast recht. Das waren wir. Aber er wird unsere Namen nicht genannt haben."

„Glaube ich auch nicht. Ich würde ja gerne mal wissen, was aus dieser Zeichnung geworden ist. Das Buch kann er meinetwegen wieder haben."

„Denk am Montag dran. Wir geben es zurück und fragen mal. Vielleicht erfahren wir was."

Max erzählte ihr von den Prospekten im Waffengeschäft.

„Wäre ja'n Ding, wenn wir den falschen Waffenhändler erwischt hätten. Wir haben den Tauchlehrer gar nicht danach gefragt. Wie hieß er noch. W.. Wa... Ist ja auch egal. Wir sind fertig."

„Wer ist zuständig, wenn der was mit Waffen zu tun hat? Interpol?"

„Da gibt es eine Sonderabteilung. Aber Elli. Strukturen, Strukturen. Da sitzen wahrscheinlich die ganz harten Männer. Aber Frauen sind heutzutage ja auch hart genug."

„Wir sind froh, wenn wir mit unseren eigenen Sachen klar kommen."

„Die Touristen denken immer, wir wären so wie der brave Soldat Schwejk, der sich um alles rumdrückt. Oder kinderliebe Märchenerzähler und liebe Puppenspieler. Und wir ließen unser Land vergammeln. Aber schließlich hatten wir auch großartige Widerstandskämpfer."

„Aber die Freiheit ist etwas Neues für uns, und wir müssen unsere Angelegenheiten selbst in die Hand nehmen."

„Ja, das müssen wir. Auf unsere Art."

„Was ist denn aus deiner Puppe für Anna geworden?"

„Die bringt Professor Güldenstern hin."

Elli lachte.

„Wie schade, dass ich die kleine Anna nicht kennengelernt habe. Scheint der ideale Großvater für die Kleine zu sein."

„Mal sehen. Ich rufe Montag wieder an."

„Vergiß nicht, mir das zu erzählen."

Sie riefen sich den Ball in der Botschaft wieder ins Gedächtnis und lachten sich kaputt.

„Sind wir nun Angsthasen oder nicht?", fragte Elli.

„Vorsicht ist die Mutter der Porzellankiste", sagte Max und erzählte Elli die Erkenntnisse Jonas Güldensterns über die Strömungen.

„Wir hatten wirklich Angst, uns könnte jemand lautlos in den Rücken schießen", sagte Elli.

„Das kann ja noch kommen. Ich habe in den letzten Tagen nicht gut geschlafen. Bin öfter nachts aufgewacht."

„Das ist immer nach so einer Anspannung", meinte Elli. „Schließlich war manches auch sehr unheimlich und rätselhaft. Also das mit der Zeichnung möchte ich auch gern wissen. Wir haben vergessen, das Buch näher anzusehen. War es tschechisch? Wann war es herausgegeben?"

„Du meinst, es war ein altes Buch? Donnerwetter, daran habe ich noch nicht gedacht. Stell dir vor, die Striche waren zehn Jahre alt und alles Schnee von gestern."

„Oder die Geschäftsroute von diesem Händler."

Sie lachten wieder.

„Darauf müssen wir einen heben. Prost, Elli! Wir werden eine Pleite gelassen hinnehmen!"

Max zahlte, sie standen auf und schlenderten durch die Straßen zu ihrem Auto.

31

Der Mai war gekommen, und schließlich waren auch in Hamburg alle Bäume grün und die Wiesen blühten. Man konnte im Freien essen und Tidi und Manfreds Enkelkinder liefen im Garten herum und pflückten Blumen, wenn sie zu Besuch kamen.

Sie überlegten, wohin die Reise in diesem Sommer gehen sollte. Sie fuhren oft einfach so los und dachten erst unterwegs darüber nach, wohin sie sich wenden sollten. Jedenfalls, wenn sie mehrere Wochen weg waren. Aber im Mai war es zu Hause zu schön zum Wegfahren. Die vielen Obstbäume blühten wie viele weiße Wölkchen und es gab im Garten zu viel Arbeit. Meistens wurde es August, bis Manfred Urlaub bekam.

An einem Sonnabend nachmittag gingen sie zu Marianne zum Kaffee. Wenn es warm war, saßen sie oft noch bis acht oder neun Uhr auf der Terrasse und hatten es gemütlich.

Als sie kamen, war außer einigen Kindern und Enkeln auch Greta und der Vater ihres Urenkelkindes da. Sie wurden vorgestellt und setzten sich in die Runde.

Manfred saß neben dem Herrn Weinstein, der von den anderen bereits Stephan genannt wurde und schien sich gut zu unterhalten.

Tidi begab sich auf die Wiese zu Kindern und Vätern und spielte ein wenig mit. Anna war ganz lustig und tobte. Ein Kind steckte sich Blumen ins Haar.

„Soll ich dir einen Kranz machen, ich kann das“, sagte Tidi.

Da fiel ihr ein, dass die Kleine ja kein deutsch verstand. Sie ging zu Marianne und fragte sie. Sie wollte nur Wiesenblumen nehmen.

Sie konnte sich verständlich machen und sie ging mit ein paar

Kindern über die Wiese. Sie pflückte einige Blumen, Wiesenschaumkraut und Butterblumen und Gänseblümchen, spaltete sie am Stiel mit dem Fingernagel und machte einen dicken Kranz für den Kopf von Anna. Alle Kinder standen herum und sahen zu. Als er schließlich fertig war, drückte sie ihn auf den Lockenkopf von Anna und alle zogen zur Terrasse und Anna wurde gelobt und gestreichelt, weil sie so hübsch war. Nach einiger Zeit kam sie traurig mit dem zerrissenen und welken Kranz in der Hand an und weinte beinahe. Marianne sprang auf und holte eine mit Wasser gefüllte flache Schale und sie legten den Kranz hinein. Anna verstand und alles war wieder gut. Sie strahlte vor Glück.

Stephan sah gerührt zu und war ebenfalls glücklich.

Das Abendbrot wurde aufgetragen. Das Gespräch war noch lebhafter geworden. Die Kinder wurden langsam ins Bett gebracht.

Neben Tidi war ein Grüppchen, das sich über Politik und Ähnliches unterhielt.

„Tidi!", rief die Schwester von Marianne, die energisch war und gerne kämpferische Themen dikutierte, „Du weißt doch immer mit Filmen Bescheid. Wie hieß noch mal der James-Bond-Film, in dem der große Bösewicht mit der Angorakatze auf dem Sessel saß? Thunderball?"

„Nee, der hieß anders. Aber wie, weiß ich auch nicht. Ich habe sie zwar alle mehrmals gesehen, aber außer Goldfinger kann ich sie nicht auseinander halten. Die Titel ähnelten sich zu sehr. War da nicht schon Roger Moore der James Bond? Keine Ahnung."

„Wie würdest du das anstellen, wenn du in großem Stil Waffen schmuggeln wolltest und keiner soll drauf kommen?"

„Jaaa, also....", Tidi brauchte nur kurz nachzudenken. Technische Erfindungen waren ihre Lieblingsphantasien.

„Ich würde an der Außenwand der Schiffe Klappen bauen lassen, die hydraulisch oder elektronisch geöffnet werden. Wenn sie geschlossen sind, merkt keiner was."

Tidi hatte eine laute Stimme. Alle hörten auf zu reden und warteten, was nun kam.

„Also, der böse Kapitän hat einen geheimen Knopf, den nur er kennt. Er ist mit dem großen Bösewicht im Bunde. Er öffnet also die hydraulische oder elektronische Steuerung, was weiß ich. Die nach unten gebogenen Klappen gehen hoch.

Kurz vor der Stelle, wo die Taucher warten. Von einem Schuppen an der Küste geht so eine Art Seilbahn ins Wasser, die keiner sieht. Sie geht auf dem Meeresboden bis zu der Stelle, wo das Schiff langsame Fahrt machen muß. An dem Seil werden Pakete mit Waffen auf Rollen vorwärtsbewegt. Sie haben Luftschläuche an den Seiten, damit sie nach oben steigen, wenn man sie los läßt.

Die Taucher nehmen also die Pakete, clipsen sie an ihren Gürtel oder so ähnlich und schwimmen bis zum Schiff und lassen sie vorsichtig unter den Klappen hochsteigen. Dort hängen sie dann, und durch den Druck bleiben sie unter den Klappen. Wenn alle an der richtigen Stelle sind, vielleicht zehn Minuten oder so, das ist festgelegt, gehen die Klappen zu und die Pakete sind in Sicherheit. Genauso in umgekehrter Reihenfolge wird es beim Ausladen gemacht."

„Aber wenn ein Paket abhanden kommt, schwimmt es nach oben."

„Das darf natürlich nicht passieren. Da müsste ich mir noch was ausdenken."

Alles lachte übermütig. Auch Tidi hatte ihren Spaß.

„Und wo bleiben die Taucher?", fragte jemand.

„Vielleicht macht man es nachts und sie verschwinden wieder unauffällig im Schuppen und fahren als Hafenarbeiter oder sonst was nach Hause. Oder sie verschwinden durch eine Geheimtür im Rumpf und schlafen im Gemeinschaftssaal in der Doppelwand, bis sie wieder rausmüssen." Wieder lachten alle.

„Den nächsten James-Bond-Film schreibst du!", rief Mariannes Schwester.

Der Abend wurde kühl. Einer nach dem Anderen verabschiedete sich, auch Tidi und Manfred. Tidi bekam noch ein Küßchen von Anna.

„Viel Glück", wünschte Tidi Stephan Weinstein. „Wir haben auch so süße kleine Mädchen, unsere Enkelkinder. Genießen Sie dieses wunderbare Alter. Jetzt ist es noch leicht, sie glücklich zu machen."

Als Manfred und Tidi wieder zu Hause waren, fragte Tidi ihn noch aus, weil sie immer gern wissen wollte, was er so erzählt und gehört hatte.

„Der Herr Weinstein hat mir die Geschichte von der Großmutter seiner ehemaligen Freundin erzählt. Sie ist kürzlich gestorben und hieß Viktoria Malenka. Ihre Großmutter war eine berühmte Opersängerin in Prag in der Nazizeit."

„Die Freundin ist gestorben oder die Großmutter?"

„Die Freundin."

„Greta ist ja auch dort Opernsängerin gewesen."

„Drum," sagte Manfred. „Die Tochter von der Sängerin war die uneheliche Tochter von Gretas Mann."

„Ich verstehe. Lange Leitung."

„Also die Sängerin war schön und berühmt und als die Nazis kamen, wurde sie verdächtigt, mit ihnen gemeinsame Sache zu machen. Irgend eine Rivalin oder jemand anders, das weiß ich nicht, hat ihr Gesicht mit Säure entstellt. Sie bekam ein Kind und konnte nicht mehr singen. Es war Krieg. Sie hat eine elende Zeit gehabt und sich mit dem Kinde durchgeschlagen. Dann ist sie nach einigen Jahren blind geworden und ihre Tochter musste sie pflegen, als sie erst zehn Jahre alt war. Nun, um es kurz zu machen, diese Tochter bekam wieder ein uneheliches Kind, das war die besagte Viktoria. Ihre Mutter wurde krank und starb in den siebziger Jahren an Tuberkulose. Sie war jahrelang im Heim, auch die Viktoria ist im Heim gewesen."

„Das ist ja eine ganz traurige Geschichte."

„Was es alles gibt. Wie viele Menschen nach dem Krieg gehungert haben."

„Ich war auch unterernährt", sagte Tidi.

„Ach darum", sagte Manfred. Sie mussten lachen.

„Ob sich Schicksale wohl vererben?", fragte Tidi.

„Der Reichtum ist eben nur wenigen vorbehalten. Nach einem Krieg sind die meisten arm. Und wenn keiner hilft...", sagte Manfred.

„Und dann noch die Kommunisten." Tidi war ganz ergriffen.

„Nun, der Stephan Weinstein ist ein sehr vernünftiger Mann. Und er liebt seine Tochter. Er wird seinen Weg schon machen."

„Das glaube ich auch", sagte Tidi. Sie angelte sich die Fernsehzeitschrift und sah das Programm durch. Sie las Manfred die Sendungen vor. Action? Geschichte? Tierfilm? Talkshow?

„Geschichte. Da habe ich auch manchmal Spaß dran," meinte Manfred.

32

Ein Jahr verging. Der Sommer war vorbei und der Winter kündigte sich an. Novemberstürme waren über die Elbinsel gezogen, auf der Manfred und Tidi lebten und es regnete den ganzen Tag.

„Es kommt ein Gast aus Israel", sagte Manfred eines Tages. „Der Yakov, erinnerst du dich noch? Sein Bruder Mosche und Eliza waren im vorigen Jahr um diese Zeit hier gewesen und haben uns diesen Wandbehang geschenkt."

„Der hängt jetzt im Gästezimmer", sagte Tidi.

Yakov kam und sie erkannte ihn kaum wieder. Er war auch schon über fünfzig, aber nicht so beleibt wie manche aus ihrer Gruppe. Er gehörte auch der Bruderschaft an. Schon seit seiner Jugend, in der sie ihn kennengelernt hatten, weil er hier einige Semester studiert hatte.

Am Gruppenabend, nachdem alle schon gegangen waren, saßen sie mit ihm noch gemütlich hinter dem Ofen in der großen Diele und plauderten aus alten Zeiten. Yakov sprach deutsch, denn seine Familie kam aus Siebenbürgen und sie waren rechtzeitig während des Krieges nach Israel ausgewandert.

„Ich habe hier in Hamburg einen alten Freund aus meiner Zeit beim Militär", erzählte Yakov. „Karl Hartmann hat mir einmal geholfen, als es mir sehr schlecht ging und wir haben immer Verbindung behalten. Ich wohne jetzt bei ihm. Er will seinen Abschied nehmen, er ist noch älter als ich. Sie haben jetzt eine ganz große internationale Waffengeschichte erfolgreich beendet und nun reicht es ihm. Der Streß hat ihn zu sehr gebeutelt."

„Man kann sich sicher überhaupt nicht vorstellen, was für Kraft solche Jagd nach Gangstern erfordert“, sagte Tidi.

„Gottseidank gibt es auch schöne Dinge auf der Welt. Eure Diele zum Beispiel hat sich wenig verändert.“

„Ein neuer Teppich!“, rief Tidi.

„Ja, ich habe es schon bemerkt. Toll, passt gut.“

„Willst du nicht mal länger kommen?“

„Ich habe eine Frau und ein kleines Kind.“

„Bring sie doch mit!“

„Vielleicht mal, wer weiß.“

Yakov fuhr wieder ab, ohne dass Tidi und Manfred die Zusammenhänge ihrer Geschichten erfuhren – wie denn auch. Aber etwas hörten sie noch.

Sie klönte eines Tages mit Marianne ausgiebig am Telefon, als diese sagte:

„Ich habe heute mit Stephan Weinstein am Telefon gesprochen. Er sagte, er hätte deine herrliche James-Bond-Story in seiner Botschaft erzählt und überall Begeisterung ausgelöst. Vielleicht hat es sie ja inspiriert, das wäre ja zu komisch. Sie hätten nämlich an so einer Geschichte zu knacken, sagte er, aber das wäre jetzt gelöst.

Er hat an der jugoslawischen Botschaft aufgehört und eine gute Stelle in Genf bekommen.“

„Er zieht also in die Schweiz.“

„Ja, und stell dir vor, sie nehmen einen alten Herrn mit, der Jonas Güldenstern heißt. Ist das nicht ein herrlicher Name?“

„Den Namen kenne ich!“, rief Tidi begeistert. „Er stand unter der Zeichnung von der Moldau, die mir der Prager Kriminalbeamte geschickt hat.“

„Was für ein Kriminalbeamter?“

„Das ist eine lange Geschichte. Die muss ich dir erzählen, wenn wir uns wieder sehen. Das wird am Telefon zu lang.“

Sie lachten beide.

„Jedenfalls ist der Opa Güldenstern wie ein Großvater für sie und sie haben, stell dir vor, einen Hund, der Vasco da Gama heißt." Am anderen Ende der Leitung lachte Marianne.

„Was für ein vielversprechender Name", sagte Tidi. „Also bis bald. Ich glaube, ich weiß jetzt, wer Viktoria ist."

„Na, da bin ich aber neugierig. Ich will alles hören, alles! Bis bald, Tidi, und schlafe nicht zu viel. Das Wetter ist auch zu langweilig."

„Mach's gut. Tschüüüüß!"

Der Hörer klickte auf die Gabel und Tidi machte sich wieder an die Arbeit. Kochen! Was kochen wir denn heute?

Einige Wochen später brachte Marianne zum Gruppenabend ein Päckchen mit.

Sie kramte es gleich aus der Handtasche, als sie sich im Flur begrüßten.

„Oh, was ist denn das? Ich kriege so gern Geschenke!", rief Tidi.

„Pack mal aus", sagte Marianne und kicherte. „Ich weiß schon, was es ist."

Tidi packte aus. Vor ihr lag ein vergoldeter Stern aus Blech. Er hatte acht an der Spitze abgeflachte Strahlen. Auf vieren davon war die amerikanische Flagge aufgedruckt. In der Mitte war ein gewölbtes Plastikglas und darunter das Panorama von Prag mit dem Hradschin. Um dieses Bild war ein Spruch gestanzt. Tidi drehte das Ding und las:

„United States of America. For Peace and Freedom."

„Das ist ja ein Ding!", meinte Tidi erstaunt.

„Stephan meint, du würdest schon wissen, was das soll. Er hat es angeblich beim Aufräumen des Büros in seinem Schreibtisch gefunden."

„Also habe ich doch noch den Prager Hosenband-Orden gekriegt, wenn auch aus einer unerwarteten Ecke!" Tidi lachte laut.

„Psst! Die Frauen sind schon still!" Und sie huschten in den großen Raum zu ihrer Anbetung.